ラルーナ文庫

竜を娶らば

鳥舟あや

JN267194

三交社

CONTENTS

Illustration

逆月酒乱

竜を娶らば

本作品はフィクションです。
実際の人物・団体・事件などにはいっさい関係ありません。

誰《だれ》かを好きになっても、いつも心のどこかがぽっかりと空いていた。
あぁ、この人じゃないんだ、と直感する自分がいた。
いつか、誰かを本気で愛せるのだろうか……。
いつもちょっとだけ、心の中で渦巻く漠然とした不安。
でも、そんなことは、どうでもいいことかもしれないという気持ち。
なのに、なぜか満たされることのない空虚。

命をかけて、かけられて。
そんな幸せ。
ないだろうなぁ。

【1】

季節の変わり目は、人がよく死ぬと言う。

春から夏に季節が変わる頃、祖母が亡くなった。

夏から秋に季節が変わる頃、今度は祖父が亡くなった。

祖父は、祖母のことをとても愛していた。祖母を亡くした悲しみの末が、祖父のそれだ。九十を過ぎているので、大往生かもしれないが、祖母を亡くしたことによる衰弱死というのは、果たして幸せだったのかどうかは、分からない。

病室で、祖父の最期を看取《みと》ったのは、孫のロクだ。

「ロク……わしは、もうすぐ消える。……もう、守ってやれん、すまん……」

今わの際の言葉は、意味不明だ。

祖父はもう夢と現実がごっちゃになって、錯乱していると医者は診断した。

ロクから見てもそうだった。可哀想《かわいそう》に祖父は、祖母を亡くしてから気鬱《きうつ》になり、食事を摂《と》らなくなり、心臓が弱り、頭も虚《うつ》ろになったようで、それからはあっという間だった。

祖父は異人で、戦後に帰化して、日本人の祖母と結婚した。二人には、孫のロク以外、血縁も親戚《しんせき》もいない。戦争で、お互いに家族を亡くしたそうだ。

その祖父母の養子として、ロクは育った。

ロクは、父母の顔を知らない。戸籍謄本《とうほん》に父母の名前は載っているが、写真がないのだ。祖父母から聞くところによると、ロクが生まれてすぐに、火事で死んだらしい。

両親がいなくても、ロクにとっては物心ついた時からそれが当たり前だった。まったく気にしなかったと言えば嘘《うそ》になるが、たっぷりの愛情で育まれたロクは、長じるにつれ、祖父母がいてくれればそれでいいや、と思うようになっていた。

三人だけの家族だったが、ロクは幸せだった。

尊敬できる優しい祖父と、いつまでも若い娘のように闊達《かったつ》な祖母。二人は、年を重ねても、手を繋《つな》いで歩くほど仲睦《なかむつ》まじく、お互いにお互いを愛していて、見ているロクが恥ずかしくなるほどだった。

ロクの本名は、立羽《たてば》ロクマリアという。

祖父が命名した。

ロクマリアには、古語で『死者の場所』転じて『虹』という意味があるらしい。

「男にマリアとかつく名前をつけるなよ、それもなんかこんな大仰な名前でさぁ……」と幼い頃は思ったが、今は気にならない。ロクは、日本人であっても、見た目は外人そのものので違和感がないからだ。六郎《ろくろう》という祖父の日本名にも似ていて、とても気に入っている。

祖父から受け継いだのは、名前だけではない。隔世遺伝の白い肌、白金色の髪、琥珀《こはく》色の瞳がある。祖母が言うには、「六郎さんの若い頃そっくりな綺麗な可愛らしいお顔」らしい。

身長も百七十八センチあり、手足が細く、長い。高校に入学するまでは剣道もしていたので、痩《や》せていても恵まれた体躯《たいく》だ。運動神経も良く、特別、頭が賢いわけではないが、成績だって中の上か上の下くらいで、脳味噌《のうみそ》の回転数もそんなに悪くない。

だが、どれだけ心身に恵まれていても、保護者のいない十七歳は施設に入るしかない。

「施設かなぁ……」

「……俺、薄情者……」

大好きな祖父が亡くなったというのに、涙ひとつ流さない。

それどころか、口元が薄く笑みの形になっている。

「なんだこれ、俺、最悪……」

自分のことばかり考えている。

祖父の末期の準備をしてもらうのを待つ間、ロクの脳裏をかすめるのは、長い看病生活が終わり、放課後、病院に通い詰めることもなく、夜中に病院から呼び出されることもなく、日に日に弱っていく肉親の姿を見る必要もなくなったということだ。

入院費や生活費の足しにバイトをする必要もなくなったし、バイトをする為《ため》に剣道を辞める必要もなくなった。自分で選んだこととはいえ、どこか空《むな》しい。さみしい。つらい。疲れる。そんな思いをもうしなくていいと思ってしまう。

ただ、元の生活に戻るだけなのに、空虚だ。

家に帰っても、誰もいない。元の生活に戻るだけなのに、悲しい。

でも、死にたくなるほど、悲しくはない。

「あぁ……そうだ、葬式の準備と死亡届けと……火葬するのも書類が必要で……市役所？　区役所？　どっちだったっけ？　……学校にも休むって連絡して……」

祖母の時は、祖父が茫然《ぼうぜん》自失だったので、ロクが手続きをした。だが、今になると自分がその状態で、手順を思い出せない。

「確か、病院から葬儀会社の人を紹介された？　いや、違う。保険会社、そう、保険会社に連絡して……携帯で電話、電話だ……電話しないと……、電話番号……は、え？」

パイプ椅子《いす》に腰かけ、ぶつぶつと呟《つぶや》いていると、目端に何かがキラリと反射した。

顔を上げると、祖父の横たわるベッドが光っていた。

「……じいちゃん？」

光源は、ベッドではなく祖父の遺体だ。

薄ぼんやりと光っている。その光に照らされて、薄暗い病室が、いつもより明るく感じられた。

「……なんだ、これ」

看病疲れで、夢でも見ているのか？

あぁでも、これはどこか見覚えのある色だ。

「俺の、髪……？」

光は、ロクの髪と同じ白金色をしていた。それはつまり、祖父の髪とも同じ色だ。

ぼんやりしたそれは、徐々に光度を増していく。ロクの瞳は色素が薄く、光に弱い。あまりの眩《まぶ》しさに目を閉じかけた瞬間、祖父の体が白金色に結晶化して、ぱん！　と砕けた。

「はぁっ⁉」

間の抜けた悲鳴を上げた。

星屑《ほしくず》のようなものが、きらきらと病室中に煌《きらめ》く。色んな形をした白と金の星屑は、あたり一面を埋めつくし、雪の結晶のようにゆっくりと消えた。

祖父の遺体も、消えた。

混乱のままに怒鳴った。

「……なん、だよ……これっ‼」

ベッドは、人一人分にへこんでいて、祖父の代わりに魚の鱗《うろこ》のようなものが一枚だけ残っている。白金色に輝く、ごく薄い皮膜の鱗だ。

「なんでこれ、が……？」

その鱗を知っていた。これと同じような痣《あざ》が、ロクの背中にもあるからだ。生まれた時から、背骨の筋に沿って、十枚くらい重なった痣になっている。

鱗を手にとると、それもまた結晶化した。まるで、カラカラに乾いた枯れ葉を手で握り潰《つぶ》したように砕け、消え失せる。

「……熱っ」

消えた途端、背中が熱を持った。

火傷《やけど》したような感覚が、痣のあたりから体中に広がる。耐えられない激痛に眩暈《めまい》を起こし、椅子ごと床に倒れた。

「い、た……」

熱さと同時に、鋭利な刃物で刺されたような痛みが全身に拡散する。それは徐々に酷《ひど》くなり、呼吸さえままならない。喉《のど》を掻《か》き毟《むし》るように腕を持ち上げた。

「……っ!?」

目を瞠《みは》った。

両手にも鱗が浮いていた。白っぽい金色で、半透明の鱗だ。一片が五センチ足らずと薄く、触れると硬質で冷たい。指先からシャツに隠れた腕まで、同じものが拡《ひろ》がっている。

震える手で、シャツの裾《すそ》を捲《めく》り上げた。

胴体も同じ状態だった。それどころか、目に見える範囲すべてが、鱗で覆われている。

「なに、これ……ぁ、りえ、なくね……?」

途方に暮れて、笑いが込み上げる。

そこからは、悪夢としか思えなかった。

目に見える速さで、皮膚が固い鱗に覆われ、骨格が変形し始める。ばき、ごき、と骨が鳴り、関節の接ぎ方が変わる。両手足は肉食獣の四本脚になり、骨の周りに筋繊維が巻きつく。

ワニのように口が裂け、鋭い牙《きば》が現れる。先端が二股《ふたまた》に分かれた舌が、蛇のように覗《のぞ》く。ロクには見えないが、丸いはずの瞳孔《どうこう》が、猫や爬虫類《はちゅうるい》のように縦に入り、金色に輝いていた。胴体は蜥蜴《とかげ》の腹で、床を掻く爪《つめ》は、猛禽類《もうきんるい》の鉤爪《かぎ》だ。

両脚の間には、長くて大きな尻尾《しっぽ》が現れる。びたん！　尻尾が跳ねて、床を叩《たた》いた。尾てい骨にないはずの尻尾ができたせいか、獣のような四つん這《ば》いでしか、体勢を立てられない。

白金色の鱗以外は、どこもかしこも色素が欠損していた。アルビノ以上に真っ白だ。白と金色だけで形成されていて、その下に、薄青と薄赤の血の色が透けて見える。

人間の面影は、どこにも見当たらない。

この風体で咄嗟《とっさ》に想像できるのは、ゲームに登場するドラゴンだ。それも、まるで呪《のろ》いにかけられたような、特に気味の悪いドラゴン。

「……ぎ、ぃっ!?」

肉が裂ける痛みに、人の悲鳴ではなく、獣の咆哮《ほうこう》が上がった。

めきょ、めきょ、と背中が軋《きし》む。肩甲骨から、真っ白の骨が肉を裂いて飛び出た。バキバキと乾いた音がして、鳥が羽を広げたように大きな影が、狭い病室いっぱいに広がる。

六枚の蝙蝠《こうもり》翼だ。ふわふわした羽根はなくて、ただ、白化した骸骨《がいこつ》のような骨が有象無象に伸び、向こう側が透き通っている。

「……はは……化け、モノ？」

笑いが込み上げた。

妙によく見渡せる視界で自分の体を見下ろすと、祖父が消えた時のように、白金色に輝いていた。

＊

竜国、首都。

ファスは、王城の廊下を全速力で走っていた。物静かなファスが血相を変えて走るその姿に、召使いたちは、「これはこの世の終わりか」というほどに顔面蒼白《そうはく》になって驚いた。

ファスは、城内の最奥に位置する玉座の間へ辿《たど》り着くと、近衛兵が扉を開けるのももどかしく、転がるように滑り込んだ。

「アルキヨ様、国境警備隊から連絡が入りました！　九重の虹とともに金色の竜が出現したとのことです！」

「……あぁ、そう……」

国王アルキヨは、気のない返事をした。

濃い緑青色の髪を、気怠《けだる》げに掻き上げる。

その視線の先には、光。黒で統一した衣服に、天窓から降り注ぐ金色の光が吸い込まれ、不思議な光沢を見せていた。

「陛下?」

「んー……いまさらなんだよなぁ」

アルキヨは、爬虫類のように縦に入った空色の瞳孔で、夜空を見つめている。

高い天井は、全方位を見渡せる天窓だ。その北部方面が、真夜中にもかかわらず、真昼のように金に輝いていた。その金色の光と重なるように、山の稜線《りょうせん》に虹がかかっている。虹は九つも重なっていて、綺麗を通り越し、いっそ禍々《まがまが》しい。

この国では吉兆のはずだが、凶兆にしか見えない。

「陛下、これで戦争も終わりましょう。飢餓も貧困も疫病も改善されましょう。我が国に、金の竜が戻ってきたのです」

「喜ぶのはまだ早いかなぁ。なにせあれは、この国を捨てた竜の末裔《まつえい》だしね」

一国の主《あるじ》とは思えぬ、軽薄な口調だ。面倒げに溜息《ためいき》をつき、大きな欠伸《あくび》をする。怠惰《たいだ》な仕草の割に、研ぎ澄まされた視線は冷たく、笑っていなかった。

「ま、いいか……」

アルキヨは服の裾を翻し、ファスの脇《わき》をすり抜けた。

「どちらへ?」

背の高いアルキヨを見上げて、ファスは後ろに付き従う。

「まがりなりにも俺の竜で、俺の嫁だしね。迎えに行くよ」

「それはお控えください。竜が出現したのは、暗国《あんこく》との国境です。私の竜騎兵隊が迎えに参ります。陛下自ら出向かれるのは危険です」

側近であるファスは、国王を危険に晒《さら》すわけにはいかないと難色を示す。

「あれは俺の物。……なら、ご主人様が迎えに行くのは当然だ」

「しかし……」

「大丈夫だよ。それに、竜っていう畜生には、積年の恨みつらみがあるからさ、この世界に来たことを死ぬほど後悔させて、苦しませてあげないと。……ほら行くよ、ファス」

「……はっ」

ファスは踵《かかと》を合わせる。

それから数分もしないうちに、翼のある竜に騎乗した大師団が王城から飛び立った。

その先頭を飛行する、ひと際大きな竜の背に、アルキヨがいた。

＊

まず、寒いと思った。次に、体が痛いと思った。それから、頭が痛いと思った。

全身を襲う激痛で目が醒めたのだと、ロクは徐々に自覚する。朦朧《もうろう》とした意識が、体と頭の異様な怠さを訴え、起き上がることさえ困難だった。

薄目を抉《こ》じ開けると、満天の星空が見えた。数多《あまた》の星が輝き、金色のオーロラが広がり、九つに重なった虹がかかっている。

怖いくらいに綺麗だ。

見惚《みと》れていると、その光と虹も次第に薄れていった。

どこか見知らぬ屋外で、寝転がっている。背中に硬い地面の感触がある。とても冷たい土くれだ。体を動かせないので、地面に寝転がったまま、目線だけ左右に動かす。

一面に、荒野が広がっていた。

乾いた土、枯れた草木、剝《む》き出しの岩石、灰色の世界で、真っ暗だ。

見たことのない景色だ。

「……ここ、病院じゃない……俺は、病院に、い……て、……じいちゃんが、死んで……それで…」

祖父の遺体が、金色の光になって消えた。

その直後、体中が熱くなり、激痛に苛《さいな》まれ、自分の体も金色の光に包まれた。

それも、気味の悪い化け物の姿になって……。

起き上がろうと、地面に腕をつく。

硬い地面を、尖《とが》った鉤爪が引っ搔いた。

「……なん、で……これ……？」

真っ白の鉤爪が、土にめりこんでいる。人差し指と中指は人間のそれだが、他の指は猛禽類の爪だ。

幸いにも、右腕以外は人間に戻っているが、蜥蜴のような白い皮膚と、白金色の鱗がぐちゃぐちゃに混ざっていた。

それらを凝視しながら、気を失う前の自分が、どうなっていたかを思い出す。

手も足も胴体も顔も、すべて骨格から変形して、人間ではなかった。

「ぅ、ぐ、げ、えぇぇえぇえぇえっ!!」

吐いた。乾いた地面に、胃液を撒《ま》き散らす。

なんだこれ。

どうなってる。

これはなんの夢だ？

「おい、いたぞ！　こっちだ！」

松明《たいまつ》の灯《あか》りが、ロクに向けられた。

その眩しさがいつもより強烈に感じられ、ロクは咄嗟に目を細める。

「化け物だ！」

「違う。あの腕を見ろ………あれは、竜だ」

「やっぱりこの現象は、こいつの仕業だったんだよ！」

武装した三人の男が、ロクを取り囲む。

彼らは皆、軍服を着て、ブーツを履いていた。少し耳が尖っているのが特徴的だ。

「ぅ、あ……？」

胃液まみれの顔で、男たちを見上げた。

知らない顔、知らない服装だ。

「こいつ……弱ってるのか？　近寄って大丈夫だよな？」

「これは、本物か？　竜国の竜って、確か、何千年も前に失踪《しっそう》したんだろう？」

「だから、これは次の竜だろ？　前の竜が死んだんだ」

「それより、なぁ、この鱗を剝《は》がして売っちまおうぜ」

男の一人が、強引に、ロクの腕から鱗を引き剝がした。

「痛っ！」

爪を剝がれたような痛みだ。

「へへ……すげぇな、これが神様の竜か」

前髪を摑《つか》み、ロクの顔を値踏みする。

男たちが口笛を吹いた。

「綺麗な顔だなぁ。どうする？」

「どうするもなにも……人間体の竜と交われば、不老不死になるんだろ？」

「それ眉唾《まゆつば》だろ？　竜の血を飲めば病気が治るって聞いたぜ」

「……？」

何を言っているんだ、この男たちは？

言葉は理解できるか、話している内容が理解できない。竜も、竜国も、不老不死も、ロクにとってはゲーム世界の単語でしかない。そんな単語を、この男たちは当たり前のように使っている。

「おっと逃げるな！」

本能的に逃げようとしたロクを、男が羽交い絞めにした。

「はな、せっ！」

「うるせぇよ」

もがく体の上に、男が覆い被《かぶ》さる。

「ひっ」

肌を、ざらついた手が撫《な》で上げた。

怖気《おぞけ》が走る。いつものロクなら、即座に殴って反撃しているが、今日は、体がまったく言うことを聞かない。三人がかりで制圧されて、手も足も出なかった。

「変わった服を着てるな、この竜……」

「痛、ぃ……」

ありえない違和感が、下腹部を襲う。

それも、排泄《はいせつ》する為に使う場所だ。

「ケツは普通の人間と同じだな」

「……や、めっ……！」

両足の間に男が割り込み、不遠慮な手が後ろを犯す。二本、三本と指が入り込むと、じゅわりと熱いものが滴った。

「狭いな。切れた」

「痛、っ……い、ふざ、けんなっ……！」

痛みよりも憤りが勝り、次の瞬間、まさか男相手に強姦《ごうかん》でもするつもりかと、頭が真っ白になった。

高校に入りたての頃、通学中の電車内で痴漢に遭ったことを思い出した。自分が何をされているのか理解できず、驚いて、まともな抵抗さえできない。ただ、気持ち悪くて、怖い。あれと同じものを、この男たちから感じた。

「俺から突っ込むぞ」

「上に報告しないつもりか？　金色の竜だぞ？」

「いまさら、新しい竜が現れたなんて言っても、誰も信じねぇよ」

「や、めっ、やめろっ……!!」

硬いものがアヌスに押しつけられる。

瞬間、視界の端に、何かがきらりと光った。

「ぎっ!?」

短い悲鳴が上がり、一面に血飛沫《ちしぶき》が飛んだ。

ロクは、頭から返り血を浴びる。目の前が真っ赤になって、生温かくて、べたべたとして、生臭さにくらくらと酔う。

男の首が、ぼとん、とロクの股の間に落ちた。

「それ、俺の竜なんだよね、手を出さないで欲しいな？」

血まみれの剣を持つ男が、立っていた。

真っ黒の服を着た死神だ。背が高く、二十代半ばくらいに見える。濃い緑青色の髪と、縦に入った瞳孔が、空色をしていた。

「………………」

ロクは、男をぼんやりと見つめた。

男の極彩色の髪と瞳が、鳥のカワセミと同じ色をしていて、綺麗だと思った。

ロクが見惚れている間に、男は、逃げ出す男たちの背中を斬《き》りつける。その光景さえ、ロクには現実として処理できなかった。月並みな表現だが、まるでゲームのワンシーンだ。優雅で、鮮烈で、神速。目を奪われる。

男は踵《きびす》を返し、ロクのもとへ戻ってきた。

「あーぁあ、早速、汚されてるよ。この馬鹿が……」

男は、ロクを一瞥《いちべつ》して笑った。

軽薄な物言いに相応《ふさわ》しく、その容貌《ようぼう》はとんでもない二枚目顔だ。薄く笑みを刻んだ表情が、他人を馬鹿にしたようにも、尊大で自信過剰であるようにも見てとれる。

「……？」

足の間に生首を挟んだまま、ロクは、男を見上げた。

男は、嫌悪と軽蔑《けいべつ》を含んだ眼差《まなざ》しで、ロクを見下げている。

なぜ、そんな目で見られるのか分からない。

「お前が次のロクマリアか。顔はいいけど、……なんだ？　そのぐちゃぐちゃの腕は？」

「……だ、れ……？」

「お前のご主人様だよ。さぁ、頭《こうべ》を垂れて跪《ひざまず》いて挨拶《あいさつ》しろ！」

「ぐっ……」

後頭部を軍靴で踏まれた。

地面に這い蹲《つくば》らされ、頬《ほお》に、砂利が食い込む。

「アルキヨ様！」

咆哮を上げ、朱色の竜が荒野に降り立つ。

その竜の背には、涼しげな容貌の青年が騎乗している。青年は、軽やかに竜から飛び降りると、真っ直《す》ぐに男のもとへ駆け寄った。

「なぁファス、これって何に見える？」

血に濡《ぬ》れた剣先で、アルキヨと呼ばれた男はロクを指し示す。

「これ……これは……」

ロクを見たファスは、口元を押さえて目を逸《そ》らした。

まるで汚いものでも見るように。

「醜いよね、俺の嫁。……ま、どうせ嫁って言っても性奴隷みたいなもんだし、こんなも

んか。……さぁ来い、ロクマリア」

アルキヨは、ロクの異形の腕を掴み、地面を引き摺《ず》った。

「っ、ぃあ……！」

荷物のような扱いをされても、ロクには抵抗する力がない。

剝き出しの素肌に、砂と石がざりざりと傷をつける。

「力の使い方も知らない馬鹿が」

侮蔑《ぶべつ》を含んだアルキヨの声が、妙に耳に残った。

ロクは、そのまま気を失った。

＊

頭が割れそうなほど痛い。体が引き裂かれそうなほど痛い。心臓を潰されたように胸が詰まって苦しい。体の内側は熱いのに、氷水に放り込まれたように寒い。溺《おぼ》れたように息ができない。このままでは死んでしまう。

「た、すけ……」

「自分で制御もできないくせに竜体になるからだ」

「……？」

霞《かす》む視界にアルキヨの顔が映る。

薄く笑っている。

「まともに返事もできない？」

「な、に……して……」

アルキヨの手が、ロクの腹を撫でた。

素肌に、硬い男の手と、柔らかい寝具の感触がある。

「なにって、これからお前を犯すんだよ」

「……？」

体を持ち上げられ、うつ伏せにさせられる。

細身であっても背の高いロクを、アルキヨは軽々と自由にした。軽薄な見た目の割に逞《たくま》しい。腰を掴む手も大きいし、覆い被さってくる体も、ロクよりひと回り以上あって、がっしりと鍛えられている。

中学までは剣道をしていたとはいえ、高校に入ってから勉強とバイトとにかまけていたロクとは、根本的に体の造りが違っていた。

「お前なんか、本当ならごめんなんだけどね」

ロクの背に触れ、鱗を撫でる。

「ふ、ぁっ……」

甘い痺《しび》れが全身に広がった。

背中の一部分だけだった痣は、一面に広がっている。白い肌を白金色の鱗が彩る様は、正に竜の背中だ。

「これが竜の鱗か……、感度は良好」

「ん、ンぁ」

かり、と鱗を爪で引っ掻かれる。

痒《かゆ》みにも似た、じれったい衝動だ。浅い呼吸を繰り返し、遣《や》り過ごそうとすればするほど疼《うず》きは増す。耐え切れずにシーツに爪を立てた。ぶつ、と大きな音がして布地が破ける。

右腕だけは、まだ竜のままだった。

「下等な化け物だな」

変形したロクの鱗を剝がすように、歯先で、かり、と噛《か》む。

「ん、っ……」

「化け物の分際で、いい声だけは上げるんだね」

「見る、な……」

「俺だって見たくないよ、お前みたいな醜い竜」

吐き捨てる。この上なく、汚くて、不細工で、穢《けが》らわしいものを睥睨《へいげい》する眼差しで、ロクを侮蔑する。

「……な、んで……？」

「どうして、俺がお前に答えてやらなくちゃならない」

「……っ！」

ばちん、と頬を叩かれる。

わけが分からなかった。一面識もない男にこんなことまでされて、攻撃の対象にされるなんて、理由が思いつかない。

「喜びなよ。……俺は、どんなお前であっても、相手をしなくちゃいけないんだ」

ロクの腰を抱え上げ、臀部《でんぶ》に指を食い込ませる。

強い力だ。優しさや、労《いたわ》りが欠片《かけら》も存在しない。

「……やめろっ」

「やめろ？　俺に命令しないで」

「ぃ、あっ⁉」

後ろに指を差し込まれ、左右に割り拡げられる。逃げようと寝台を這い上がれば、腰を抱かれて手前に引き寄せられた。

「世話焼かせないで」

「ゃ……っ」

熱いものが、ぐ、と押しつけられた。

先刻と同じ感触に、ロクの表情が引き攣《つ》る。

犯されるのか？　いやだ。ありえない。なんでだ。なんで、こんなことになってる。なんで、どうして、これは夢か？

「ひっ……ぎ、ぃぁあああっ‼」

「今まで聞いた中で一番不細工な喘《あえ》ぎ声だ」

「ぃ、だいっ！　いだいっ、痛い、痛いっ……!!」

「ちょっと、うるさい」

「う、ぅう」

口を塞《ふさ》がれる。うー、うー、とくぐもった悲鳴を叫び続けた。

涙を流し、首を横にして、やめろ、と訴える。

「ろくな使いものにならないね」

「ひ、ぃ……」

無理やりペニスを咥《くわ》え込まされた場所が切れて、血が滲《にじ》む。

痛い。熱い。硬い。苦しい。重たい。吐く。腹が破れて、臍《へそ》まで届きそうだ。

「はは、壊れそ……」

アルキヨは笑っている。

酸欠と激痛で気絶しそうになっているロクの口から手を離して、ほら、叫んでみなよ、とペニスを突き入れる。

「痛、ぃ……抜け、いだいっ！」

「叫ぶと余計に痛いよ？」

「はっ、ぁ、ぐ……っ、は、っ……」

肩で息をした。その呼吸を無視して、ず、ず、と重たいものが肉を割り開く。

痛い。熱い。硬い。苦しい。重たい。吐く。頭の中がそれで埋め尽くされる。腸が圧迫されて、内臓が口から漏れそうだ。

「ぃたい、いだい、ぃぁいぃ……っ」

「緩めるんだよ」

中に収まり切らないペニスを、強引に押し込む。

狭い腸内に、アルキヨの陰茎は大きすぎて入らない。そこを無理に使おうとするものだから、ぽたぽたと鮮血が太腿《ふともも》を濡らし、真っ白な寝具に滴る。

「あっ、は……ぁ、あ、あ、ぁ」

痛い。痛い痛い痛い痛い痛い。

鱗に覆われた腕に突っ伏して、弱々しく首を横にする。

「最後まで咥えろ」

崩れ落ちる体を支え、奥まで穿《うが》つ。狭い内部を拡張するように、わざとらしく、ぐちゃぐちゃに掻き回した。

「そ、れっ……きもちわるぃっ、な、で……こん、な、ぁっ！」

「こうされて当然なんだよ。お前は俺の嫁で、俺の竜なんだから」

「ぎ、ぃぁああっ!!」

「あぁ、これからはちゃんと掃除しときなよ？　分かるでしょ？　俺のに、お前の排泄物が触ってんだよね。物凄《ものすご》く不快で不愉快」

「うっ、ぅ、ぅうぅう」

与えられたくもない羞恥《しゅうち》を与えられる。

「これから先、そんなふうに恥ずかしがるような暇なんてないから、さっさと無駄な羞恥は捨てたほうが賢明だよ」

「ぃ、ぎぁ、ああ、っ、ぁ」

直腸が抉《えぐ》られる。骨盤が壊れそうだ。

「もしかして初めて?」

「っ、ふ、ァ……ぅ」

無心で首をたてにする。そうすれば、もしかしたらやめてくれるかもしれない、手加減してくれるかもしれないと思った。

「その顔だから、てっきり男を咥え込んでると思ったんだけどな……そうなんだ、へぇ……でもまだ半分も入ってないから、根性出してね?」

「も、やめっ、助、け……」

「まぁ無理だよね」

「ん、ぁ、あ、っ、ぁあ」

限界まで拡がった括約筋が、軋む。会陰《えいん》は限界まで引き伸ばされ、陰茎の形に盛り上がる。ごり、ごり、と硬いものでで内側から攻撃されて、内臓が圧迫される。大量の出血とその血腥《ちなまぐさ》さ、腹の膨満感で、胃液が押し戻される。

もういやだ、殺される。おっきい。痛い。殺される。

「はい、全部入ったよ」

「か、っ、は……っ、ぁ……」

「声も出ない？」

「ぅ、ぇ……え、ぐ、ぇぇえぇ……っ」

腰を揺すられて、その圧迫に耐え切れず、胃液を吐いた。饐《す》えた液体が、頬や体にかかる。

「うわ……勘弁してよ」

ロクの苦痛は無視して、ペニスをギリギリまで引き抜く。

「あっ、ンんぁ!?」

「あーぁあ俺のまで血みどろだ」

「ひぃ、ぎ、ぐ……っ」

今度は深く穿たれる。

肉を巻き込み、直腸を抉る感覚に、眩暈を起こす。ぐらりと揺れて、天井がぐるぐる回る。

「早く元に戻れ。ご主人様の前で、いつまでもその不様な姿を晒すんじゃない」

「や、め……動、な……ぁっ」

異物に反応して、腸液が漏れる。奥へ打ちつけられるたび、ぷちゅ、ぴちゅ、と濡れた音が、肉の隙間《すきま》から止め処《ど》なく溢《あふ》れた。

雁首《かりくび》が括約筋に引っかかる。嵩《かさ》の張った部分は、会陰が盛り上がるくらいに質量があって、重苦しい。生々しいそれを追い出そうと腹に力を込めると、ぎゅうと締めつけてしまい、余計に男の形を思い知らされた。

「やらしい体してるよね」

肉を割り拡げ、ペニスを奥に埋め込む。薄い肉がぎちぎちに拡がり、余分がない。それを抜き差しするたびに、ロクの中でもっと育っていく。ロクの中は、アルキヨには窮屈だ。気持ち良さは微塵《みじん》も存在しない。

「おっき……ぃ、……も、でか、く、すんなっ……壊、れ……」

突かれるたびに、ぐぷん、と気泡が弾《はじ》けた。

二人分の体液と血が混ざり、ぬめり、静かな部屋に、耳を塞ぎたくなるような水音が響く。

「壊れたら、檻《おり》に入れて飼い殺してあげる」

「あっ、ひ……ぃっ」

笠《かさ》の張った部分で、腸壁の腹側を殴るようにされると、射精してもいないのに射精したような快感に囚《とら》われた。ペニスから、とろとろと半透明の液体を漏らす。

「あっはは、すごいだらだら」

「ひっ、ン……ぁっ、あっ、ンんっ、ぁあっ」

同じ場所を執拗《しつよう》に嬲《なぶ》られる。

痛いのに、どばどばと先走りが溢れて、止まらない。背を丸め、耐えていると、そんなことは無駄だと言わんばかりにアルキヨの好き放題、がつがつとケツを掘られる。何度もそれを繰り返されるうちに、痛みが麻痺《まひ》して、もう何も感じられなくなった。

「おとなしくなったね？」

「……変態、クソヤロウ、死ね」

精一杯の虚勢を張る。息も絶え絶えで、涙とゲロまみれだったが、悪態だけは吐いた。

「口が悪いなぁ。ほら、余裕があるなら、さっさと奉仕して」

「んぁ！」

ばちん！　と尻《しり》を叩かれる。

「動け。命令通りにできないと、腕を突っ込んで拡張するぞ」

「…………」

「まだ睨《にら》む余裕あるの？　じゃあ、殺すぞ」

「……っ」

「動け」

「……ん、ンん、っ……んふ、ぁ、あ」

恐ろしい言葉に脅されて、必死になって腰を動かした。

最初はゆっくり、徐々に速く。飽きるほど長い時間をかけるうち、直腸が温かくなり、肉がめくれ上がる摩擦が、気持ち良くなり始める。

「そう、いい子だね。ケツの使い心地と顔は合格だ」

「ひっ、ぃ、あ……、め……っ、ふぁ、あ」

ガツンと直腸の行き止まりにぶち当たる。

脳天まで痺れて、それで、頭の中が苦痛以外のものに切り替わった。

「気持ち良いなら、そう言ってみな？」

「……ん、ぃい……おっきぃの、きもひ、ぃ、いぃ……」

気持ち良くなりすぎて、動けない。

おっきくて、熱くて、硬くて、長くて、気持ちが良い。これに擦《こす》られると、頭がおかしくなる。

「まだ狭いよなぁ……これじゃヤるほうも一苦労。しっかり拡張してあげるから、楽しみにしてなよ？」

「ひぃ、いぁ……待、て……はや、い……っ」

動きが速くなり、腹の中でペニスが膨張する。

「お前に合わせるのも飽きた。……なぁ、中に出すからさ、孕《はら》んでみせてよ」

「な、か……？」

「そう、中」

「……？」

「馬鹿な竜は、中っていうのがどこのことか分からないの？」

「分か、な……」

「お前のここだよ」

汗ばむロクの下腹に手を添えて、ぐ、と押さえつける。

「おなか……」

「そう、お前の腹の中に、俺の種をつけてやるんだよ。これから毎日、腹が膨れて、垂れ流すくらい出してやる」

「や、……出すなっ、なか……っ、や、中、やめっ……!!」

「なんで嫌がるの？　皆喜ぶよ？　お前なんか、俺に出してもらう以外の価値がないんだから、涙を流して喜びな」

「ひっ、ん……っ、ぁ、あぁっ……！」

両脚を抱えられ、女のように犯される。

簡単に腰が浮いて、突き上げられるたびに、足が揺れた。

「やら、ぁ……っ、なか、も、……入ん、な、っ……ぃ」

ひっ、ひっ、と短く喘いで、シーツを握りしめる。

おっきいのでいっぱいで、もうこれ以上余裕がない。もう入る場所はないはずなのに、ずるん、といやな感触が腹の中で起きた。結腸の中にまで、雁首がめり込む。

甘い痺れが背骨に走る。痛みはないが、腰が抜けた。弛緩《しかん》したせいか、どこまでも男を咥え込み、ほんの少し、小便を漏らす。

「上出来」

「…………ぁー……？」

「ほら、飲み込め」

「ふぁ、ぁあ……っ」

拒否も空しく、最奥に大量の精液を吐き出された。ペニスが脈打ち、熱が腹の内側に広がる。じわじわと胎内にしみこむそれは、ただロクを虐げるだけでなく、ロクの心までを犯す。

「はっ、不細工な顔で泣かないで……こっちが悪いことしてるみたいだから」

「ひっ、ぅ、ぅう」

中出しされた。

男に。

いやだって言ったのに……。

なのに、体の内側が喜んでいる。得体の知れない満足感で、埋め尽くされている。

初めて、自分の内側がめいっぱい満たされた気持ちになった。

こんなことは、今まで一度もなかった。

その事実が、ロクを打ちのめす。

「本気で泣いてんの?」

「おなか、いっぱい、って言ったのに……」

「はぁ?」

「も、入んな、い、って……言ったのに、っ」

「泣く暇があったら、黙って締めろ。一滴たりとも漏らすな」

「ひ、や、ぃや、い……ぃ、ぁあ……っ」

精液まみれの腹を、また犯される。

吐精したばかりなのに、腹の中の陰茎はまだ硬度を保ち、腸壁を蹂躙《じゅうりん》する。びく、びく、と痙攣《けいれん》する内側はペニスを締めつけ、また結腸を犯して欲しいとねだる。

「なんだ、まだ物足りないの?」

「や、……ちが、今、こすったら……」

頭、おかしくなる。

気持ち良い。気持ち良い。気持ち良い。

ぬるぬるした精液が、ペニスと自分の肉に絡んで、ぬめる。その感覚が、鳥肌が立つくらい気持ち良い。勝手に股が開き、アルキヨに体をすり寄せるほどに、気持ち良い。

「ふ、はぁ……」

力が抜けて、骨盤が広がると、ごぼ、と隙間から精液が漏れた。

独特の臭《にお》いが、鼻につく。精液のにおい。アルキヨの出したもののにおい。自分以外の精液なんて嫌悪の対象でしかないのに、その臭気に、物欲しげな仕草で喉を鳴らした。

「お前……男の精液で欲情するの？」

「ちあ、ぅ……」

「違わないでしょ？　ほら、欲しいんでしょ？」

結合部に指を這わせ、血の混じった精液を掬《すく》い取ると、「これが欲しいんだろう？」と、ロクの眼前にひけらかす。

「ぅ、ぁ」

欲しい。

白濁のそれが、とても美味《おい》しそうに見えた。不味《まず》いと知っているのに、練乳のように甘く、温かいミルクに蜂蜜《はちみつ》を垂らしたようなにおいがすると、そんな錯覚さえ抱いた。

「欲しいなら、あげるけど？」

「……ぅ、あぁぅ」

大きな口を開けて、舌を出す。

「口卑しい化け物、頂戴《ちょうだい》、くらい言ってみろ」

「ちょぉ、らい」

「やだよ」

「おねぁい、くら、ぁい」

「そんなに欲しいの？」

「それ、ほし、……せぇえき、なめた……いっぱ、ぃ、……」

欲しい。

欲しい、欲しい、欲しい。

この男の出したものが、欲しい。

甘くて、おいしいの。

「さすがは腐っても俺の竜。これが美味《うま》いって知ってるんだな」

「えぁ、ぐ」

喉の奥に、指を突っ込まれた。口端に、アルキヨの指の骨がぶつかるくらい深く。舌の上に、乾き始めの精液がなすりつけられる。固まって粒粒した食感と、どろりとした食感。どちらも、心臓がどきどきするくらい美味しかった。

「変態」

「あふ、ぁ、……んぁ、あう」

一心不乱に、舐《な》めしゃぶる。

「ちゃんと舌を使ってきれいにするんだよ」

「んぁ、む、ぅ……」

「あーぁあ、目がイっちゃってる」

「……ん、くぁ、……あ、ぷ……ぁ、んぅ」

血と精液と腸液の混じったものを、必死に舐《ねぶ》る。両手でアルキヨの手を握り、ちゅぷちゅぷと赤ん坊のように指を吸う。

甘い。他人の精液をそう思った。

「はっ……さすがは俺の竜だね。俺の精液で射精するんだ」

「ぁふ……あっ、あ……あぁ、あ……」

前も後ろも刺激を与えられていないのに、ロクは射精していた。勢いのある射精ではなく、だらしなくいつまでも白濁を漏らしている。小便を漏らしたように、びちゃびちゃだ。イったばかりの敏感な体が、アルキヨのペニスを勝手に咥え込む。もっと、この男の精液が欲しいとねだる。

「血だらけなのに、まだ欲しいの？」

「……ほひぃ、もっと、おく、いっぱい」

「こんなになってるのに？」

けたけたと笑って、アルキヨはロクの下腹部を撫でた。小便を漏らしたような濡れた感触。アルキヨの手は、ぬたりと真っ赤な血で汚れている。

「処女開通おめでとう」

「…………」

アルキヨの指をぱくんと咥えたまま、固まった。

「その顔、すごいね。最高」

あぁ、俺は今日この日の為に生きてきた。

アルキヨの笑顔は、そんな晴れ晴れとした笑顔だ。

「これ、血……？」

「どう見ても、そうに決まってるよね」

「……誰、の？」

「お前のだよ」

「………」

「ねぇ、ロクマリア、謝ってもらえるかな？」

「え、……？」

「謝れって言ってるんだよ」

「っ……!?」

前髪を掴まれて、激しく揺さぶられる。

一変したアルキヨの態度に、ロクは狼狽《うろた》える。何が起きた？　何に怒ってる？　何に謝れと言う？

「汚してごめんなさい。今頃、戻ってきてごめんなさい。醜くて汚くて最低の竜でごめんなさい。だらしない不出来な嫁でごめんなさい、って……謝って」

「……あや、ま……？」

「謝れつってんだよ。お前の心臓抉り出して、体中真っ赤にされたいか？　……あぁ？」

「ごめ……ん」

「はぁ？　お前は馬鹿か？　誰が、この俺に対してそんな言葉遣いを許した？　許してないだろうが」

「……ご、め……なさ……」

「心が籠《こも》ってない」

「ごめん、なさい……っ」

よく分からない理由で謝罪を要求されても、心の込めようがない。

でも、笑うアルキヨが怖いので、謝るしかなかった。

＊

これは夢だとすぐに分かった。

髪も、目も、肌も、顔立ちも、全て異人のロクがいじめられない為にと祖父が剣道を習わせた。祖父自身もフェシングか何かをしていたらしく、ロクは祖父にもよく鍛えられた。

家の庭先で、二人で竹刀《しない》を持つこともあった。祖母がそれを見物しては、「うちの家は泥棒が入っても安心ねぇ」と朗らかに笑う。すると、祖父とロクが声をそろえて、「守ってやるからな」と大見栄を切る。

小学生になってからは、家の近所にある剣道場に通った。

そこで、ロクは胴着を着て、竹刀を持ち、素振りをする。両隣に並ぶのは、昔からずっと一緒に剣道を習ってきた近所の友達で、それは高校生になっても変わらずに続いた。

ロクはこの後、この夢がどうなるか知っていた。

自宅から道場に電話がかかってきて、祖母が倒れたという報《しら》せが入るのだ。

ロクは、胴着もそのまま家に走って、畳に横たわる祖母と、その前で座り込む祖父を見つける。祖父は救急車も呼べず、ただ、「サヨコ、サヨコ」と祖母の名前を呼ぶだけだ。

ロクが救急車を呼び、祖母は病院に運ばれた。

次のシーンは、もう祖母の葬式だ。祖父は喪主を務めることもできず、泣きもせず、棺《かん》桶《おけ》の傍《そば》に居続ける。ロクは葬儀会社と打ち合わせをし、数少ない弔問客に頭を下げ、火葬場で骨を拾う。祖父母には親戚がおらず、さみしい葬式だった。

初七日を終え、四十九日を迎える頃にはもう、祖父は寝ついていた。その時、ロクは剣道を辞めていた。世話になった道場の師範はロクを気遣い、何か声をかけてくれたが、内容は覚えていない。

ロクは、生活の為にバイトを始めること、役所に申請して社会的保障を受けられるかどうか調べること、祖父の面倒を見ること、これからのことで頭がいっぱいになっていた。

自分がしっかりしなければ……。

誰も頼りにできない。自分が祖父を守る。家族を守る。大事な人を守る。支えていく。

祖母ができなかった分まで、今まで愛してもらった分だけ、それ以上に頑張る。

そうすることで、ロク自身も立ち直ることができた。

なのに、あっという間に祖父も死んだ。

さぁ、次は何をどうして立ち直ろうか。病院で、祖父の死に顔を見ながら、自分の今後について考えた。

なぜか、祖父を眺めながら、ロクは笑っていた。笑って、自分の胸元を握りしめていた。胸の病でもないのに、胸が苦しい。そこを摑んでいないと、確かな自分を実感できない。

胸に空いた大きな空洞は、よく見知った感情だ。満たされることのない空虚。心のどこかで、いつも渦巻いている漠然とした不安。それは、祖父母と一緒に暮らしている時からずっとロクを悩ませていた暗い部分。

祖母が亡くなった時に、その暗い部分が、大きく意思を主張し始めた。でも、遠くに追いやれば無視ができた。祖母の死を悲しむ祖父がいたから、それどころではなかった。

祖父と二人暮らしになって、ある瞬間に、ふと、どうしよう、と説明のつかない恐怖に駆られた。途端に心臓が不整脈を起こして、不規則に鼓動した。

祖父が亡くなって初めて、その暗い部分がじわじわと広がっていたことに気づいた。気づいた瞬間、もう何も考えられなくなった。考えるべきことも考えられずに、自分のことばかり考えて、祖父の死を悲しみもしなかった。

口元の笑みだけが、止まらなかった。

最低の人間だった。

「……ご、めん……じい、ちゃ……ごめ、っ……ごめん……」

ごめんなさい。

謝って、謝って、謝った後に、誰かがロクを抱きしめてくれた。それは、祖父のように細くないし、祖母のように柔らかくもない。大きくて、逞しくて、あったかい両腕だ。

いや、そんなはずはない。祖母が死んで、祖父が寝ついてからというもの、もう誰にも抱きしめてもらっていない。

なら、誰が抱きしめてくれる？

ロクにはもう、誰もいない。

「…………ごめん」

ごめんなさい。謝って、それで許してもらおうとするずるい自分で、本当にごめんなさい。

「もういい、謝るな」

誰かが、囁《ささや》いてくれる。

誰かが、赦《ゆる》してくれる。

「…………」

目尻から、涙が伝い流れた。右手で、それを拭《ぬぐ》う。その動きで、ロクは自分を取り戻す。

あぁ、大丈夫だ。これはもう多分、夢から醒めている。目を醒ましたらもう大丈夫。夢の中では、悪いふうにばかり考えてしまうけれど、目を醒ませばもう大丈夫。

「だ、い……じょ、ぶ……」

声に出すと、自分がしっかりと保てる。

ほら、大丈夫だ。

大きく深呼吸して、気を落ち着ける。長い時間をかけて平静を取り戻す。寝ていただけなのに、冷汗をかいていた。心臓の鼓動も速いが、もう大丈夫。

きゅぃい、きぃぃ。甲高い鳴き声が聞こえた。それは多分、鳥の声だ。聞き慣れない鳴き方だが、可愛らしい。

さぁ、と柔らかな風が、頬をくすぐる。風に運ばれて、青い匂《にお》いが鼻先をかすめる。春先の桜の木に似た、桜餅《さくらもち》みたいな甘い匂いだ。瑞々《みずみず》しい香りを胸いっぱい吸い込む。それが心地良く、また、とろとろと微睡《まどろみ》に耽《ふけ》る。

バサッ、と鳥が飛び立った。

「……！」

その音で、ロクは完全に目を醒ました。

両目を見開く。

「……っ」

世界の眩しさに、目を細めた。一度開いた目を閉じて、今度は少しだけ目蓋《まぶた》を開く。右手を目元に翳《かざ》して影を作り、光に慣らす。瞬《まば》きを繰り返して、ロクは、天井が真っ白なことに気づいた。自分の部屋は、木造家屋の木板だった。白い天井は、祖父の入っていた病院くらいしか思いつかない。

「違う……」

病室の天井はもっと低い。ここは、教会の天井のように高い。

「ここ、どこだ？」

ロクは体を起こした。

寝ていたのは大きなベッドだ。人が七人くらい並んで眠れそうなほど、無駄に大きい。寝具は真っ白で、刺繍《ししゅう》はくすんだ金色。ベッドは多分、純金だ。

「これを売ったらバイトしないで済む。……あぁ、いや、えぇと、じいちゃんも死んだからバイトはもうしなくていいのか……いや、でも、生活費がいるか……」

独り言を呟きながら、きょろきょろと左右を見渡した。

部屋には、ロクの寝ている天蓋《てんがい》付きのベッドの他は、小さな机と椅子しかない。机と椅子も豪勢で、金と白い石でできている。それだけしかないのに、部屋は、百メートルプールが二つ分くらいの面積があった。目を凝らすと部屋の端に、壁と同系色の扉がある。観音開きで、天井までの高さがあった。

全てが真っ白の石造りなのに、暗くない。壁の一辺全てが庭に繋がっていて、新緑の庭園と噴水が見えるからだ。そこから太陽光が差し込み、ふわりと暖かい。

耳を澄ますと、庭先から鳥の囀《さえず》りが聞こえた。心地良い風も、そちらから入り込んでくる。

自分のいた世界とは明らかに異なる。

ここは、何かが違う。何もかもが違う。ロクは、こんな場所を知らない。こんな不可思議な世界を知らない。

「……服」

肌寒さに負けて、服を探す。

布団代わりのシーツを捲ると、真っ裸だった。体のあちこちに、鬱血痕《うっけつこん》や痣がある。腕や足、肩、腰回りが特に酷い。誰かに強く掴まれた部分だ。大きな手指の形になっている。

「……あの、男だ……」

あの男。瑠璃《るり》色の眼と、緑青色の髪をした男。

ロクを、強姦した。

「……っ」

咄嗟に、シーツを手繰り寄せ、体を隠した。

「違う、違う違う違う、違う！　よし、違う！　これは夢！　おはよう起きろ俺！　あれは夢だ！　よし夢だ！　だってあんだけ痛いことされたのに、どこも痛くない！」

体を襲う痛みは、これっぽっちも存在しない。あれだけ手酷くされて、多分、一晩中、放してもらえなかったはずなのに、ちっとも体がつらくない。

それどころか、あの醜悪な化け物ではなく、普通の人間に戻っている。

右手も左手も、もう鱗を持った竜じゃない。

「ほら、やっぱり夢……夢だ！」

シーツを巻いて、ベッドを降りた。

冷たい石床を、裸足で踏みしめる。

唯一の出入り口である固く閉ざされた扉に手を触れる。

大した力を込めることもなく、扉は開いた。

一歩、外に出る。左右に廊下が続いていた。先の見えないほど、長い長い廊下だ。廊下も真っ白で、その白さに眩暈を起こしそうになる。窓はなく、両側の壁に点々と燭台《しょくだい》が設けられていた。

ロクは、右に向けて走った。

右手を壁についておくのは忘れない。以前どこかで、迷路の攻略方法を読んだ覚えがあった。右手を右側の壁について、曲がり角では必ず、右手をついた壁側、右に曲がる。そうすると迷わない。そして、ここが迷路であるなら、必ずゴールか、元の場所に戻ってこられるようになっている
思ったより冷静な自分を笑って、ロクはひた走った。

「……っ、は……っ」

走れるだけ、走った。景色は変わらない。何十分も走って、息切れして、駆け足になり、早歩きになり、ゆっくり歩くしかできなくなる。それでも足を止めず、乱れた呼吸が少し整うと、また走り始めた。気が狂うような静謐《せいひつ》に、足音が、ぺたぺたと響く。

曲がり角を折れても、分岐路が無数にあるだけで、扉の一つも見当たらない。もしかし

たら、白い扉に、白い壁で、見分けがつかないのかもしれない。

「なんっ、だ……ここっ……！」

怒鳴った声が、うわんと反響する。

何十分も走ろうが、誰の姿も見当たらなかった。人の気配もなく、静かすぎて耳鳴りがする。

「戻る……元の道に戻って……戻って、どうするよ……なんもねぇじゃん」

ずるずると壁伝いに座り込む。三角座りになって、膝《ひざ》に顔を埋《うず》める。

両目を瞑《つぶ》り、両手で顔を覆い、もうやだ、帰りたいと呟く。

「じいちゃん……」

助けて。

「……ばあちゃん、一回でいいから、なんか言って……」

なんとかして生き返って。

「わけ、わかんね……」

ずず、と鼻を啜《すす》る。

溢れ出そうになる何かをごくんと飲みくだし、ロクは、のろのろと立ち上がった。

「よし、前へ進め。ウルトレーヤ・エ・スセイア」

ウルトレーヤ・エ・スセイア。

前へ進め、そして、上へ進め。

祖父が教えてくれたお呪《まじな》い。

どんな苦難があっても、へこたれても、前へ進め、そして、上へ進め。高みへ昇れ。

どこの国の言葉かは知らないが、これを呟くと元気になれる気がする。

「教えといてもらってよかった」

頬をぱちんと叩いて、歩く。

走るのはやめた。同じ風景に変化がないかを注意して、一歩ずつしっかり踏みしめる。五分でも、十分でも歩く。寂しい風景と無音に負けないように、祖父のお呪いを声に出し、それに飽きたら、次は歌を歌った。

歩けば歩くほど、朽ちた様相に変化していった。廊下は埃《ほこり》が積もって掃除が行き届かず、蜘蛛《くも》の巣も張っている。燭台もくすんで、濁っている。足の裏もざらざらだ。

右に曲がると、大きな広間に出た。

「……っしゃぁあ!!」

両拳《りょうこぶし》を握りしめ、叫んだ。

広間の中央には、大きな門があった。白金色をベースに、瑠璃色の宝石飾りがついた門だ。時計草と青海波の模様、西洋風の竜とカワセミに似た鳥が彫金されている。上を見上げても、絵柄が見えないくらいに大きな門だ。

体重をかけて押すと、ずず、と動いた。足元で埃が舞う。長く閉鎖されていたのか、汚れがひどく、両手も真っ黒になる。

「けほっ……」

シーツの端で口元を覆い、扉の向こうを覗き込んだ。

真っ暗の部屋に一箇所だけ、天井から陽光が降り注いでいる。

その真下に、椅子が二つ並んでいた。

左にある金色の大きな椅子は、カワセミの図案が施されてある。座面と背凭《せもた》れが、瑠璃色の絹張りだ。右側には、左側よりひと回りだけ小ぶりの、金色の椅子がある。こちらの図案は竜だ。座面と背凭れは白金色で、金糸と銀糸が使われている。二つとも、クッションの刺繍は時計草だ。

「おじゃま、します……」

ロクは隙間から身を滑り込ませた。

それほど広くない部屋だ。長いこと閉ざされた部屋の臭いがする。じけじけして、黴臭《かびくさ》い。一歩、足を前に踏み出すたびに、ふわふわと埃が舞う。

椅子は、一段高い場所に並んでいた。

「……空だ」

明かりの下に到着すると、青空が見えた。椅子の置かれた部分だけ、天井がアーチになり、そこから太陽光が差し込んでいる。風通しは良いが、吹き曝《さら》しにされて、二つの椅子は朽ちていた。金は劣化しないが、他の部分がボロボロだ。

きゅいぃいい、きぃいいい。遠くで、笛の音のような、甲高い音が聞こえる。ぎぃい、きぃいい。目が醒めた時にも、聞いた覚えがあった。聞き慣れない音調、声質だ。

「……鳥？」

青空の向こうに、大きな動物が飛んでいる。地上と天上、どれくらいの距離があるのかは分からないが、大きな羽根を持つ動物だ。長い尻尾が、光の反射で見え隠れする。編隊を組んで、一定方向に飛行する姿は、とても優美だ。

「鳥じゃないな……なんだろ、もっとデカいよな……っと」

飛行物体を追いかけて、段差に躓《つまず》いた。

「うわっ！」

椅子の向こうに人がいた。

「ひ、ひと……人が……人……の、……絵？」

椅子の向こうは壁だ。人はいない。

そこに、大きな絵が飾られていた。二人の人物が描かれている。ロクの背丈より大きいので、等身大の絵だろう。空色の瞳に緑青色の髪をした男と、白金色の髪と琥珀色の目をした……何かが、いた。

「女？　男？」

男の隣にいるのは、ドレスを着た女だ。多分、女だ。だって、ドレスを着ている。右側の男とおそろいの模様のドレスだ。

でも、胸がない。……なら、男だ。

「まさか貧乳……いやいやいや、貧乳だったら、デカく描けって言うよな？」

男か女か分からないドレスの人物は、その白いドレスの裾から、尻尾が描かれていた。白金色の鱗のある、竜の尻尾だ。

ロクの体にも生えた、あの尻尾に似ている気がしたが、この尻尾のほうが綺麗だ。

「てかこれ、俺と顔が似てね？　こっちの男はアイツじゃね？」

近寄って、まじまじと眺める。見れば見るほど、絵画はロクとあの男にそっくりだ。左側のドレスがロクで、右側の男があの男。気持ち悪いぐらいに似ている。

「……なんだよ、これ」

部屋は行き止まりで、気味の悪い絵が置いてあるだけ。

なんの成果も得られず、どっと疲れが出た。

「そこにいるのは誰だ？」

「……ッ！」

背後から声をかけられ、ロクは息を呑《の》む。

「ロクマリアか？」

「…………」

そろりと、肩越しに振り返る。

「どうやって、ここに入った？」

アルキヨだ。早足で、一歩ずつ歩み寄る。

「………」

ロクは、一歩ずつ後ろに下がった。

椅子の背に隠れて、距離を取る。距離を取って、何をそんなにビビってんだと、気を取り直した。アルキヨにされたことを思い出して、逃げるより殴るべきだろ、と思い直す。

「鍵《かぎ》がかかってたはずだけど？」

「開いてた」

「……あぁ、そう……」

「なぁ、ここどこだよ？」

「………」

アルキヨは、ロクの質問には答えない。

ロクの傍近くまで近づき、見下ろす。

「なに？　……痛、っ！」

頭から被っていたシーツを引き剝がされた。一緒に髪も引っ張られる。

痛い、と文句を言うより先に、顎《あご》を摑んで、上を向かされた。

「………」

アルキヨは、ロクの顔を右に向け、左に向け、右手をとり、左手をとり、鎖骨やら胸回りやらをつぶさに観察し、ぺたりと肌に触れる。

「ちょ、な、なんだよっ！　触るなよ！」

男同士なので真っ裸なのは気にならないが、舐めるように観察されるのは恥ずかしい。存在を確かめるように触られるのは、落ち着かない。

「お前、恥ずかしがるとかしないの？」

「は？　なんで？　同じ男だろ？」

「他の男にも、そういう態度なの？」

「学校の体育の授業とか、剣道の着替えとか、水泳とか、普通に見るし……」

「体育？　剣道は……あぁ、剣術だな？　泳ぐ時も、お前は他の男に体を見せるのか？」

「いや、普通だ……ろ、ってぉおお？」

ぐるりと半回転させて、背中を向けさせる。

「ひぃ、あっ」

かり、と背中の鱗を引っ掻かれた。

「ここも、誰かに触らせた？」

「や、めっ……そこ、っ」

ぞくぞくする。喩《たと》えるなら、耳の中に舌が入り込んだような、そんな感じだ。背筋に電気が走って、腰が砕けそうになる。

「二度と誰にも触らせるな」

「ひぎっ」

がぶりと噛まれた。

痺れるような痛みに、ぺたんと座り込んでしまう。

「……ファス！　アーキ！」

「……は、ここに！」

門外に控えていたのか、赤毛の青年が部屋に入ってきた。ファスだ。

「行方不明の馬鹿はここにいた。部屋へ連れ戻せ」

「はっ！」

ファスは踵を合わせて敬礼すると、ロクの傍に駆け寄る。

「…………」

ロクは、びりびりと痺れが抜けずに、蹲《うずくま》ったままだ。

「……あぁ、待て」

ロクを支え起こそうとするファスを、アルキヨが止めた。

着ていた上着を脱ぎ、ロクの頭に被せかける。

「…………」

アルキヨを見上げると、空色の瞳孔と目が合った。

「いやらしい格好でうろつくな。自力で立って、部屋へ戻れ。……ファス、お前はそれに触るな。部屋へ案内するだけでいい。それと、アーキに伝えておけ。この埃まみれの竜を風呂《ふろ》に入らせて、まともな服を着せた後、自分の置かれた状況を理解させろ。……アーキはどこだ？」

「アーキ様は、ロクマリア様をお探しに別の場所へ……」

「分かった。なら、お前はそれを部屋へ戻して、すぐに戻ってこい」

「承知いたしました」

「ロクマリア！」

「……なん、だよ」

「二度と手間をかけさせるな」

ロクの背中を蹴《け》りつけ、アルキヨは一人で部屋を出ていった。

＊

ファスという寡黙な青年に案内されて、ロクはまた元の部屋へ連れ戻された。

部屋へ戻る道中、「ここはどういう場所だ、なんかおかしい世界だよな、これはどういうことだ、夢じゃないのか、あのアルキヨとかいう奴はどういう奴で、あなたは誰ですか、とりあえず警察を呼んでくれ、ドッキリカメラ万歳」などなど色々尋ねてみたが、ファスはひと言も喋《しゃべ》らなかった。

部屋へ戻ると、ここで待つようにと言われ、ファスはすぐに部屋を出ていった。

それと入れ代わりに、一人の少年が部屋に入ってきた。

「こんにちは、金色の竜」

少年はそう挨拶した。

小学校高学年くらいの男の子だ。きれいに切りそろえられた黒髪が、育ちの良さを物語る。吊《つ》り上がった目玉には、爬虫類のような縦の瞳孔が光っていた。瞳孔はピンク色で奇妙なのに、にこにこした笑顔が人懐こく、可愛い。

どこか、あのアルキヨに似ている。

「……誰だ？」

「僕はアーファンシ＝アキグサ」

「……アー、ファ、……？」

聞き慣れない単語に、眉間《みけん》に皺《しわ》を寄せる。

「アーキでいいよ。皆そう呼ぶから」

「……アーキ」

「そう。よろしくね。……あぁ、ロク、裸足《はだし》で歩いたんだね？　どろどろになっちゃったね。お風呂に入ろっか？」

「その前に！」

「どうしたの？」

「その前に！　お前だけはまともに話が通じそうだから、頼むからちょっと色々答えて！」

お願いします。両手を合わせて拝む。

「んー……兄上には早く連れてこいって言われてるけど、ま、いっか。兄上だって子供じゃないし、待てるよね」

　アーキは一人で納得すると、ベッドに座るロクの隣に腰かけた。にこ、と笑いかけて、ロクと手を繋ぐ。子供らしい小さなやわらかい手に、思いがけず癒《い》やされた。

「具合は悪くない？　ロクは丸一日以上も眠ってたんだよ？」

「大丈夫、全然大丈夫」

　たったの丸一日。物凄く長い一日のように感じられる。

「本当に？　普通は大丈夫じゃないよ？」

「…………」

「気持ち的に、大丈夫じゃないはずだ」

「だ、大丈夫」

「そう？　ならよかった」

　子供の割に大人びた表情で、アーキは微笑《ほほえ》んだ。

　ロクはその微笑みに少しだけ安堵《あんど》する。

　初めて、誰かに微笑んでもらった気がした。攻撃的な目で見られることも、軽蔑した眼差しを向けられることもない。友好的かつ温和で、優しい笑顔だ。

「ひとつずつ説明するね。まず、ここはロクの為の寝室だよ」

「俺の為……？」

「そう、これから毎日、ロクが寝起きする部屋。兄上と一緒の部屋のほうが本当はいいんだけど、あの通り、兄上はちょっと素直じゃなくて……」

「ちょっと待って」

「うん、待つよ」

「これから毎日？」

「そう、これから毎日。今日からロクは、ここで生活するんだ。この神殿全てがロクの物だよ。ロクのおうちだ」

「俺のおうちは日本にあるんです。築八十年の木造平屋建て日本家屋なんです。走って五分の距離に剣道場があって、歩いて三分で商店街があって、歩いて四分でコンビニで、チャリで二十分の距離に高校があるんです。神社はあっても、神殿はないんです。オーケー？」

「オーケーってなに？」

「英語だよ、英語」

「英語？」

「日本語は通じるのに、英語は通じないのか？」

「日本語じゃないよ。ロクが喋っているのは、竜国語だよ？」

「はいおかしい！　やばい！　俺の頭がマジでやばい！」

「ロクって……けっこう騒がしいね」

「それだけが取り柄だからな！　最近、落ち込むことも多かったけど、俺、基本的に明るいからね！　とりあえずテンション高めでいくからな！」

「うん！」

よく分からないけれど、ロクがテンション高めなので、アーキもテンション高めになる。

「じゃあ気を取り直して……。アーキ、俺は日本にいたんだ。ここは、おかしいだろ？　ここは、どこだ？」

「ロクは、違う世界からやってきた竜だから、戸惑《とまど》うのも当然だよね」

「違う世界？　竜？」

「そうだよ」

「俺は人間だ」

勘弁して欲しい。額に手を当てて、目を閉じる。

「ロク、なにをしてるの？」

「悩んでる」

「悩む必要はないよ。……ロク、今度はなにしてるの？」

「寝る。本気で寝る。寝て、起きたら元の世界。そしたら俺はじいちゃんの葬式の準備をして、保険会社に電話をして、学校にも一週間くらい休むって電話して、墓の管理会社にも連絡を入れるんだ」

ベッドに寝転んで、もそもそとシーツの中に潜り込む。

おやすみそしてさようならこの現実逃避した世界。俺は現実逃避している暇はないんだ。現実でやることいっぱいあるんだ。

「おじいちゃんて、誰？」

アーキも、ころんとロクの隣に寝転ぶ。

「誰……って、俺のじいさんだよ」

布団から顔を出して、答える。

「でもロクは、先代の竜様とサヨコとの間にできた子でしょう？　おじいちゃんなんていないはずだよね？」

アーキは真剣な表情で首を傾《かし》げている。

「今、サヨコって言ったか⁉」

ロクは飛び起きた。

「うん」

「サヨコは俺の死んだばあちゃんの名前だ。ばあちゃんのこと知ってるのかっ⁉」

「知ってるよ」

「なんだ、ここあながち悪い世界じゃないじゃん！　マジで！　ばあちゃんのこと知ってるってことは、あれだ！　ここ、日本じゃん！」

「日本って、サヨコの生まれた国だよね？　でも、ここは竜国だよ？」

「いいんだよ、この際なんでも！　ばあちゃんを知ってるってことは現実じゃん！」

どうやらここは、それほどおかしな世界ではないらしい。

一抹の希望に、ロクの表情がぱっと明るくなる。

「ねぇ、ロク、さっきからサヨコのことをおばあちゃんって言ってるけど、サヨコはロクのお母さんだよね？」

「は？」

「だから、おばあちゃんじゃなくて、お母さん」

「いや、ばあちゃんだ。なんか勘違いしてないか？」

知っている名前が出てきてほっとしたものの、どうにも話が嚙み合わない。

サヨコという女性は祖母であって、母親ではない。母親は、火事で死んでいる。祖父母から、そう聞かされている。

「んー……なんか、おかしいなぁ。もしかして、先代様とサヨコが、そういう作り話にしたのかな？」

「じいちゃんとばあちゃんが、なんの為に作り話をするんだ？」

「サヨコが死んだって言ったよね？」

「あ、あぁ……」

「……ということは、先代様もやっぱり亡くなったんだね？」

「先代様？」

「サヨコの旦那《だんな》様だよ」

「それは俺のじいさんのことか？　そのじいさんなら昨日？　多分、昨日……老衰で死んだよ」

ロクの祖父は、六郎という名前だ。異人だが、帰化した時に日本名に変えている。昔の名前は捨てたと言っていた。

「やっぱり……二人とも亡くなったから、ロクがこっちの世界に来たんだ」

「こっちの世界？」

「えっとね、ここはロクのいた世界じゃないんだ。説明するから聞いてくれる？」

「はぁ……」

ロクはとりあえずその言葉に頷《うなず》いた。

難しい話をされるのでは……と身構えたが、アーキの説明は簡潔だった。

一千年ほど前、人間世界からこの異なる世界へ、一人の少女が迷い込んできた。

少女は日本人で、サヨコという名前だ。戦争で親兄弟を亡くし、天涯孤独となり、戦禍を逃げ惑う中、気がつけば、天空に竜が飛び交う荒野に一人、佇《たたず》んでいた。

不運にも、まったくの別世界へ迷い込んだサヨコは、その世界に翻弄《ほんろう》される。

だが不幸中の幸いか、サヨコはこの竜国に辿り着き、保護された。

そこで、この世界を総《す》べる金色の竜と出会った。

両親を戦争で亡くした孤独な少女と、世界の平和と均衡を守る為だけに生きてきた竜。

サヨコと金色の竜が恋に落ちるには、それほど時間を要しなかった。

そして、子ができた。

異界の人間の女と、竜の間にできた子は歓迎されなかった。

竜という生き物は、誰とも交わらず、ただ、主君である竜王に従い、世界を守る為だけに存在しなくてはならない。

そのしきたりを破った竜と、破らせた女。その間にできた子は、世界秩序に混乱をもたらすとして、産まれる前に、サヨコともども、殺されることが決定した。

サヨコと金色の竜は、我が子を殺されたくない一心で、世界を裏切った。

金色の竜は、妻子を守る為に、世界を守ることを放棄した。己の使命である、世界の為に生きることを拒否した。世界を守る為に使うべき竜の力を使い、妻子とともに、人間世界へと逃げた。臨月の腹を抱えたサヨコは、竜を誑《たぶら》かした淫売《いんばい》と罵《ののし》られても恥じ入らず、家族を守る為に、元の世界へと戻った。

ただ、二つの世界では時間軸が違った。

人間界へ逃れたサヨコは、出産を終えると同時に、急激な老化に襲われた。十六、七だった娘が、七十代の老婆になった。

人間世界も、サヨコが消えてから何十年と経過し、社会形態も、文化も、年号さえもが、様変わりしていた。

浦島太郎だ。

金色の竜は嘆いた。金色の竜は不老不死。老いることも死ぬこともない。

人間界に馴染《なじ》めない異人の風体をした金色の竜と、心は少女のまま時間に取り残された老婆。そして、産まれたばかりの赤子。

世間の目を誤魔化《ごまか》す為に、金色の竜は、最後の力を使って、サヨコと同年齢の老人に変化した。

老夫妻とその孫。そういう偽りの生活が始まった。

ところが、ロクマリアと名付けた赤子の背には、鱗があった。

次代の金色の竜である証《あかし》だ。

現在の金色の竜、ロクの父が死んだ暁には、異界へと召喚され、次代の金色の竜として、世界を守らなければならない。

世界の為に生きること、をしなくてはならない。

金色の竜も、サヨコも、産まれた子には、そんな不幸を背負わせたくなかった。あの世界のことは忘れたかった。その一心で、一度も、異界のことをロクに話さなかった。

十七年後、ロクは成長し、普通の人間として生活していた。祖父母が、実は父母だとも知らず、生きてきた。

ある日、サヨコが死んだ。

金色の竜は、愛した女性を失い、悲嘆にくれ、涙も涸《か》れるほどに、それこそ死ぬほどに悲しんだ。

金色の竜は不老不死だ。不老不死だが、竜は悲しみで死ぬ。悲しみでのみ、死ぬことができる。そういう生き物だ。

通常ならば、竜王との間にこそ、その関係を築くことが必要とされたが、この金色の竜はサヨコを愛した。

竜王を、愛さなかった。一蓮托生《いちれんたくしょう》とする相手を、サヨコとした。深く愛した。

金色の竜は、サヨコを失った悲しみで、それからすぐに亡くなった。

亡くなれば、次は、ロクが金色の竜になる。

「ロク……わしは、もうすぐ消える。……もう、守ってやれん、すまん……」

金色の竜はそう謝って、死んだ。

父母の死をきっかけに、ロクは異世界へと強制召喚された。

この異界を守る為に。

「じいちゃんとばあちゃんが、父さんと母さんで、じいちゃんは竜で、元々この世界の人間で、いや、違う、竜なのか……？　人間じゃないのか？」

「ロク、顔が真っ青だ」

「…………かえる」

「え？」

「帰る、っ……帰るんだよ！」

「帰るって、どこに!?」

「元の世界に！」

「ちょ、ちょっとロク落ち着いて！」

「帰る……絶対に……ふざけんな……っ」

この世界に来てから、俺が何をされた？

意味もなく男に押し倒されて、犯されそうになって、目の前で人が殺されて、助けられたと思ったら、醜いだのなんだのと罵倒《ばとう》されて、その男に殴られて、犯されて……。

竜だと？

世界を救うだと？

祖父母だと思っていた人たちが父と母だと？

普通の人間だ。

「俺は普通の人間だっ！」

「竜なんだってば！」

「放せ！　帰る！」

「帰れないんだよ!!」

「……は？」

今、なんて言った？

「帰れないんだ。二度と……」

「……なんだ、それ？」

「竜は、一生に一度だけ、違う世界へ行くことができる。先代様はサヨコをつれて人間世界へ逃げた。……ロクは人間世界からこの世界へやってきた」

強制的にだけれども、それは一回に数えられる。竜は、本来あるべき場所で存在しなければならない。そういう支配的運命に縛られている。

ロクはもう元の世界には戻れない。

「……戻れ、ない……」

「そう、戻れない」

「…………」

衝撃が強すぎて、口角が持ち上がる。

戻れないって、なんだ？　戻るとか、戻らないとか……そういうのは、なんか違うだろ、俺は、この世界の人間じゃないだろ？

「ロク、ロクマリア、金色の竜。この世界の支配者。どうかこの世界を守ってください」

「身勝手だ……」

「でも、納得して」

子供にしては大人びた口調で、お願いする。

「……俺は、絶対に戻れないのか？」

「絶対、というのはよく分からない。僕は竜王族ではあるけれども、竜ではないから。金色の竜は、ロクだけなんだ」

「竜王族？」

「竜の血を引き、竜族を総べる一族。僕、これでも一応この竜国の王族なんだよ？　そしてロクは、その竜王族と、その下にある竜族、この世界に存在する全ての種族、そしてこの世界を支配し、守る竜なんだ」

金色の竜は、この世界の支配者。

常に公平に世界を守る存在。

竜国のこの神殿で、ずっと世界を見守り続ける。

それだけが役目、それだけが竜の存在する意味。

「とんだ重荷だ」

ただ、生きていればそれでいい。

そう言われている気がする。

「そんなことを言わないで。皆がロクを必要としている」

「必要とされてるんじゃなくて、いないと困るだけだろ？」

「………」

「第一、俺の……父さ………じいちゃんも、その責任から逃げたんだろ？　俺だって逃げたいんだけど……」

いまさら、父親とは思えないので、今まで通り、じいちゃん、と呼ぶ。

「先代様がいなくなってから、世界の均衡が崩れたんだ。旱魃《かんばつ》、飢餓、疫病、天災、人災、戦争、色んなことが一度に発生した」

世界の均衡と平和を守る竜がいなくなれば、世界の秩序は乱れ、崩れる。

この世界には、竜族の他にも人族、獣族、魔族、神族、精霊族などが生息している。彼らは、それぞれ国家を形成しているが、基本的には金色の竜を擁する竜国に従っていた。

この世界で、最も強いのは、金色の竜と、金色の竜に命令ができる竜国の王だ。

金色の竜と竜王がいる限り、他国は戦争をしても勝つ見込みがないので、従属の立場をとっている。

ただ、一千年以上もの長期間、金色の竜が不在で、竜国がその権威を維持できなくなっていた。竜がいなければ全ての一族は平等だと、それぞれが利権と覇権を争っている。

戦争だ。

人的災害に加わり、そこへ、天災も降りかかり、世界は今、不幸で埋め尽くされていた。

「丸きりファンタジーだな」

「ファンタジー？」

「俺の世界の言葉だよ。……それで？」

「この国は土壌も豊かで、何百年も続く飢饉《ききん》なのに、まだ食料もある。疫病も蔓延《まんえん》していない」

「よその国が、その食料や土地を狙《ねら》って攻めてくるってことか？」

「そうなんだ。ロクのいた世界でも、戦争があるの？」

「俺のいた国は戦争しないって政策だけど、結果的には、金も出してるし、間接干渉してるんだろうけどな……。他の国は年がら年中やってる」

「そう、この国と同じだね。竜国は今、東方魔族の暗国と戦争中。それに、これからはロクを狙って、他の国とも戦争になる。きっと、もっと酷くなる」

「俺を狙う？」

「他の国は、ロクを手に入れたいんだ」

「なんでだ？」

「ロクは、この世界の支配者。世界を支配するロクを支配すれば、世界を支配できる」

「俺は別に、世界を支配してるつもりはない」

「うん、でも強制的にロクが世界の支配者だよ。……それに、多分もう、世界中がロクの存在を知ってる」

「どうやって知るんだよ」

「ロクは、すごく目立つ方法でこの世界にやってきたんだ。覚えてない？」

「………覚えてない」

「真夜中の空を、金色のきらきらと、九つ重ねの虹を出して現れたんだ。あの光は、この世界の端から端まで届いてる」

「あぁ……そうなんだ」

言われると、なんとなく思い出す。

荒れた大地に寝転がり、真っ暗な空を見上げていた。

そこに、金色のオーロラ、虹、きらきらの金の粉が降り注いでいた。

どうやら、あの怖いくらいに綺麗な景色は自分が作り出したらしい。

現実逃避で不貞寝がしたくなった。自分という人間が、ますます人間離れしていく。自分のことなのに、まるで他人のお伽話《とぎばなし》を聞かされているようだ。

「ロクはこの世界に来てすぐ襲われたでしょ？」

「あぁ」

軍服を着た男に押し倒されたことを思い出す。

忌々しい。もう少し自分が元気で、何か武器になる物があったなら、面打ちぐらい見舞ってやったのに……。

「あれも暗国の兵隊だよ。ロクってば、暗国と竜国の国境ぎりぎりに墜《お》ちちゃうんだもん。すごく危なかったんだよ」

「俺にしてみりゃ、どこにいても危ねーよ」

軍人に強姦されそうになって、結局、他の男に強姦されてんだから、どこにいても危険と隣り合わせだ。

特にアルキヨ。強姦して、暴言を吐かれて、背中を噛まれた。上着を貸してくれたのはありがたいが、それで許せるものではない。

「でも、兄上がロクを助けてよかった」

「兄上？　……そう、さっきからお前はよく兄上っていう単語を出すよな？　それってもしかして……」

「アルキヨ、って言ったら分かる？　緑青色の髪と、空色の瞳孔をした男の人」

「……あぁもぉおおやっぱり!!」

嫌な予感が当たって、絶叫した。

「アルキヨは僕の兄上で、この国の王で、竜族を総べる竜王族の長なんだ」

「あれが王様ぁ？」

「そして、ロクの生涯の伴侶《はんりょ》であり、昨日の夜、ロクをこの寝台で抱いた男」

「………」

あけすけに物を言うアーキに、ロクは固まった。

年端もいかない少年が、生々しい単語を口にする。

「兄上が、ロクの伴侶だよ」

「いいか、アーキ、よく聞けよ。ロクお兄ちゃんが、今から大事なことを言うからな」

アーキの両肩を摑み、真摯《しんし》な瞳で語りかける。

俺がしっかりしないと、この子、駄目になる。

「なに？　ロクお兄ちゃん」

「まず、男と男を摑まえて、ていうか、片方が同意していない状態で、生涯の伴侶であると言ったりはしない。ましてや、自分の兄貴が俺を犯したことを知っていたとしても、それをあけすけに言っちゃ駄目。俺びっくりするから」

「でも、この国じゃけっこう普通だよ？　男同士でも、皆、なんとも思わない」

「そう、それは理解のある素晴らしいことだ！　だけどな！」

「兄上が言ってたよ？　ロクは両足を広げて、俺を咥え込んでえろかった、って！」

「そういう単語は言っちゃいけませんて、おうちの人に習わなかったか？」

「母上とはたまに喋るけど、父上は早くに亡くなってる。家庭教師の先生には、兄上の言葉遣いを真似《まね》しちゃいけませんて怒られる」

「よし、お前の家庭が不和なのは理解した」

「ねえ、大事なのはロクのことだよ。ロクは、これからも兄上に抱かれてあげるの？　抱かれてあげなよ」

「なんだこの不道徳感、俺本気で理解できない」

「でも、気持ち良さそうな声だったよ？」

「……き、聞いてたのかっ!?」

「聞こえてきたんだよ」

「やばい！　俺、恥ずか死ぬ!!」

「落ち込まないで、どうせこれからしょっちゅうあることだ」

「しょっちゅうあっちゃ駄目なの！　最初で最後なの！」

「兄上とするの気持ち良いって、宮廷騎士とか宮女の間では有名だよ？」

「あいつ、そんなにあちこちでヤッてんのかよ！」

「ロクがいやだって言ったら、やめてくれるよ、多分……」

「そういう問題ではなく！　俺は、あの野郎に突っ込まれて、ケツは痛いわなんだで……だぁああ‼　くそっ！　思い出しても腹が立つ！　次に会ったら殴ってやる！」

さっきは殴るタイミングを逃してしまったけれど、次は必ず、あの無駄に男前な顔面にワンパンくれてやる。

「ロク、怒んないで。綺麗な顔が台無しだよ？」

「怒ってない！」

思い出せば思い出すほど、怒りが湧《わ》いてきた。

あの鬼畜野郎は、ロクをまるで性処理道具のように扱った。醜いだのなんだのと罵倒の限りを尽くし、荷物のように引き摺り回した。何度も腹の中に出されたし、口にも咥えさせられたし、顔にもかけられた。

あれだけ好きなように虐待すれば、さぞや満足だろう。その無様な姿を睥睨し、あの暴君はロクを嘲《あざけ》り笑った。

空色の瞳孔と濃い緑青色の髪。忘れたくても脳裏に焼きついている。

同時に、ずくん、と下腹のあたりが疼くような気怠い感覚も、体が覚えている。

「ロク、顔が真っ赤だよ？」

「……なんだよ、もう……これ……」

両手で顔を覆う。

嫌な記憶のはずなのに、最後に飲ませてもらった精液が、くせになるほど美味しかったことを、舌が覚えているのだ。思い出しただけで、喉が鳴るのだ。

こんな感覚は初めてで、戸惑う。説明のつかない自分の気持ちに、自分の頭が追いつかない。

「ロク、なにがつらいの？　おうちに帰れないのが悲しいの？」

「……わけ、分かんねぇ」

誰かに訊《き》けることでもない。

なんでアルキヨの精液があんなに美味しいの？

誰に訊いても、ロクの頭がおかしいと思われるだけだ。

「兄上はあぁいう人なんだ。ちょっと冷たいところもあるけど、本当は優しいんだよ？」

ごめんね？　と兄に代わってアーキが謝る。

「……頭ん中、ぐちゃぐちゃ……」

「大丈夫、安心して。兄上はロクに危害を加えない」

「もうすでに加えられた後です」

「そこはまぁあれです、大人同士で話し合ってください」

「できることなら、あいつとは金輪際かかわり合いになりたくないです」

「それは難しいかなぁ。兄上にはロクを守る責任と義務がある。……それにロクがお嫁さんで、兄上が旦那様。これが昔からの決まり。だから一生、この縁は切っても切れない。

これからもずっとかかわっていくことになると思う」

「ちょぉお、も……だからさぁああ……なんで、だから、男が嫁に……」

「昔からのしきたりだから」

「そういう伝統と格式は破っていこうよ。そんでもって新しい時代、迎えようよ。嫁とかほんっとに勘弁して……」

「でも、しきたりだから」

「規則は破るもんだとか、そういう反骨精神とか、アナーキズムとか、鷹派とか、そういうのはないのかよ」

「金色の竜は、竜国王のお嫁さん。二人はずっと一緒に添い遂げて、世界の為に生きていく。素敵な話だよね」

「もういやなんだこれ」

頭を抱える。

そりゃこんな世界なら、じいちゃんもばあちゃんも逃げたくなるはずだ。

ロクだって、今もうすでに逃げ出したい。

「帰りたい、とりあえず帰りたい……」

「帰らないで、お願い。ロクがこの世界に戻ってくるのを、僕たちは千年以上も待ち続けたんだ。だから、お願い……もうこれ以上、兄上を一人にしないで」

「……千年？」

単位がおかしい。千年といえば、ロクの感覚では新しい世紀を迎えている。にもかかわらず、アーキは当たり前のように、年越し気分で千年という単語を使った。

「竜王族は長命でね、何万、何十万年単位で生きるのが普通。僕だって一千三百歳を越えているし、兄上は二千四百年生きてるけれど、まだ若いほうなんだ」

「二千、四百……？」

「うん、二千と四百年」

「マジでか……俺の世界より長く続いてるじゃねぇか」

「ロクの世界は、何年くらい続いてるの？」

「もうすぐ日本でオリンピックあるよ……」

「オリンピック？」

「うん、こっちの話……気にしないで」

「なんだか、落ち込んでる？」

「もう何に落ち込んでんのか、よく分かんない」

「じゃあ、もうちょっとだけ僕の話を聞いて？」

「うん」

「金色の竜は不老不死。そして竜王である兄上は、金色の竜が死ぬまで生き続ける。竜が悲しみで死ぬまで、生き続ける。滅多なことでは死なないから、基本的に、不老不死に近い存在なんだ」

「……俺、十七歳」

「まだ赤ん坊だ」

よしよしとロクの頭を撫でる。

「混乱しすぎて、笑えてきた」

意識せずとも口端が持ち上がり、笑みの形になる。

情報量が多すぎて、処理できない。まったく現実味がなくて、説明された言葉が全て、脳味噌の上っ面を滑っていく。

「大丈夫、なにも怖くないよ」

「いや、怖い、っていうか……」

「でも、手が震えてる」

「…………」

手が、かたかたと震えていた。

「ごめんね、びっくりしたね」

「……は、いや、なんともない、大丈夫だけど、なんだ、これ？」

右手で左手を押さえる。その右手も震えていて、そこに左手の震えが伝わり、余計に不安を煽られる。

なんで自分はこんなに不安になってる？　一体、何を怖がってる？

「ロク、大丈夫、大丈夫だから」

ロクの手を、強く握る。

小さな手だけれども、とても力強い。

「……アーキ」

「ごめんね。僕なんかでごめんね。本当は、こういうことは兄上の役目なんだ。ロクの傍にいるべきなのは、兄上なんだ……」

他人の不安を自分のことのように考えられるのか、アーキは、ロク以上に悲しい表情で、今にも涙が零《こぼ》れそうだ。

「お前が、そんな顔すんなよ」

アーキの手に、自分の手を重ねた。

アーキを慰めるように、微笑む。

うん、笑えるうちは大丈夫だ。

「ごめんね」

「大丈夫だって。ほら、お前も笑えよ。そんで、もうちょっとだけ俺と手ぇ繋いでて。俺、今はこんなにビビってて弱そうだけど、じいちゃんとばあちゃんの子供だからさ、けっこう強いんだよ、大丈夫。お前は悪くない」

「ロク……」

「ウルトレーヤ・エ・スセイア。前へ進め、そして、上へ進め。立ち止まるな」

「先代様が、よく呟いていたお呪いだ」

「じいちゃんと会ったことあるのか？」

「先代様がいなくなったのが、ちょうど僕が産まれた頃だから、ほとんど記憶がないけど……その言葉だけは知ってるよ。本に載ってた」

「他には、なにか覚えてるか？」

「ううん。ごめんね」

「そっか……あ、いや、お前が落ち込むことじゃないから、そんな顔すんなって。他にもなにか覚えてたら、訊きたかっただけだから」

「兄上がよく知っているよ」

「……そっか、ありがとうな」

剣道場の弟弟子にするように、アーキの小さな頭を撫でた。

それ以外、他に、どうしようもなかったから。

＊

風呂に入ることになった。

裸足であちこちを歩き回ったし、埃っぽい部屋にも入り込んだので、ロクとしても、風呂に入るのは大歓迎だ。なにより、風呂に入ると気分が変わる。

よくよく考えると、昨晩、アルキヨに強姦されてから、風呂に入った記憶がない。

事後、誰が風呂に入れてくれたのか分からないが、ロクの体は、そういう感じには汚れていなかった。

それでも、自分で洗わないと、何か気持ち悪かった。

アーキに案内されて、寝室と隣り合った部屋へ向かう。扉一枚を越えて、真っ白の廊下を歩くと、また大きな白い門が待ち構えていた。その先に、スパのような、どでかい風呂があった。

「アーキ、これって……風呂？」

「お風呂だよ」

「池じゃなくて？」

「お風呂だよ」

「……ふーん……すげぇね」

呆気《あっけ》にとられて、ドン引きさえした。

まともなコメントが思いつかない。

「この寝室と浴室は、春から夏にかけて使う施設だからね、壁の一面がお庭に続いているよ。景色が楽しめるし、温度もちょうどいいんだ」

「春から夏、限定の……風呂と、寝室……」

「秋から冬になると、また別の場所に移動するよ」

もうもうと立ちこめる湯気の向こうには、温泉が湧いている。寝室と同じく、壁の一面が庭に面していて、色とりどりの草花と、緑樹による景色を臨むことができる。真っ白の石造りにたっぷりとした乳白色のお湯、そして……。

「アーキさん」

「ロクって、自分の許容量を越えた時、敬語になるよね。どうしたの？」

「うん。ちょっと質問なんですけど、あそこにいる人たちって、女の人？」

浴場には、遠巻きに控える女性が二十人くらいいた。

全員、生成り色をした揃《そろ》いのドレス姿だ。襟が高くて、きゅっと腰が締まっている。スカートはあまり広がらず、ふわりとしている程度だ。袖口は短めで、七分丈。ボタンで袖口を留めてあり、腰回りのリボンはで後ろ結びにしている。髪型や髪色は様々だが、一纏《ひとまと》めにして、生成りのリボンで飾っていた。

彼女たちは、手に手に、大判の布や、何かのオイルが入ったガラス罎《びん》など、入浴に必要なのであろう道具を揚げ持っている。

そして、全員が竜族らしく、眼球に縦向きの瞳孔が光っていた。爬虫類のようだが、皆、それぞれ色んな色をしていて、宝石みたいだ。

「あの女の人たちはどういう方々なんですか？　ここ混浴風呂とかいう天国ですか？　でも、俺、女の人の体は、本気で好きな人のしか見るつもりないんですけれども」

「あの人たちはロクの侍女だよ。お風呂の世話をしてくれるんだ」

「はい無理、どう考えても無理、絶対むり、やだ。なにそのハーレム設定マジすごいんだけど、さすがの俺もその神展開は引くわー……無理だわー……丁重にお引き取り願うわー、さすがに女の人二十人に、ちんこもケツも見られたくないわー……」

「大丈夫、全員、男の子だから」

「マジで？」

「マジで。……マジ、ってなに？」

「本気って意味だよ。ていうかちょっと待って、なんでこの世界そんな世界なの？　なんでどうして大きいお友達とか大きいお兄さんとかお姉さんが大好きな展開ばっかりなの？

……俺、ちょうカルチャーショック」

「んー……あのね、先代様とサヨコが駆け落ちしたでしょ？」

言いにくそうに、アーキが説明した。

「うん、駆け落ちしたな」

「だから、次の竜であるロクが、侍女とか、後宮の女性とか、。女性の軍人さんとか、とにかく、他の女の人と恋しちゃって駆け落ちしたら困るから、この国の法律で、竜の世話をするのは、女の格好をした男の人って決まってるの」

「その割に、なんか皆、可愛いか美人かのどっちかなんですけど？」

「兄上の好みで……」

「お前の兄ちゃん、ちょうえろいな」

「あながち否定はできない」

「でも、この国って、男とも恋人同士になることが多いんだろ？」

「うん。だから、兄上は、ロクの世話係全員に、絶対にロクと会話をしちゃいけない、目を合わせてはいけない、ロクに姿を見せてはいけない、って命令してる」

「俺、見ちゃってるよ？」

「あの人たちが兄上に怒られるから、見なかったことにしてあげてね」

「了解」

男と分かれれば、恥ずかしいこともない。

ロクは、つかつかと世話係のもとへ歩み寄った。

「あのさ、体洗うのに、なんか布と石鹸《せっけん》？　みたいなのあったら貸してください」

一番手前にいた世話係に話しかける。

「……！」

まさか直接話しかけられると思っていなかったのか、世話係は、ひっ、と小さな悲鳴を上げて低頭し、手に持っていた綿布を差し出した。

「ありがとー。……あ、これ、石鹸？」

その隣にいた世話係は、宝石箱のような箱を持っている。中には、真四角にカットされた石鹸の塊が入っていた。

「……えっと、借りて、いい？」

世話係たちは、頭を下げて小さく震えるばかりだ。

これはどうやら本当にアルキヨの命令なのか、それとも、ロクと目を合わせることがいやなのか、徹底されている。

ロクはそれを借りると、アーキのもとへ戻った。

「ロク、話しかけちゃ駄目だよ」

「なんで？」

「……なんでだろ？」

「だろ？　別にいいじゃん。俺とあいつらが黙ってたら、アルキヨには分かんないし……なぁ？」

世話係に向けて笑いかける。

「ロクだけだよ。正面から兄上に逆らうのは……」

「だってなんかアルキヨの言うことって、単なる我儘《わがまま》にしか聞こえねぇもん。……あ、アーキは一緒に風呂に入るか？」

「ううん。僕はここで待ってる。……あ、ちょっと待って。あの人たちには下がってもらうから」

「……？」

「ロクの裸は、兄上以外見ちゃいけないんだよ。だから、……下がれ！」

アーキが声を張る。ロクに話しかけるのとは違う、王族の声だ。

世話係は一斉に頭を垂れ、後方へ引き下がった。

「さ、ロク、これで心置きなくお風呂へどうぞ」

「あ、うん。どうも……」

「そのまま、お風呂の中に入って、体を洗っていいからね」

「分かった」

使い勝手がまったく分からなかったが、説明通りに風呂に入る。

アルキヨが貸してくれた上着を脱いで、お湯に体を沈めた。ぬるくもなく、熱すぎることもなく、適温だ。何か甘い匂いがするかな？　と感じる程度で、入浴の邪魔にはならない。石段に腰かけると、ちょうど胸のあたりまで浸《つ》かれる。

「……は、っ……ぁー……」

大きく深呼吸した。

胸の奥に熱気が入り込み、少し息苦しくなるが、それさえも心地良い。

「ロク、僕は着替えを用意させてくるから」

「ありがとー」

浴場を出ていくアーキを見送り、手を振る。

湯気に隠れて、遠くの景色は見えない。ロクは、ばしゃばしゃと湯を掻き分け、進んだ。

規則正しく石柱が並び、アーチ状の屋根を支えている。湯気の先に、青空と新緑の庭園が垣間《かいま》見えた。前後左右には、誰もいない。

「……だれも、いない」

いないんだなあ。

「ふへ……」

そう思うと、笑いが込み上げてきた。

白い靄《もや》の中にぽつんと取り残され、途端に、自分が一人だと実感する。

湯に濡れた体を、具《つぶさ》に観察する。

どこもかしこも、普通の人間だ。背中には鱗があるらしいが、自分では見えない。

「ひっ……」

右手を回して、肩甲骨の間に触れると、びりっ……と、電気が走った。鱗のある場所だ。

でも、それ以外は普通だ。

白金色の髪と、白い肌と、普通の爪と、五本指の手足、腕と足は二本。

「目の色だって、じいちゃんと同じ……」

琥珀色。

水面に顔を映す。

「…………？」

両目を眇《すが》め、そして、ゆっくりと大きく瞠る。

真ん丸だったはずの瞳孔が、縦向きに変わっていた。

アルキヨやアーキ、他の竜族と同じように、爬虫類のような眼球だ。

きょろりと動かすと、きゅ、と縦向きが大きく移動する。目を眇めると、きゅう、と瞳孔が細くなる。

「……っ！」

ばしゃん！　両手で、水面を叩いた。

なんだこれ、なんだ、なんで、何が……？

俺の眼が、変わってる。

目を閉じて、もう一度、水面に映す。琥珀色の目玉に、金色の瞳孔が光っていた。

「…………！」

咄嗟に、頭まで湯に浸かった。

水中に沈めるだけ沈み、ぎゅ、と息を止める。

化け物だ。化け物になってる。人間じゃない。竜だ。俺が、俺じゃなくなってる。

そうだ、俺は、何してるんだ。呑気《のんき》に、風呂に入ってる場合じゃない。状況に流されて、馴染んでいる場合じゃない。

死んだんだぞ、じいちゃんが。ばあちゃんの遺骨だって、家にそのままにしてある。納骨だって済ませてない。ばあちゃんに、「じいちゃんがばあちゃんの傍に行きました」……って報告してない。まだ何もしてない。

いや、俺が報告しなくてもいいのか……？　ちゃんと、天国で二人で一緒になってるのか？　じゃあ、俺だけ、一緒じゃないのか？　一人なのか？　俺だけ……。

二度と、元の世界に戻れないのか？

戻れないのか……。

戻る方法が分からないし、戻ってどうするんだ。戻っても、じいちゃんとばあちゃんは、いない。どこにもいない。誰もいない。眼だって、こんなに気持ち悪い。

「ロク！」

「……ッ!?」

ぐ、と腕を掴まれ、水面まで引き上げられた。

「ロク！」

「……ぶはっ、ふ、げへっ……ちょ、なんだっ!?　どうした!?」

鼻から湯を吸ってしまい、ロクは盛大に噎《む》せ込む。

「なんだどうしたじゃないよっ!?　なにしてるのっ!?」

アーキは、顔を真っ赤にして叫んだ。

ずぶ濡れになってロクを探したらしい。えらく呼吸が乱れている。

「……いや、大丈夫。ごめんごめん。ちょっと泳いだり、潜ったりして遊んでた」

「遊んでた……って」

「ごめん、ほんとに大丈夫だから、な？」

「…………あんまり遠くに行っちゃ駄目だよ」

まだ何か言いたそうにしているが、この小さな弟分はそれで勘弁してくれた。

「……ほんと、なにしてんだろうな」

あのまま、誰も来なかったら、どうなってたんだろうな。

「ロク？」

「ん、なんでもね。もう上がるか」

アーキの手を引いて、湯船から出る。

「体を拭《ふ》くもの、持ってくるね」

「自分で取りに行くって。どっちに行けばいい？」

「あっちの部屋だよ。そこが着替え部屋になってるから」

「分かった。……あれ、アルキヨの服はどうするんだ？」

アーキは、両手でアルキヨの上着を抱えている。

「兄上の服は泥だらけだし、多分、もう着ないだろうから処分するよ」

「……それ、俺に頂戴。いいよな？　俺がもらっても」

「うん。兄上がロクにあげたものだから、ロクの好きにしていいけど……どうするの？　着るの？　寸法が合わないよ？　それに、ロクにはロクの服があるよ？」

「うん、まぁ、機会があったら、あいつにその上着ぶつけて返してやろうと思って」

「じゃあ、洗濯を頼んで、衣装箱に入れておくね」

「衣装箱？」

「衣装部屋にあるよ。この廊下を右に三回、左に一回曲がった先。それはまた案内するから、今はこっち」

「あぁ……」

アーキに連れられて、また別の部屋へ移動する。

浴室と続きの間になっているのは、温泉旅館でいう更衣室のような場所だ。風呂上がりに涼む為の部屋らしい。籐《とう》椅子や机、ゆだった体を冷ます大きな団扇《うちわ》、多分、エステみたいなことをされる石の寝台、蒸し風呂、そんな物が無数にある。

アーキと二人で、大きな布で水気を拭った。

アーキは、濡れた自分の服を手早く着替え、ロクに服を差し出した。

「着方が分からないよね？　僕が教えるから、覚えようね？」

「……アーキさん」

「はい」

「これ、どう見ても……」

「ドレスだよ」

「やだもう女装とか中学三年の文化祭以来」

苦笑した。強姦沙汰《ざた》といい、ドレスといい、完全にロクを女扱いだ。

用意されたのは、白いドレス。胸の下で切り替えしてあって、白っぽい金色の絹リボンで結ばれている。スカートは床に引き摺るくらい長くて、ゆったりと広がったマーメイドライン。刺繍や縫いとりは落ち着いた金色で、目立たないが物は良い。

細身で、背の高いロクにはよく似合っていた。

「ふわぁお姫様みたいだ！」

　アーキは手放しで喜んだ。

「……死にたい」

「本当は、ちゃんと侍女に手伝わせて着るのが普通なんだけど、ロクと接触するのは禁止されているから、ロクは頑張って自分で着る方法を覚えてね」

「普通の服は……」

「ロクはこれから毎日、こういう服」

「やだ」

「我儘言う子はめーですよ？」

「だって俺、男の子……」

「髪の毛は、今日はそのまま下ろしておこうね。ロクは自分で髪の毛結える？」

「結った記憶がございません。後、できたらでいいので、俺の話を聞いてください……」

「本当は、そういうことも兄上が全部しなくちゃいけないんだけどなぁ……」

「俺、自分を強姦した男に、服を着せてもらったり、髪を結ってもらったり、風呂に入れてもらったり、そういうことをしてもらう趣味はありません」

「うん、でもロクはそのままで綺麗だよ」

「お願い、話を聞いて。ロクお兄ちゃん、アーキ君のそういうアルキヨにそっくりな我が道を行って、話を聞かないところ、すごく心配」

そして、ロクの今後もすごく心配だった。

じいちゃん、ばあちゃん、俺、男の娘デビューします。

＊

軽い食事が用意された。見たことのない食べ物ばかりだ。

ロクが怖気《おじけ》づかないように、十畳くらいの比較的小さな部屋で、小さなテーブルに、胃に優しそうな料理を並べてくれた。

アーキは本当に気がつく子だ。「安心して食べていいよ」と、一つずつ料理や食材の説明をしてくれた。優しい上に気配りができて、ロクの安寧の為に心を配ってくれる。

そんなに腹も空《す》いていなかったが、アーキのお蔭《かげ》で、しっかり腹に詰め込めた。人間、そんなふうに優しくされて、風呂にも入って、腹もくちくなれば、少しは心が落ち着く。

「じゃあ行こうか」

一段落すると、アーキがそう切り出した。

「行くってどこへ？」

「兄上のところへ」

「いや」

「どうして？」

「あいつ嫌い。ていうか、俺、あいつに会う用がないし、第一、この格好で外に出るのはマジ勘弁な」

　こんな姿で、どうしてアルキヨに会わなくてはならない。

　次、アルキヨに会う時は、ガチでケンカして殴るつもりなので、もっと動きやすい服装でないと困る。

「兄上を殴るの、本気だったの？」

「ガチで殴る」

「……絶対に負けるよ？」

「負けるからって立ち向かわなかったら、自分にも負けてる」

「兄上は強いよ？　武術もしてるし、体だって鍛えてる」

「関係ない！」

「分かった。じゃあ、兄上を殴ってもいいから、兄上に会いに行こう」

「だから、この格好だけは困る」

「でも、ロクにはこの服しか用意されてないんだ」

「普通のズボンとかさ、ほら、あのファスっていう男が着てた軍服みたいなの、あぁいうのが欲しい」

「兄上におねだりして。ロクの服とか、宝飾品とか、そういうのは全部、兄上の管理だから」

「…………」

「僕たちには、ロクの物を用意する権限はないんだ。ロクのことは、なにもかも全て兄上の管轄。……ごめんね？　だから、おねだりは兄上に直接言って？　……ね？　ほら、兄上にお願いする為にも、兄上に会いに行こう？」

「…………やだ」

「行こ？」

「あいつに、なんか欲しいとかねだるとか、本気でやだ」

「でも、行かなきゃ始まらない。ロクはずっとここにいるつもり？」

「…………」

「兄上は、自分からは会いに来ないよ？」

「…………」

「ほら、行こう」

「ひきこもりたい」

「でも、兄上を殴りたいんでしょ？　なら、兄上に会いに行かないと殴れないよ？」

「…………」

「ほら、行こう？」

「うー」

上手く丸め込まれたのかもしれない。

でも、アルキヨを殴らなくては、腹の虫が収まらないのもまた事実だ。

不承不承、ロクは部屋から出た。

道すがら、アーキが神殿を案内してくれる。

神殿というのは、ロクが生活するこの白い建造物をいうらしい。通称、竜の棲《す》と呼ばれている。大規模な大学が三つくらい入って余るほど広大だ。全ての材質が真っ白で、そこかしこに金の装飾がなされている。頭がおかしくなりそうなほど変化に乏しい、整然とした景色だけが無限に続く。

「成金趣味のロココ調で、異様に腺病質《せんびょうしつ》で様式美マニアで、ちょっと頭イってる感じの建築家が設計したやつっぽい」

「何か言った？」

「いいやなにも」

徒歩で、竜の棲から王宮へ向かう。

竜の棲と王宮も、無限にも近い回廊で繋がっていた。迷路のように縦横無尽に柱廊が張り巡らされ、アーキがいなければ即座に迷子、数百年後にミイラで発見という状態だ。

王の住む王宮が、竜の住む神殿を守る造りになっているそうだ。王宮は竜の棲の何倍もあり、神殿を抱きかかえる形に設計されている。木造建築の文化ではなく、石とセメントの文化なのだろう。そのあたりの文化形態は、ヨーロッパ風だ。

王宮に足を踏み入れた瞬間は、ロクにもすぐ分かった。白と金の調度品に、カワセミ色の調度品が混ざったところが、王宮と竜の棲の継ぎ目だ。

王宮は、竜の棲以上に荘厳華麗。どこもかしこも手入れが行き届いている。塵埃《じんあい》ひとつなく、天窓まで曇りなく磨かれている。瑠璃色の絨毯《じゅうたん》やカーテン、緻密《ちみつ》なタペストリーも色褪《いろあ》せていない。天井が高いので、閉塞感《へいそくかん》もない。

ロクが写真で見たことのある、現実世界のどの城よりも美しかった。

綺麗すぎて、怖気づくほどに。

それを感じ取ってか、アーキはずっとロクの手を握ってくれていた。

ロクも、子供みたいにずっとアーキの手を握って離さなかった。

誰かと、こんなふうに長く手を繋ぐのは久しぶりだった。祖父が入院している間は、祖父の手を握って話しかけたり、足をさすって刺激を与えたりしていたが、祖父からの反応はほとんどなくて、いつも、ロクの一方通行だった。こんなふうに手を握って、それと同じだけの思いで返ってくることが、とても尊いことのように思える。

「なぁ、……ここってもう王宮だよな？」

十五分ほど歩いて、ロクは尋ねた。

「うん」

「誰もいないんだけど」

「ロクが来るって分かってるから、近衛兵とか宮廷騎士は、姿を見せないようにしてるんだ。でも大丈夫。ちゃんとロクを護衛してるよ？」

「いつから？」

「ずっとだよ。神殿にいる時からずっと。ロクが一人で部屋を抜け出した時は、さすがに誰も気づかなくて、ちょっと大騒ぎになったけど」

「大騒ぎになったの？」

「気にすることじゃないよ。だって、金色の竜がいなくなったら、皆、大騒ぎして探すのは当然のことだから」

「当然なの？」

「金色の竜は、皆で大事にしないと」

「なんか、ごめん……」

ロクという存在は、ロクの与《あずか》り知らぬところで、とても尊い存在になっているようだ。自分の行動ひとつで、何十人、何百人という人間が、迷惑を被るらしい。

「それに気づいてくれたロクは、とても優しいってことだよ」

「なんで？」

「見ず知らずの相手を思いやれるんだから」

「だって、迷惑だろ」

「上に立つ者には必須《ひっす》だよ」

「俺は、上に立つ存在じゃない。見ず知らずの人から、大事にされるべき存在でもない」

「大事にされてあげて。ロクには、それが求められてる」

「…………」

「兄上だって、もっとロクを大事にすべきなんだ。もう二度と、この竜を失いたくなければ、兄上こそ、ロクに優しくしないといけないんだ」

「でも、俺が迷子になった時、あいつも探してくれたじゃん？」

「あれには驚いたよ。兄上は采配《さいはい》に忙しくて、滅多に自分では動けないんだ」

「でも、あいつが俺を探した……」

なぜか、溜息とも嘆息ともとれぬ呼気が漏れた。

それは、着慣れないドレスのせいか、なんなのか、よく分からない。

そんな胸の締めつけだった。

「大丈夫？　歩き疲れた？」

「いや、全然大丈夫」

気を取り直して、にこりと笑う。

「ロクはすごいね。他のお姫様たちは、皆、十歩以上歩くところへ行くには、輿《こし》を用意しろと騒ぎ立てるよ？」

「女の子はそれでいいんだよ。可愛いじゃん」

「ロクは女の子に優しいね」

「じいちゃんが、ばあちゃんにそうだったから」

「先代様、きっとサヨコにも優しかったんだね」

「うん。すげぇ優しかった」

こうやって、思い出話のように、祖父母のことを話す。

不思議なもので、自分のことで精一杯で、目まぐるしい展開に脳味噌が容量オーバーになったら、祖父母の死が悲しいという感情は抱かないらしい。便利な心だ。

「さぁ、到着したよ。ここが兄上の執務室」

大きな扉の前で立ち止まる。濃い金色と、黒にも見える瑠璃色の細工が見事な扉だ。

「ここ？」

「うん。兄上、ロクを連れてきたよ！」

挨拶もノックも省いて、アーキは執務室に入った。

「えぇぇちょマジで……心の準備くらいさせろよ」

握った手もそのまま、室内に引き入れられる。

まったく前フリがない状態でアルキヨの前に差し出されて、ロクは焦った。

唐突すぎて、なんの言葉も用意していない。

室内には、アルキヨのほかに七人の人物がいた。

「あっちの六人は、この国の大臣。知ってると思うけど、兄上の隣にいるのはファスだよ」

アーキが、こそっと耳打ちしてくれる。

六人の大臣は、皆、揃いのローブを羽織っていた。床を引き摺るような長衣だが、その下に身に着けるものは自由らしく、ドレスの色柄や装飾品が派手な人もいれば、簡素な人もいる。年齢も、性別も、容姿も様々で、子供もいれば、老人もいた。ただ、六人は皆、総じて、耳が大きく、尖っている。

ファスは、深い銅色の上下に身を包み、剣を帯びていた。腰の下までの上着と、細身のズボンにブーツを合わせていて、動きやすそうだ。

彼らはロクを見て、息を呑む。それから数秒遅れで、大臣たちは一歩後ろへ下がり、頭を低くした。ファスも、我を取り戻すと、折り目正しく一礼する。

「皆、ロクに見惚れてるね」

「……はぁ？」

「だって美人だもん」

「んなわけねぇだろ。……見ろよ、あいつだけは俺を無視してるじゃん」

アルキヨだけは、机に向かって何か書き物をしていて、ロクを見ようともしない。

収まっていた怒りが、ふつふつと蘇《よみがえ》る。無駄に整ったあの顔を、ぶん殴りたい衝動に駆られる。自分を玩具《おもちゃ》のように扱った男に殺意さえ覚える。

ぐるぐると、獣みたいに喉が鳴った。

「……？」

ぐるぐると、獣みたいに喉が鳴った？　なんで鳴る？　俺、人間だぞ？　ぐるぐる、うるるる。そんなふうに鳴くのは、猫科だろう？　俺は、ヒト科の生き物のはずだ。

「陛下……」

ファスが、金色の竜ですとアルキヨに耳打ちする。

「ファス、この案件はこれで進めといて。……それと、暗国との和平交渉についてだけど、議場周辺の防備は、俺のほうを減らしてもいいから……」

アルキヨはファスの耳打ちに応《こた》えず、ロクとは関係のない話を進める。

それどころか、決してロクのことを見ないし、ロクの名前さえ口にしない。

「……あぁそう」

そういう態度ですか。

子供じみたアルキヨの態度に、ロクは驚きを通り越して呆《あき》れた。

「あ、兄上……ロクだよ？　ちゃんとお話ししないと」

兄の態度に、アーキもおろおろしている。

「ファス」

「……は」

「そこにいる化け物が邪魔だ、外へ放り出せ」

「……は、承知しま……いや、いいえ、は……しかし……」

ファスは困惑している。

敬愛する王の命令には忠実でありたいが、相手はロクマリアという金色の竜で、この国では王の次に尊ばなくてはならない存在だ。ファスごときが、手を出せる相手ではない。

「俺が許可した。あれが目端に留まると不愉快なんだよ。追い出せ」

「…………」

さすがのロクも、これにはキレた。

アルキヨと会う為に、こんなドレスを着てまでやってきたのに、この言い草。ロクを見もしないし、昨日のことを謝りもしない。これじゃあ、ほいほいアルキヨに会いに来たロクが、馬鹿で間抜けなだけだ。

「あー……あほらし」

ぼき、ぼき、と首の骨を鳴らした。

俺、なんでこんな我慢してんの？

売られたケンカも買わずにさぁ……。

「ろ、ロク？」

「調子狂うわー……」

うろたえるアーキを尻目に、ドレスの裾を、よいしょ、と持ち上げる。

「ロク、ちょっと待って、なにするつも……」

「マジでムカつく！」

アルキヨの机を、がん！　と蹴りつけた。

両脇に控えていた大臣たちが、顔面を引き攣らせ、さらに一歩後退する。まるで化け物のような目でロクを見る。たかがガキの行動ひとつに、随分な怯《おび》えようだ。それが余計に、

ロクの怒りを増長させた。この感情を、上手に言葉にできぬほど、苛々《いらいら》した。腹が立った。

「イイ年した男が、よってたかって女々しい態度取ってんじゃねぇよ！」

机に飛び乗った。机上に散らばった書面を足で踏みつける。

ドレスから白い太腿が露《あら》わになっても気にしない。

手を伸ばせば、アルキヨに届く距離に詰め寄った。

「行儀が悪い」

アルキヨは、軽薄な仕草で笑う。

不愉快なのか、空色の瞳孔が細く眇められた。

「うっせぇ」

アルキヨの顔面を拳で殴った。

「あ」

アーキが、間の抜けた声を上げる。

「ひぃいい」

六人の大臣が悲鳴を上げる。

「…………」

ファスは両目を瞠り、声を失っている。

「俺に謝れ」

「いい度胸してるな」

アルキヨは、口端に滲んだ血を舐めとり、笑った。笑ったその動作のまま、ロクを平手で殴った。ぱちん。ほんの少し頬《ほ》っぺたに電気が走るくらいの、やわらかい衝撃だ。

「……っ」

それでも、かっと頭に血が昇る。

痛みよりも、殴られた悔しさよりも、手加減されたことで、血圧が上がった。

悔しかった。アルキヨは、ロクに殴られてもびくともしない。それどころか、ロクに対する手加減さえ弁《わきま》えている。明らかに、ロクが弱者だ。

「俺が本気で殴ったら、お前なんか首の骨が折れるからね？」

ロクを殴ったその手で、ロクの細首を掴む。

片手でぽきりと折れてしまいそうなほど、頼りない。

「触んな」

「昨日の晩、あんなに触ってやったのに？　いまさらだよね」

「うるさいっ」

「うるさいのはお前。ちょっと黙ってて」

「誰が黙るか！」

もう一発見舞ってやろうと右腕に力を込めた瞬間、アルキヨが声を大きくした。

「ロクマリア！」

「……っ」

怒鳴られて、びくんと体が竦《すく》む。

「やめろ、ロクマリア、その姿になるな」

「……て、……手？　なに、手って、……え？」

アルキヨに、右手を摑まれた。

右腕が、床に垂れ下がる。竜の前脚に変化した状態で。

「ひっ、ぅ、あ……」

何、なんだこれ？　違う、なんでこれが……あれは夢じゃなかったのか？　違う、これは現実だけど、あの化け物みたいな腕はもう元に戻ったはずだ。……なのに、なんで、どうして、今、これが自分の腕になっている？

ばきばきと骨が鳴り、白骨が剝き出しになる。肉と皮膚が盛り上がる。ロクが望むと望むまいにかかわらず、この体は、いつでもあの醜悪な化け物に成り下がる。

「…………」

ファスは、本能的に自分よりも上位の者の気迫に呑まれて、青褪《あおざ》めている。

「静まり給え、我らが三竜の加護のもと……」

大臣たちに至っては、怒りを鎮めたまえと、床に額《ぬか》ずいて祈り始めた。

「……、ろ、ク……」

ロクの醜いその姿を見て、アーキは小さく震えていた。

「……や、ちが……アーキ、……ちが、おれ……」

右腕だけでも、ロクの身長よりも大きい。

血管の透けた半透明の爪が、毛足の長い絨毯を引っ掻く。

違う、大丈夫だから、怖くないから。そう言いたいのに、言葉が声にならない。

「ファス、アーキを連れて席を外せ」

アルキヨは違った。

ちっとも怖がっていない。

「は……失礼いたします。さぁ、アーキ様」

ファスは一礼することも忘れて、アーキの腕をとった。

「え、……ぼ、僕はいやだよ！　ロク、ロク！」

我に返ったもののアーキは、ファスに部屋から連れ出される。

「貴様らも下がれ」

「は……、ははっ……」

大臣は足をもつれさせながら、逃げるように下がった。

「さて、と……」

二人きりになると、ようやく、アルキヨは重い腰を上げた。

百九十センチ以上ある背丈で、床に蹲るロクを見下ろす。その眼光と相まり、気圧《けお》され
るような威圧感がある。

「…………」

ロクは、負けじとアルキヨを睨み返した。

「その目玉、抉り出して欲しいの？　もし、そうじゃないなら、この俺に対して、そういう生意気な目を向けないで」

「…………」

ぱちん。また、叩かれる。

ロクは、右腕を左手で押さえつけ、耐えた。

「なぁロクマリア、今、この竜国は戦争中なんだ」

突然世間話をするように、アルキヨは話し始めた。

「金色の竜は、この世界の支配者で、神にも等しい存在で、限りなく神そのもの。その竜を欲しがらない国はない」

「……だから、なん、だよ……」

「他の国に、お前を売り飛ばしてやろうか？」

「……っ」

「お前は、髪の一本、鱗の一枚、血の一滴、全てが金になるんだ。金どころじゃない。世界を手に入れる材料になる。……なぁ、俺の機嫌を損ねて、あちこち切り落とされて、本物の奴隷にはなりたくないだろう？」

「ど、れぃ……」

「そう。後ろの穴に、男の腕とか、足とか、性器とか突っ込まれるんだよ。気持ち良くなる薬を使われて、頭がおかしくなって、最後は家畜とやらされて、それもできなくなったら、指も足も手も切り落とされて、眼球も抉り出されて、メス豚みたいになったら、今度は死姦するのが大好きな奴に売られて、また犯されるんだ」

「……な、で……そんな……」

楽しそうに言うんだろう、この男。

ロクが怯えるのを見て、それの何が面白いんだろう。

「いいことを教えてやる。俺はお前を守ってやる、その代わりに、お前は俺に従う」

「まも、る……」

「お前が、俺の奴隷になるならね」

「……まもって、くれる……」

「ロクマリア？」

「守ってくれるなら、なんでもいい」

痛いのも、怖いのも、辛いのも、悲しいのも、一人なのも、いやだ。

こんな姿でいるのもいやだ。

守ってくれることは、とても素敵なこと。傍にいてくれるなら、なんでもする。誰でもいいから、認めて欲しい。認めてくれるなら……それは、とても……欲しい。

「いい子にしていたら、居場所を与えてやる。その腕も元に戻してやる」

「ほしい、それ……ばしょ、ほしい、……はや、く」

居場所を頂戴。この腕を元に戻して。人間の姿でいさせて。

アーキという友達もできた。友達までも、失いたくない。人であることを辞めたくない。否定されたくない。変わり身が早いと嗤《わら》われようと、今のロクは自己保身を選ぶ。

「お前は俺の竜だ。お前の父母の犯した罪をお前が贖《あがな》うんだ。我が竜族の積年の恨みつらみ、全てお前の罪だ。お前が償え」

「つぐなう……？」

「竜、よく聴け。今日まで、俺の力でこの国を守ってきた。お前なんか必要ない。いまさらお前が現れても迷惑なだけだ。いっそ存在自体が不愉快だ。今すぐ死ねばいいとさえ思う。同じ空気を吸うことさえ穢らわしい。……だから、なぁ……ほら、生かしてやってるだけでもありがたく思えよ、愚鈍な化け物」

「…………」

違う、この人はきっとロクを守ってくれない。

だって、こんなにもロクを嫌っている。

「不細工な竜、お前は二度と俺の前に姿を見せず、声を聞かせず、存在すら認識させず、決して竜にもならず、何も行動せず、ただ俺に従い、この世の全ての為に存在していろ」

「俺は、物じゃ、な……い」

「竜が存在すれば、この世界の均衡は保たれる。お前の存在意義はそれだけだ」

金色の竜が存在するだけで、大地は潤い、虫や動物は繁殖し、植物は繁茂する。

水は澄み渡り、よく流れ、作物を育て、万物の腹を満たす。

天災も起こらず、それによって引き起こされる人災もなくなる。

金色の竜は、人のみでなく万物、森羅万象をも支配する。

先代の竜は、世界の為に生きること、をするだけで、世界に恒久平和をもたらす。

それが、罪。

先代の竜、ロクの父は、それを放棄した。

次代の竜、ロクマリアが贖うべき罪。

「嬉《うれ》しいだろう？　ただ息をしているだけの単純明快な仕事だ」

「存在する、だけ……」

それでは生きている意味がない。

「どうせお前、この世界で知り合いもいないし、向こうの世界でも、家族は死んでるんだろう？　生きる意味なんて、元からないのと同じじゃないか。なら、この世界の為に、死んでいればいいんだよ」

「…………」

傷口を抉る言葉の羅列。

なぜ、この男は、こんな酷いことが平気で言えるんだ。

「お前はこれから先、何万年も何十万年も未来永劫《えいごう》、この世界の為に一生、俺の奴隷だ。醜い姿で、その一生を恥じて生き続けろ」

「………」

「分かったか？　分かったら返事は？」

「……いゃ、だ」

「返事だって言ってるの。いい返事をしないと、その腕もそのままだよ。どうせ、自分で戻せないいんでしょ？」

　すこし語尾をゆるめた口調に変えて、アルキヨが嘆息する。

「……戻せよ、頼む、から……これ、やだ、気持ち悪い」

「さて、馬鹿な竜……調教と躾《しつけ》の時間だ」

「……？」

「ファンシティエン＝アルキヨオン＝アマーウィト＝ロクネム＝ドゥルクが命じてやる。ロクマリア、その醜い腕を元に戻せ」

「ぅ、ぁっ……!?」

　体に、びり、と電気が走る。

「さすがは腐っても竜。誰が主人かは体が理解してるんだね」

「な、に……」

　どくん、どくん、と心臓が早鐘を打つ。

　胸が切なく、重苦しい。

「昨日の夜、お前を抱いてやっただろ？」

「……ひぁ、っ、う……っ」

目の前がちかちかして、足の指先から頭のてっぺんまで、電流が走り抜けた。下腹が切なさを覚え、腰のあたりがもどかしいほど、疼く。ここが自分の部屋なら、今すぐ自慰をしていただろう。

「お前を抱いてやったのは、お前に教え込む為だ。俺が主人で、お前は従属物。逆らえば殺す。俺が命令すれば、お前はいつでもこうなる」

竜国の王は、金色の竜を支配できる唯一の存在。

金色の竜は、竜国の王に命令されれば、己の意志とは無関係に本能が従う。本能が、王の言葉を聞き入れ、恭順するようロクに仕向ける。そして、それで快楽を覚える。命令されることで喜ぶ。主人に命を与えられることで、歓喜する。

「う、あ……」

たらりと口端から涎《よだれ》が零れた。

体中が、得体の知れない甘い疼きに埋め尽くされ、唾液《だえき》を嚥下《えんか》することさえできない。

「元々が淫乱《いんらん》か？　このあばずれが……ほら、俺に従いなよ。従えば、褒美をくれてやってもいい。それこそ、新妻らしく可愛がってあげるよ？」

「やっ……め、そこ、触る、な……っ」

背中の鱗を撫でられた。

爪先で鱗を引っ掻かれるたびに、びくん、と腰が跳ねる。

「もう勃《た》たせてるの？」

「んっ、ぅう」

軍靴の先で、ペニスを緩く踏みつけられる。痛いはずの刺激が、心地良い。

「痛い？」

「ひぁ、ぅ」

「お前は返事もまともにできないの」

「っ、ンぁ、あぁっ……ぁ、くっ……」

「真っ白のドレスに染みができてるよ？」

「……言う、なっ」

「何これ？　こんな可愛い服着てるのに、男の子のところだけ、やらしい形になってる」

スカートを押し上げるペニスを、靴底で嬲る。

「い、たい……っ、いだ、ぃい」

アルキヨの足に縋《すが》り、やめてくれと請う。

床と靴底の間でペニスが膨張し、痛いはずなのに、先走りを滲ませる。

「こんなに濡らして……色も形も丸分かり。節操のない嫁だね」

「……も、ゃめ、やだっ」

「はしたないのを俺の靴に擦りつけてるくせに、いやだ、とか言ってんじゃねぇよ、変態」

「ひぎっ、……ぅ！」

強く踏まれて、下腹に熱が集まった。

「ほら、俺に従うと声に出して誓いなよ。そうすれば楽にしてあげる」

「ンんっ、んぁ、あぁっ」

痛い、苦しい、辛い、吐き出したい。

「俺が主《あるじ》だ。……分かるな？」

涎でぐちゃぐちゃになったロクの頬を、優しく撫でる。

綺麗な顔が歪《ゆが》んでいる。生意気そうな瞳が潤んでいる。強気な発言しかしない唇が濡れている。金色の竜が、今、自分の足元で跪き、苦しんでいる。

ようやく、積年の恨みつらみを晴らす時が来た。

その事実が、アルキヨの口元に薄い笑みを刻む。

「……も、ぃき、たぃ……」

「俺を主と認めるか？」

「……」

「返事をしろ」

「……痛っ」

黙っていると、アルキヨに肩を蹴られる。

「返事は？」

「は、ぃ……」

「もう少し気の利いた台詞《せりふ》はないの？」

「……っ」

「じゃあ教えてやる。これからは馬鹿のひとつ覚えみたいにこう言って。笑ってあげるから。……私はアルキヨ様に一生の忠誠を誓います。隷従し、アルキヨ様の望むように足を開きます。この淫売のあばずれで最低な嫁をいつでも犯し、種付けをしてください、はい復唱」

「……………や、ゃだ」

「早くしろ」

「ぁぐ、ぅ……」

口中に指を突っ込まれる。舌を抓《つま》まれて、引き摺り出された。

「言え」

「ひ……ゃ、ら……っ」

「言わないと、また犯すよ？」

「……ゃ、だ」

「後ろの穴、使いものにならなくしてやる。四肢を切り落として、一生、垂れ流しで、それこそ人間の尊厳なんて存在しない化け物に変えてやる。……ほら、言えよ？　ちょっと言うだけで、痛い思いをしなくて済むんだ」

「……わた、し……は、……」

「あぁ？」

「ア、キ……さま、に……」

「聞こえない」

「……しょ、の忠せ……誓ぃ、……っ」

悔しくて悔しくて仕方がないのに、踏まれている場所が限界を訴える。

早く出したい、気持ち良くなりたい。

「腰じゃなくて、口を動かせ。……淫売、女扱いされてるのに、まだそんな気分になれるとか、頭おかしいんじゃないの？」

「……っ」

違う、自分の意志じゃない。体が勝手にそうなるんだ。

俺のせいじゃない。俺は、悪くない。

「続きは？」

「……隷従し、……ぁ、アルキヨ様、望、よに、ぁしひぁ、ぃ……このっ、淫売、あぅれ、さいてぇの、よめを、いつぇも……ぉ、ぉかしっ、種付け、しれくぁ、いっ……ぁ、あ！」

魂を売り渡した気分だった。

その割に、命令通りに動くことは、この上なく心を満たした。

【2】

アルキヨから解放されたロクは、竜の棲《す》に逃げ帰った。

ぐちゃぐちゃのドレスを隠すように、またアルキヨから上着を与えられた。部屋まではファスに監視されて戻ったが、当然、会話はない。アーキの姿も見えない。

「落ち着かれましたら、お着替えを。隣の部屋にございます。こちらに湯を用意していますので、ご利用ください」

ファスは事務的に伝え、部屋を辞した。

「…………」

ロクは、ぐったりした体をカウチソファに横たえた。

精液と唾液《だえき》にまみれた衣服に顔を顰《しか》める。

汚い。なのに、気怠《けだる》い微睡《まどろみ》よりも絶望感や無力感に苛《さいな》まれ、何もしたくない。

「くそっ！」

悪態を吐《つ》き、勢いよく起き上がる。

陶製の水盆に張られた冷水に顔を沈めた。三十秒、息を止める。手を洗い、手拭《てぬぐ》いを拵って、体を拭《ふ》き、身支度を整える。用意された服は、やっぱりドレスだった。

ロクは、衣裳部屋を探した。少し時間はかかったが、アーキの言った通りに廊下を進むと、体育館ほどもある大きな部屋を見つけた。

鍵《かぎ》のついた宝石箱、ずらりと取り揃《そろ》えられた靴、毛皮、扇子、鞄《かばん》、帽子、髪飾り、ストッキングのようなものからハンカチまで、なんでも揃っている。

端から端が見渡せない衣裳部屋の中から、簡素な服を選び出す。ジャケット風の細身の上着と揃いのズボン。膝丈《ひざたけ》のブーツもある。色は灰色だ。その上から、黒いマントコートを羽織る。フードを目深に被《かぶ》ってしまえば、白金色の髪も琥珀《こはく》の眼も目立たない。金目《かねめ》になりそうな装飾品を、一つ、二つ、ポケットに入れて、ロクは左右を見渡した。

誰《だれ》もいない。逃げるなら今しかない。王宮への道は覚えているし、その時に見つけた、外への出口も記憶にある。ひと目にさえつかなければ多分、逃げられる。この世界のことは何も知らないし、危険かもしれないが、ここで囚《とら》われているよりはマシだ。

ロクは細心の注意を払って、部屋を出た。

記憶力は悪くないほうだ。

ぐねぐねと細い廊下を、何度も折れ曲がり、途中で三回ほど扉を抜けて、階段を下り、地下通路を通ると近道になる。竜の棲から王宮へも、その道を通った。

階段を上がって、扉を五つ抜ければ、中庭に出る。庭というよりは公園と言ったほうが正しい広さだ。ロクはそれとは反対に歩いた。

反対側は、ロクが使った風呂場《ふろ》のあたりだ。風呂の向こうも庭園だった。その向こうには大きな城壁が築かれていて、そこから川に繋《つな》がっていると、アーキに説明された。川が流れているということは、どこかから、外へも繋がっているということだ。

「……っしゃぁああ！」

小声で絶叫した。

一時間はかかったが、小さな川を見つけた。

流れに沿って下っていく。途中、橋梁《きょうりょう》や人工湖があったが、川はまだ流れ続ける。その先に、鉄格子の水門で塞《ふさ》がれた水路を見つけた。外界との接点だ。

水路の向こう側に、外の世界が見える。草原ばかりだが、遠くのほうに、もう一つ城壁が見えた。多分、それを越えれば、本当に外の世界だ。

幸いにも、川は浅く、踝《くるぶし》ぐらいまでしか水量がない。人が鉄格子の柵《さく》をすり抜ける余裕はないが、水門を開く為《ため》の、小さな巻き上げ式の機械があった。

それを手動で回すと、がらがらと音がして、鎖が巻き上がる。柵が持ち上がり、人一人分の隙間《すきま》ができると、そこから抜け出した。これが、城の外だ。

広大な面積の野原は爽快《そうかい》だが、人影はなく、不安も覚えた。

ふと、脳裏を過《よ》ぎる。

まったくの知らない世界で一人になってどうするつもりだ？　何も知らないのに、外に出て生きていけるのか？　殺されたりしないか？　食べていけるか？

この世界は、どういう世界だ？

「…………」

足並みが、急に遅くなった。

「そこの者、止まれ！」

「……！」

背後から声をかけられて、ロクは、ぴた、と足を止める。

振り返ると、槍《やり》を持った衛兵が二人、立っていた。

「貴様、どこへ行く？」

「……あの、街へ」

「街へ？」

「は、はい。でも……」

「道に迷ったのか？　見かけない顔だが……」

「新入りでして……街へ出たいのですが」

「なら、逆だ。このまま南へ進め。すぐに街道に出るから、その先も南だ」

衛兵は、侵入者には特に注意するが、城外へ出る者には寛容だ。城へ入れたということは、それなりの検閲を受けた後なのだから。

「気をつけろよ」

「はい、ありがとうございます」

頭を下げて、ロクは駆け出した。

衛兵の言った通り、それからすぐに街に出ることができた。

「ふわ……」

どこかのテーマパークに迷い込んだ気分になった。

西洋風の街並みは、白い建物が多く、統一美と様式美で洗練されている。白い石材が手に入りやすいのか、同じような石と白漆喰《しっくい》の壁が整然と並ぶ。

ロクの記憶に一番近いのは、ベルリン、プラハ、ウィーンの古い街並み、パリのショッピングアーケード、イギリスやフランスの古城、そんな感じだ。一軒屋やアパートのようなものが、ぎゅうぎゅう詰めに立ち並び、背の高い建物が多い。

街の中心部は、一階が商店やカフェになっていて、人通りもあり、賑《にぎ》やかで活気もある。ざわざわとした喧騒《けんそう》は、新宿《しんじゅく》や池袋《いけぶくろ》にも近い。市場も豊かで、新鮮な魚や肉、野菜で溢《あふ》れ、服屋に靴屋に帽子屋にと、あちこち目移りする。

「おぉ、ファンタジーの伝統、武器屋と防具屋とアイテム屋発見、マジすげ」

街の人は、ゲームに出てくるドレスや燕尾服《えんびふく》のような服を着ているのかと思えば、簡素な服の人もいる。ヴィクトリア調に近いが、ゴシック風でもあり、バロック風でもある。多種多様だが、どの人も、ファンタジーな格好だ。

初めて見た、この世界の人々。

竜族のせいか、皆、瞳孔《どうこう》が縦に入っている。たまに、猫耳や兎《うさぎ》耳の人、エルフのように耳が尖《とが》っている人もいる。その誰もが活き活きとして、力に満ち溢れていた。

この国はとても潤っている。人々は笑顔が当たり前で、浮浪者も見当たらない。

「それもこれも、あの腐れ野郎の業績かと思うと虫唾《むしず》が走るな」

アルキヨは、国王としては優秀らしい。

なぜ、この国の人に対して優しく政治をするように、ロクにもほんの少し優しさをみせてくれないのか。なぜ、あんなにも嫌悪するのか。考えただけで、苦しくなってくる。

あんなにも他人から嫌われたのは初めてだ。ケンカしたことのある友達からも、あんなふうに嫌悪されたことはない。絶対的な拒絶と悪意を処理できず、心が疲れてしまう。

「いいや、忘れよ」

もう二度と会うこともない男だ。

春めいた陽光の下を歩く。一見しただけだが、治安も悪くないようだ。小さな子供が駆け回り、犬猫みたいな動物、鳥も見かける。緑も多い。街の美化も徹底されていて、汚物や汚水の臭《にお》いもしないし、その姿も見かけない。

どこかの国と戦争中だとアーキは言っていた。

軍人や兵隊は多いが、そんな気配はちっともなくて、戦争と言われてもピンとこない。

観光気分だ。中央広場らしき場所には、露店が出ている。ロマのような人たちが楽器を手に踊り、見物客も多い。フードを被って、こそこそと歩くのが馬鹿らしいほど陽気だ。

「……あっつい」

フードを下ろした。

「金色の竜だ！」

誰かが叫んだ。

「…………………あ、俺か」

十秒遅れで、気づいた。フードを被り直して、素通りする。

「……っと、ぉ、わ……」

素通りできなかった。

広場にいた、十、百という単位の人間が、ロクを見ていた。彼らは、口々に金色の竜だと呟《つぶや》き、ロクを中心に円弧を描くように取り囲む。その気迫に負けて後退《あとず》さるが、身動きが取れない。フードが落ちて、白金色の髪と琥珀の瞳《ひとみ》が白日に曝《さら》されると、どよめきに近い歓声が上がった。中には地面に額《ぬか》ずき、拝み始める人間まで出る始末だ。

「俺、いつから拝まれる立場になったの？」

顔面を引き攣《つ》らせる。

ずっと昔から拝まれる立場だった金色の竜が、突如、街中に現れた。その数日前に、金色の竜が出現する予兆もあった。金色をした九重のオーロラと、真夜中の虹。

「て、テンションだだ上がり……」

その期待に満ちた視線が、いっそ怖い。

「金色の竜様！」

人垣を掻《か》い潜《くぐ》って、一人の少女が現れた。

隣には、手を引かなければ歩けない老婆を連れている。

「……ど、どうした？」

咄嗟《とっさ》に、二人に手を伸ばした。

具合の悪そうな老婆のその姿が、亡くなった祖母を彷彿《ほうふつ》とさせた。

「竜様の血があれば病気が治るって聞きました。血をください。お母さんにあげてくださ
い！」

手を引かれた老婆は、少女の母親とは思えないほどに肌は皺《しわ》み、土気色の顔をしている。

「血……？」

「はい！　竜様の血を飲めば、不治の病も瞬く間に治り、大怪我《おおけが》もたちどころに癒《い》えると
聞いています。どうかお願いします！　血をください！」

「……血で、治る」

そんな話は、聞かされたことがない。

小さな頃から、怪我をしたことは幾度とあるが、それで病気が治ったことはない。

ただ怪我の治りは早かった。その程度だ。

「……じいちゃん、ちょっとくらい前フリしといてよ」

「竜様、その尊いお体を傷つけることが、不敬に当たるのは知っています。でも、お願い
です。私は殺されても構いません。でも、お母さんだけは……どうか……」

少女は涙ながらに、ロクの足元へ縋《すが》りつく。

「え、ちょ……待って、えぇと、ちょっとだけ待って！」

方法を考えるから。

自分の体を傷つける方法なんて知らないし、血を流すのは痛いだろう。痛いだろうけれど、血をあげないと、この少女は泣き止《や》まないし、お母さんは病気で死んでしまう。

死んでしまうのは駄目だ。

必死に、足りない頭をフル回転させた。

とにかく、血が流れればいい。ちょっとでいいのか、大量に必要なのかは分からないが、血があればいいのだ。

「…………？」

ひく、と両腕が痙攣《けいれん》した。

嫌な予感がした。なんとなく、身に覚えのある感覚だった。外套《がいとう》に隠れた腕をそろりと見れば、案の上、鱗《うろこ》の浮いた竜の手に変わっていた。大きな変化ではなく、ほんの少しの変化だ。五指が鉤爪《かぎづめ》に変わり、半透明の白っぽい鱗が、つやつやと光っている。

ちょうどロクの腕の位置に、少女の目線があった。

少女は、その腕を見て、言葉を失っている。

「ごめんな？」

ロクは、醜いそれを隠して、外套の下で腕を動かした。ぎぎ、と骨が軋《きし》む。

右腕を少し持ち上げ、左腕を引っ掻いた。

痛い。二センチくらいの引っ掻き傷だ。ぷく、と血が浮かび、次の瞬間、それが凝結した。驚いて瞬《まばた》きをする間に、傷口が塞がる。痕形《あとかた》も残らない。

竜は賦活《ふかつ》能力が高い。

単純な怪我なら、すぐに治ってしまうことを、ロクは知らない。アルキヨにあれだけ酷《ひど》く犯されたのに、今日にはこうして体が元気なことさえ、分かっていない。

「……は、っ」

大きく深呼吸した。二度目は深く抉《えぐ》った。涙が浮かぶくらい痛かったが、剣道の最中に、鎖骨を折った時よりはマシだった。

赤い血が、ゆっくり、どろりと滴る。

少女は、自分の小さな手を受け皿にして、その血を受け止めた。

ぽた、ぽた、とひと口分の血液が溜《た》まる頃には、ロクの腕はもう傷が治っていた。

「お母さん、飲める？」

少女は、それを母親の前に差し出した。

「……え、えぇと、気持ち悪かったら飲んだら駄目ですよ？　マジで駄目っぽかったら、ダメって言っていいですからね？」

血を飲むという行為自体、ロクには受け入れがたい。

それがたとえ自分の血であっても、薄気味悪い化け物の腕から流れた血だ。

少女の母親は、気安いロクにどう反応したものか困っていたが、それでも、手の平に溜まった血を、恐る恐る啜《すす》った。

見る間に、血色が良くなった。乾いた皮膚が張りを取り戻し、赤みが差す。立っているのもつらそうだった背筋が伸びて、しゃんとなる。潑剌《はつらつ》とした表情で、萎《しぼ》んだ目が大きく開く。老婆が年相応の女性の姿を取り戻す。

「お母さん！」

少女の声が、明るくなる。

「は……はは、ほんと、治ってんの？」

自分で自分が信じられない。

これじゃもう本気で人外だ。化け物だ。人間じゃない。

ロクの心は、落ち込んだり悲しんだりすることを忘れて、いっそ楽しかった。

これって、なんかもうすごくないか？

「竜様……ありがとうございます」

少女と母親は、ぎこちなくロクに礼を述べた。病気が完治して嬉《うれ》しいのと、ロクの血に恐怖を覚えているのが相まって、微妙な表情になっている。本当は、少女も信じていなかった。眉唾《まゆつば》でもいいから、自分の母親が治るなら、なんでもよかったのだ。

「お、俺のばあちゃんも病気なんだ！」

一人の男がロクの前に転がり出た。

「アタシの旦那《だんな》は、戦争で右足を失くしたんだ！」

女が、叫んだ。

次の瞬間、大騒ぎになった。我も我もと、ロクのもとへ大勢が押し寄せる。

もみくちゃにされたロクは逃げ場がなく、右往左往する。

瞬間、ごぉ、と上空で旋風が舞い上がった。

ロクは、空を見上げる。

青空に黒点が二つ現れ、それが次第に、ロクのもとへと近づいてくる。

きぃぃぃ、ぎゅぃぃぃ……。また、あの鳴き声だ。

「竜だ……」

鳥じゃない。あれは、竜だ。

緑青色の竜が先頭を切り、その後方に、朱色の竜が飛ぶ。

そう、あれは竜だ。

四本脚に、長い尻尾《しっぽ》。鋼の鱗と、鋭い牙《きば》。鉤爪と、紅い舌。縦向きの瞳孔。

「……アルキヨ？」

肉眼でもはっきりとアルキヨが視認できた。緑青の竜の背にいる。

赤に近い朱色の竜には、ファスが騎乗している。

二匹の竜は、広場の中央に向けて、下降した。ぶわ、と砂塵《さじん》が巻き上がり、一帯に、台風のような風が吹き上がる。ロクは、両腕で顔を覆い、砂埃《すなぼこり》を避けた。

「静まれ！　こちらにおわすは竜国王ファンシティエン＝アルキヨオン＝アマーウィト＝ロクネム＝ドゥルク様であられる！」

ファスが声を張る。

そのひと言で、国民はその場に平伏した。

「ロクマリア！」

アルキヨは、飛竜が着陸するのももどかしくその背から飛び降り、ロクのもとへ駆けた。

「み、右、左……正面、だめ、正面からあいつ来る……えぇと、えっと……」

ロクは左右を見渡して、逃げ道を探す。

「逃がすか！」

「痛いっ！」

肩を摑《つか》む強い力に、悲鳴を上げる。

咄嗟に、アルキヨの腕を振り払おうとしたその手を、慌てて後ろに隠した。

腕はまだ竜のままだ。自分では、どうすれば元に戻せるのか分からない。

アルキヨは怒っているのかして、いつものように笑っていなかった。じっとロクを見つめていて、とても居心地が悪い。罵《のの》るなり、怒鳴り散らすなり、殴るなり、好きなようにすればいいのに、こういう時に限って、アルキヨは黙っている。

「探したぞ」

ようやく、その言葉だけを口にした。

声が、少しだけ低い。眉間《みけん》に皺も寄っている。

なるほど、金色の竜がいなくなると、竜国王陛下様はとてもとても困るらしい。

大嫌いなロクの為に、わざわざ城から出てきて、こんなにも大騒ぎするのだから、よほどのことだ。

王様というのは、大勢の部下や護衛を連れて行動するものだろうに、今は、ファスしか傍《そば》にいない。それだけ焦って、恥も外聞もなく、ロクを探したということだ。

金色の竜という存在には、それだけの価値があるのだ。

その事実が分かって、ロクは悪い気がしなかった。

血相を変えたアルキヨを見て、少しだけ溜飲《りゅういん》も下がった。

「残念、もう見つかった」

笑い飛ばしてやった。

「この馬鹿！」

アルキヨの平手が、ロクの頬《ほお》を張った。

「……なっ」

「なんで家出するの？」

「……なっ、んで……っ、て……」

ていうか、今、叩《たた》いたよな？　それ以前に、一大決心で外に出た俺のこの行為を、家出で片付けたよな？　あまつさえ、また馬鹿って言ったよな？

「アンタなぁ……っ！」

言い返そうとして、言葉を失った。

アルキヨのその表情に、目を奪われた。

カワセミ色をしたアルキヨの瞳が、なんとも言えないほどに、歪《ゆが》んでいた。これが、どういう感情を表しているのか、ロクには判別がつかない。でも、なんだか悪いことをした気になったのは確かだ。

「これ、何？」

アルキヨは、疲れた声で尋ねた。

外套下に隠したロクの腕を摑み上げる。

「アンタには……関係、ない」

目を逸《そ》らす。

「関係ある」

「ない」

「あるんだよ。……言え、何をしてこうなった？」

「…………」

「お願いだから、言って」

「お願い？」

「そうお願い」

「…………血が欲しいって言う人がいたから、あげた」

「……そう。…………何人くらい？」

「一人」

「分かった」

アルキヨは、外套のフードをロクに被せると、背を屈《かが》めて、ロクの顔を覗《のぞ》き込んだ。

「んっ、ぅ」

キスされた。薄く開いた唇の隙間に舌を差し込まれる。それを伝って、唾液が流れ込む。

誰にも見せてやらないとでも言うように、フードで隠し、深く口づける。

酸素が欲しいと思うほど長い時間が経ってから、くちゅ、と糸を引いて、唇を離された。

「ん、ぁ」

「飲んで」

「……？」

「飲むんだよ。美味《おい》しいの、知ってるでしょ？」

「……ん、く」

こくんと喉《のど》を鳴らして、唾液を飲む。

「なんの味に似てる？」

「……アルキヨの、せ、ぇえき」

「いい子……じゃあ、城へ帰るよ」

「やだ」

「……我儘《わがまま》言って、困らせないで」

これみよがしに溜息《ためいき》をつく。

「戻りたくない」

「帰るんだ」

「帰ったら、怒られるし、また痛いことするから、いやだ」

「怒りに来たんじゃない。迎えに来たんだ」

「…………」

驚いた。

この傲岸不遜《ごうがんふそん》な男が、わざわざロクを迎えに来たらしい。

「迎えに来た。……ほら、帰るよ。心配かけるんじゃない」

「…………そう、なんだ」

迎えに来た。

心配した。

「変な顔で笑ってるんじゃないの、馬鹿」

「……俺の顔、叩いた」

「そうだね」

「痛かった」

「悪かったね。でも、お前が悪いんだ」

「……ふうん」

アルキヨが謝った。俺の為に謝った。

なんだこれ、嬉しい。

「なんでお前はそこで笑うの？」

「アンタこそどういう心境の変化だよ？」

「関係ない。いいから戻ってこい」

「戻ってこい？」

「頼むから戻ってきて」

「分かった」

素直に返事ができた。

戻ってきてくれとお願いしてくれた。アルキヨの命令に竜は逆らえないのに、アルキヨは命令せずにお願いしてくれた。ロクは、そんな些細《ささい》なことが嬉しかった。

アルキヨの目的を知らぬまま、そんなことに一喜一憂した。

＊

アルキヨの執務室で、大勢の大臣から説教された。

「この竜はとんだ厄介物ですぞ！」

家出騒動を起こし、人民に混乱を招いた竜に、大臣たちは怒り狂っている。

アルキヨも、説教されているロクを助けるつもりはないらしく、人の悪い顔でにまにま笑っているだけだ。ファスは相変わらず無表情で、アルキヨの傍に立っている。

「聞いておられますか！　竜様！」

「………………」

無視して、そっぽを向く。

両腕は、アルキヨにキスされた時に戻った。どういう仕組みかは分からないが、簡単に戻るようだから、安心している。あとは、自分で制御できれば完璧だ。

「竜様！」

「………………」

子供っぽいのは重々承知だが、無視だ。

家出ごときで一時間以上も責められては、謝る気も失せる。

家出騒ぎを起こしたロクにも非はあるが、それもこれもアルキヨが悪い。ロクを強姦して、罵倒《ばとう》して、その上で、ただ生きる為に従え、世界の為に生きろなどと言われても、反発しかできない。

「陛下、二度とこんなことが起こらぬよう、神殿の奥深くに閉じ込めてしまうがよろしいかと思われますが……」

「人間の女との間にできた竜はやはり災厄の種！」

「あの二人も、ろくなものを遺していきませんでしたねえ」

ついにはロクを罵ることから、祖父母の罵りにまで発展する。

さすがのロクも、それには我慢できなかった。自分が責められるのは自業自得だが、祖父母は何も悪くない。

「……あのさぁ、俺に説教するのはいいけどさぁ……じいちゃんとばあちゃんの悪口は言うなよ」

めきょ。音を立てて、腕の骨が歪む。

あ、今、なんかちょっとだけ分かった。自分の体が変化する瞬間。

ロクが望めば、多分、この体は自由に変わる。

少女の願いを叶《かな》えてあげたいと思った時のように、両手の拳《こぶし》を握りしめ、大臣たちに抱いた怒りを思い出す。

竜の姿に変わった。

醜いのは自覚しているが、他人を脅すのに、この姿は効果てき面だ。

「申し訳ございません！」

案の上、大臣たちは一様に恐れをなして平伏する。

「謝るぐらいなら、言うなよ」

「ロクマリア、何度、同じ注意をさせるつもり？」

やっとアルキヨが口を挟んだ。

よほどこの醜悪な異形を嫌っているらしく、ロクがこの姿になるたびに、不愉快を顕《あら》わにする。

「アルキヨ、俺が家出すると、俺のじいちゃんとばあちゃんが罵られなきゃならないのか？」

ずるずると重い両腕を引き摺《ず》り、アルキヨの眼前まで歩み寄る。

「子の躾《しつけ》は親の責任だからね」

「……なぁ、俺が何をした？　アンタは、俺に視界から消えろと命令した。だから俺は消えてやった。……もう、それでいいだろ？」

「消えるなら、死ねばいいと思うよ？」

「…………」

「それができないんだから、中途半端な家出なんかするな」

「…………」

「迷惑かけるくらいなら、とっとと死ね」

「…………そんなに、俺が……嫌いか？」

他人から、本気で死ねと言われたのは初めてだった。

無表情かつ、なんの情感もなく言われたものだから、言い返した声も震えている。

「うん。嫌いだね」

「あぁ、そう……」

笑った。

笑い飛ばした。

この世界に来てから、ロクはできるだけ笑うようにしていた。

笑っていられるうちは大丈夫だと思えるから。

祖父母もよく言っていた。笑って、一生懸命、大切な人と生きていくことが大事だと。

だから、こんな奴のせいで、自分が悲しい顔になる必要はない。

「どこ行くの？」

「アンタの顔なんか、見てるだけで吐き気がする」

精一杯の笑顔をアルキヨに向けて、踵《きびす》を返した。

部屋を出ると、扉の前で立哨《りっしょう》していた近衛兵が、ひっ、と悲鳴を上げた。

「……？　……あぁ」

苦笑する。

腕がそのままだった。確かに、悲鳴を上げたくなる腕だ。

こんな気味の悪い化け物、ロクだって怖い。

「ごめんな？　気持ち悪いだけだよな」

自分で言って、自分で落ち込んだ。

「ロクマリア、戻ってこい」

アルキヨが部屋の中から命令する。

「…………」

「戻ってこい。これは命令だ」

命令されては逆らえない。自分の意思とは無関係に、頭の中をアルキヨが支配する。

「……ちっ」

やり慣れない舌打ちをして、アルキヨのもとへ引き返した。

空色の瞳孔が真っ直《す》ぐロクを見据える。綺麗《きれい》な色。自分の体と比較して、いやになる。

「お前たち、下がっていろ。ファス、お前もな」

アルキヨの命令で、ファスと大臣は引き下がる。

「ロク、こっちに来い」

ロクを手招き、足元の床を指差す。

そこに跪《ひざまず》けという命令だ。

「だから、なんで……俺が人間以下の扱いなんだよ……」

「じゃあ、俺の膝の上に来る？」

「やだ」

「なら、そこに立ってろ」

「言いたいことがあるなら、早く済ませろよ」

「勝手に出歩くな、勝手に血を与えるな、勝手に鱗を与えるな、勝手に竜の姿になるな」

にこやかに微笑《ほほえ》んでいるのに、アルキヨが物凄《ものすご》く怒っているのが分かった。怖い。睨《にら》まれると、本能的に恐れをなしてしまう。

「お前は俺の物なんだよ、勝手に分け与えるな」

「俺はアンタの物じゃない。それに、あの女の子は喜んでた」

痛かったけれども、心の底からありがとうと言われたわけではないけれど、力になれたのは事実だ。

「思い上がるな！」

「……っ」

「二度と俺に逆らうんじゃない。逆らえば、次は鎖に繋いで牢《ろう》にぶち込むぞ」

「…………」

「分かったら、とっとと出ていけ。部屋から一歩も出るな。用がある時はこちらから呼んでやる」

「用？」

「お前に言っても分からないだろうけど、……あのね、今、この国と戦争してる暗国が、和平を望んできたの。だから、お前も、俺と一緒に和平会談に出席するんだ。……あぁ、馬鹿なお前は意味も理由も理解しなくていい。お前は俺の役に立てばいいんだ」

「役に、立つ」

「そうじゃなきゃ、なんの為にわざわざご主人様が、お前なんかを迎えに行くと思う？」

「……家出して、心配したって……」

「本気で信じたの？　この俺が意味もなくお前なんかを迎えに行くわけないでしょ？」

「帰ってきて、って、お願いした」

「この俺が、無意味にお願いするわけないよね？　少しは頭を回せ、馬鹿が。……いいか？　交渉日程が決まるまで、お前は巣穴でおとなしくしていろ。これは命令だ。………ファス！　この役立たずを竜の棲へ連れていけ！」

「……は」

「………」

ロクは、引き摺られるようにして、部屋から出された。

頭の中を、ぐるぐるとアルキヨの言葉が駆け巡る。

役立たずだと言われた。竜に用事があるから迎えに来た。ロクにはなんの用もなかった。

当然、心配なんてしていなかった。

「………なぁ、ファス」

長い廊下、前を歩くファスに話しかける。

「………」

何人《なんぴと》たりとも、竜と直接口をきいてはいけない。

ファスは、アルキヨの命令を忠実に守っている。

「暗国って、どこにあるの？」

「………」

「なんかさ、その国と和平交渉するんだって……俺って、その道具に使われるの？」

「………」

「俺って、なんなの？」

「………」

「アルキヨにとって、俺ってなんなんだ？　政治の道具？　暇潰《ひまつぶ》しの玩具《おもちゃ》？　それか、嫌いだから、いじめたいだけ？　俺、あいつの本心がまったく分かんないんだ……」

「ご自分で見極めればよろしいかと存じます」

感情の籠《こも》っていない声で、ファスが答えた。

「お、答えてくれた。ありがと」

嬉しくて、頬がゆるむ。

すると、ファスは奇妙なものを見る表情で、ロクをかえり見た。

「なんだ？　どうした？　俺の顔になんかついてる？」

「私が答えたことが、嬉しいのですか？」

「だってさぁ、俺とまともに会話してくれたの、アーキとお前だけだもん。でも、アーキも怖がらせちゃったしさぁ……だからもうなんていうか、ありがとうな」

「……陛下は……」

「アルキヨ？」

「はい。陛下は、悪い方ではありません」

「…………」

「行方知れずになったあなた様を、心配なさっておられました。我々が探すと申しましても、お聞きにならず、ご自分から竜を駆られました」

一国の王が、竜の為に動く。それは、この国では当然のことだが、戦争の直中《ただなか》にある今、王が動くということは、理由を知らない大勢の人間に不安を与えることにもなる。

それを承知の上で、自ら、ロクを探した。

アルキヨは、これから、方々へ向けて事情を説明し、事態が落ち着いたと信用を取り戻し、竜の身勝手を補益して、滞った執務に忙殺されることだろう。

この国には、この国以外の国家から派遣され、駐在する者たちがいる。同盟国である彼らにも、国内の問題、特に竜については、いかなることも悟られてはならない。

「あなた様が、あのまま、大勢の人民の前で血を流したとしたなら、今頃あなた様は、ここでこうして笑ってはいらっしゃらなかったでしょう」

「…………でも、竜は死なないんだろ？」

なら、大丈夫だ。

「死なずとも、死ぬほどの苦しみがあることをご存知か？」

「…………」

知らない。

「世の人間が皆、善人だとは思わぬことです。あなたを拉致《らち》し、その血を全《すべ》て抜き、売ろうとする人間もいる。鱗を剝《は》ぎ、金儲《かねもう》けを考える連中もいる。眼球も、髪も、腕も、手も、足も、内臓も、全て、誰しもが欲しがるのです」

「俺を？」

「自覚が足りぬようなので、失礼を承知で申し上げます。……あなたは役に立たない。迷惑と騒動ばかりだ。これ以上は、神殿の奥深くで、黙って息をしているがよろしい」

「……お前も、俺に、ただ生きろって言うのか？」

「陛下のお心を煩わせないでいただきたい。あなた様が現れてから、災難ばかりが降りかかる」

世界平和をもたらす竜の分際で、竜国に騒乱をもたらしてばかりだ。

「役に立たない、か……」

口元に微苦笑が浮かぶ。

今まで、そんなこと考えもしなかった。

ただの高校生だった頃には、誰かの役に立つとか、そういうこと、考えなかった。

「ごめんな」

なぜか、謝っていた。

口元が薄く笑みの形に吊《つ》り上がっている。

ファスは、何も言わずにまた歩き出した。

＊

ロクに与えられた部屋はとても広い。

薄暗い室内を照らすのは、蠟燭《ろうそく》の灯《あか》りだけだ。硝子《ガラス》細工のシャンデリアに、無数の灯《とう》燭《しょく》が揺らめく。蠟燭というのは、思いの外に明るいということを、ロクは初めて知った。真珠光沢の布に、生成りの刺繍《ししゅう》が施された金細工のソファ、揃いのテーブル。ピーコックグリーンの飾り布。綺麗なのかもしれないが、テレビもパソコンも携帯電話もない。しんと静まり返り、無音で耳が痛くなるほど孤独を感じる空間だ。

「なんか、なぁ……」

ソファに寝転び、灯りに手を翳《かざ》す。

普通の手だ。この手が、竜の前脚になった。血が流れた。それで、他人の病気が治った。

「ふは……」

声に出して笑う。

なんだかなぁ、という感じだ。どうやら、この体は、もう自分の知っている体とは違うみたいだ。怒りや憎悪、他者との感情の共感、竜の力が必要となった時、そういうものに影響されて、体が変わる。だから、たとえば今……。

「……はっ、すっげぇ」

腕は、思いのまま竜に変化した。意識すれば、足も変わる。

ソファに座りにくいなと思ったら、尾てい骨のあたりに尻尾が生えていた。座りが悪いので、ソファから下りて、床に落ち着く。

真っ白で半透明の鱗は、白金色に透けている。初めて竜になった時は、ありえないくらいの大きさになったが、今は、人の体に見合った大きさだ。

「痛、痒《かゆ》い……？」

かりかり、と尻尾の鱗を引っ掻いた。

感覚はある。

「……こういうもんなのか？」

鏡のように磨かれた石床に、顔を映す。頬に広がる鱗が見える。引っ張ると痛い。

竜って、こういうものなのか？　人間じゃないって、こういうものなのか？

……あぁ、自分は、人間じゃないのか。

「元に、戻れるのか、なぁ？」

戻りたいなぁ。そう思うと、ぎぎ、と骨格が軋む。

尻尾が消えて、手足は元の形を取り戻す。これで人間だ。

アルキヨが、戻れ、と命令した時よりは緩やかな変化だが、徐々に戻る。それで、少し安心した。自力でなんとかできると分かれば、アルキヨを頼らずに済む。

コンコン、と扉がノックされた。

「はい？」

「ロク、僕だよ。アーキ……入っていい？」

「ぉ、ぉお、うん、ちょっと待ってろ」

慌てて立ち上がった。

扉を開けると、アーキが立っていた。

可愛《かわい》い顔が、腫《は》れぼったくなっている。泣いていたのは、明らかだ。

「アーキ、どうしたんだ？」

しゃがみ込んで、目線を合わせる。

「ロク……」

そこで、アーキの言葉が止まる。ロクの顔を凝視している。

「どうし……、っ!!」

どうしたと尋ねるよりも早く、ロクは、自分の顔を手で覆った。頬に鱗が残っている。

だめだ。これが気持ち悪くて、アーキはロクを拒絶したんだ。

「ごめん！　目ぇ瞑《つぶ》ってろ！　ごめん、すぐに戻すから！」

「いい！」

「……いいって、え、やだ、俺がやだ……」

見ないで。

嫌わないで。

「ごめんなさい！」

「いや、俺こそごめんなさい！　……って、なんでごめんなんだ？」

「……ごめん、なさい」

「アーキ、どうした？　なんでお前が謝るんだ？　アーキ？　なぁ、どうしたんだよ」

「ロク……」

両腕を精一杯伸ばし、ぎゅ、とロクを抱きしめる。

「アーキ、駄目だって、怖いだろ、触んなくていいから」

「ごめんね、気持ち悪くないんだよ？　ごめんね、ごめんね」

「アーキ？」

「ごめんね……驚いただけなんだ、ごめんね。僕、竜を見たことあるけれど、人が竜になるのは初めて見て……違う、そんなの言い訳だ。ごめんなさい、っごめ……ん、な……さぃ……ごめ、な……め、ぇ、あさぃぃ」

どこの世界でも、小さな子が泣く時の声は同じだ。

甲高くて、ぷぎゃんうぎゃんと大声で、何を喋《しゃべ》っているのか支離滅裂。

剣道場の小学生を思い出す。試合に負けて、悔し泣きして、嗚咽《おえつ》を我慢して、歯を食い縛って泣くのを辛抱して、でも結局、師範や母親の胸で、我慢しきれなくなって大泣きしていた。

年長者のロクは、そんな弟弟子の頭を撫《な》でてやるくらいしかできなかった。「俺の代わりに、ロク兄ちゃんが勝って」とお願いされて、勝つくらいしかできなかった。そして、勝つと笑ってくれた。

「ろく、ろく、ろく……ぅ、っ」

「大丈夫、うん。大丈夫だからな？」

笑ってくれるにはどうしたらいいだろう？

試合に勝つわけにもいかないし、ロクはお母さんを知らないし、上手な慰め方を知らない。

「お前はなにも悪くないからな？　ごめんな？」

「ロクも、悪くないんだよ」

「……うん」

ありがとう。

そのひと言で、とても救われた。

＊

翌朝、いつものベッドで目を醒ました。

隣には、アーキが眠っている。

あの後、二人で一緒に風呂に入って、一緒に夜食を食べて、一緒に寝た。

夜食に出されたのは、林檎《りんご》みたいな果物の砂糖漬けと、柑橘《かんきつ》系のお茶だ。歯磨きの習慣はあるようで、柔らかい毛先の歯ブラシを使い、苦みのある薄荷味の練り物で歯を磨いた。

「ロク、朝だよ、おはよう、だよ」

「ぅー……」

羽根枕《まくら》の下に頭を潜り込ませて、呻《うな》る。

眠くて、たまらない。

「そんな端っこに寝ないで、真ん中で寝なよ。落ちるよ？」

「真ん中、落ち着かない……あと、五分……」

「ロクは、朝が苦手な人？」

「うーうー……あー、朝はぁ、元気な人」

おかしいなぁ、今日はなんだか起きにくい。色んなことがあって疲れたせいか、全身が重怠い。もっと眠りたいと脳味噌《のうみそ》が駄々を捏《こ》ねる。

「朝ご飯、ここに運んでもらう？」

「そんなすごいことできんの？」

「うん」

「お願いします」

「はーい」

アーキはベッドから下りて、扉の向こうに消えていく。

　アーキは、ゆるい貫頭衣のようなパジャマを着ているが、ロクはほぼ裸だ。下着だけは穿《は》いている。ズボン式で、形は現代と一緒だが、ゴムというものがないのか、紐《ひも》で括《くく》ってあるだけだ。現代にいる時から、パジャマも着ずにパンイチで寝ていたので、そのまま寝た。こっちの気候は春めいていて、ちょうどいい。

「ぅー……ぁー学校……今、何時だ……」

　枕元をばたばたと叩いて、携帯電話を探す。見つからない。なんでだよ、いつもこの辺に置いて寝るのに……あぁもう、めんどくせぇ、とにかく、起きるか、学校行く前に、じいちゃんの病院に寄って……。

「……ねぇよ。携帯も、学校も……」

　習慣というのは怖いものだ。携帯電話も学校も存在しないのに、頭の中では、いつも通りの生活をシミュレートしている。

「起きなよ」

「んー……アーキ？　ご飯？」

「違うよ、弟と俺を間違えるなんて、お前はほんとに馬鹿なの？」

「ぅ、ぅあぁ？」

　しがみついていた枕を、誰かが剝ぎ取った。

　誰だ？

　アーキじゃない。アーキはこんな酷い仕打ちをしない。

ちらりと横目で窺《うかが》うと、黒い服が見えた。じぃっとそれを見ていると、黒じゃなくて、深い藍《あい》色だと分かる。地模様が入っていて、縁取りも同系色、硬そうな生地だが、触れると柔らかかった。

「やぁらかい」

きゅ、と裾《すそ》を摑む。

その手を、誰かが摑み返してくれる。

「お前の手も柔らかそうだけど、けっこう骨ばって硬い。……それに、変わったところにマメがある」

「剣ダコ……」

剣道をしていた人間には、必ずあるタコだ。

「ふぅん」

ちゅ、と指先に唇を落とした。

「……？」

「寝惚《ねぼ》けてると可愛いもんだね」

かし、と爪《つめ》を嚙《か》む。

「………アル、キヨ？」

「起きなよ、食事だ」

「……ッ!?」

がばっ！　と体を起こした。

食事を載せた金の盆を手に、アルキヨがベッドの端に腰かけていた。

「国王陛下に食事を運ばせておいて、自分はまだ寝こけているなんて、随分と偉い身分になったもんだね」

「……は、え、アーキ……アーキは……？」

「俺に食事を持たせて、遊びに行ったよ」

「あ、そう……」

「起きたら食べな」

ベッドに盆を置くと、ロクの隣で、アルキヨは足を組み下げ、我が家のように寛《くつろ》ぐ。

朝の食事はたっぷりだ。何種類ものパンとお粥《かゆ》、チーズ、燻製《くんせい》肉やハム、卵料理、生野菜にスープ、魚料理、果物、甘味もある。フルコースとまでは言わないが、それに近い。

食器も全て金で、目がちかちかした。

食べ物のにおいがふわんと、鼻先をくすぐる。香辛料の匂《にお》いはしないので、味は薄めかもしれない。

「食べないの？」

「ごめん、朝は、けっこうしっかり食うんだけど……」

温かくて、どれも美味しそうなのに、食指が動かない。

急に飛び起きたせいか、頭がぐるぐる回っている感じがして、目を瞑っていても、目が回っている。

「具合悪いの？」

大きな手が、ロクの首筋に触れる。熱の有無を探るような、優しい手つきだ。

「いや、眠い」

目を閉じて、大きく嘆息する。

寝不足かもしれない。このまま、アルキヨの腕に、ぐてん、と体を預けたい気分だ。

「もう少し眠る？」

「起きる。午前中は、面会時間、短い……」

「面会？」

「……うん、じいちゃんが病院で、一人で、さみしいから……」

「起きろ」

ぱちん、とロクの頬を叩いた。

叩かれたロクは、目をぱちくりしてアルキヨを見つめる。

「前の世界のことは話すな。忘れろ。起きて、食え」

「痛い……」

ぐいと体を持ち上げられ、背中に枕を入れて座らされる。

ロクを支えるように、アルキヨが腕をまわす。

「ほら」

蒸《むし》ったパンをスープにひたし、ロクの口元に運んだ。

「いい……」

「その、いいは、それでいいですのいいか、それは要《い》りませんのいいか、どっち？」

「要らない。食いたくない」

「食べるんだよ」

「………」

唇を固く閉ざす。

何を思って、いきなりアルキヨが部屋に現れたのか分からない。また叩かれたし、忘れろと酷いことも言われた。そんな男に食事を食べさせてもらうなんて、受け入れがたい。

「食べろ」

「う、ぐ」

大きな手に顎《あご》を摑まれ、口を開けさせられる。

「嫌がるな」

「うー……」

顔を背けて、両手で押しやり、拒絶する。

「手間かけさせないでよ」

アルキヨは、パンを口に含むと、ロクに唇を重ねた。

「んー……ぅ、ぅううっ！」

口中に、押し込まれる。舌で押し返すと、アルキヨがさらに舌で押し返す。それの繰り返しで、現形さえ留《とど》められなくなったべしゃべしゃのパンを押し戻せず、こくんと喉を鳴らして、飲み込まされる。味はよく分からない。唾液の味ばっかりだ。

でも、美味しい。

アルキヨの唾液は、精液と同じくらい、美味しい。

「次、こっち」

「ん、ぅぁ」

柔らかいチーズとパン。甘みがあって、お菓子みたいだ。

アルキヨが一度、口に含んでいるお蔭《かげ》で、チーズがとろりと溶けて、食べやすい。

「よく噛んで」

「み、ぅ」

「注文が多いね」

グラスに注いだ水を、アルキヨが飲み、それを口移しで飲まされる。

「……ぁ、ぷ」

「赤ん坊みたいな声、出すんじゃない」

零《こぼ》れた水を、舌で舐《な》めとってくれる。

「うう、ぁ」

舌先を濡《ぬ》らすその雫《しずく》がもったいなくて、ロクは、アルキヨのそれをぺろりと舐めた。

アルキヨは一瞬、空色の瞳孔を縦に細くしたが、すぐに元に戻し、果物を口にする。

「……ほら、もうひと口食べな。あーってするの」

「あー……」

口を開けて待つ。唇が重なる。

アルキヨはキスが上手い。唇が触れると、もっといっぱいして欲しくなるような、口の中が気持ちよくなるような、そんなキスをする。それを知ってしまうと、どんなに頑《かたく》なな唇も開いてしまう。その上、食べさせるのが上手い。食べ物をちゃんと舌の上に載せて、飲み込みやすい位置に運んでくれる。

「次は？」

「おかゆ」

「熱いからね、ちょっと待ちなよ」

平皿から、小さなスプーンで粥を掬《すく》う。

海老や空豆に似たものと、トマトクリームソースにバジル。食欲をそそる匂いだ。

ふぅ、と冷まして、アルキヨが口に含む。

「ぁー、……」

あまり何も考えずに、口を開けて待つ。

待つが、待てども待てども、口に入ってこない。

「ロク、ちょっと待て」

アルキヨが口元を押さえる。

「アルキヨ？」

「……っ、ぐ」

口元を押さえた指の隙間から、一筋、赤いものが流れた。

見る間に、アルキヨの表情が歪む。眉間に皺を寄せて、口元を押さえる指が、たわむ。

「ア、ルキヨ……どした、なに……」

「……、っ」

赤い血を吐く。

「なんで、これ、血……っ⁉」

「……ロ、ク……人を……」

「人、人って、誰……」

傾《かし》ぐアルキヨの体を支える。大きな体が、ずしりと重い。

「……っ……ど、く……」

「どく？　……毒？」

食べ物に毒が入っていた？　なんで？　どうして？

毒って死ぬのか？

だってこれはロクの朝食で、ロクは誰かに殺されるようなことはしていない、はず……。

「アルキヨ、アルキヨ……っ！」

抱きしめて、名前を呼ぶ。

アルキヨは低く呻《うめ》き、また少量の血を吐いた。

血に濡れた指が、ロクの頰を撫でる。苦しいのか、がり、と頰に爪を立てる。ロクの頰から、血が流れた。その傷も、竜の賦活能力で、すぅ、と消え去る。

「血……」

血だ。血で、治る。治るんだ。そう、病気が治った。

なら、これだって治るかもしれない。

「血、血……」

盆に並ぶ食器から、フォークを握る。

「手……手が一番、飲ませやすい？　手の甲？　骨がある……裏、手の平……」

ベッドに左手をつき、フォークを握った手を振り上げる。

自分の手にフォークが突き刺さるシーンなんて見ていられない。

目を背けて、右手を振り下ろした。

ぶつっ！　と皮膚の破れる音がして、ステーキ肉にフォークを指したのと同じ感触があった。

「……っ、ひ、っ……う、っ、……っ」

悲鳴にもならない。

涙も引っ込んで、ひっ、ひっ、と呼吸が乱れる。

「アルキヨ、アルキヨ」

血の流れる左手を、アルキヨの口元に押し当てる。

「飲め、アルキヨ」

「………」

青褪《あおざ》めた顔で、アルキヨは目を閉じている。

口元がロクの血で濡れて、真っ赤だ。

「飲めって……飲めってばぁ……」

心細くて、ロクのほうが泣けてくる。

すぐに傷は塞がり、痛みが消えていく。

再びフォークを深く突き立て、肉を抉った。傷口が広がり、ぶわ、と血が溢れる。

ロクはそれを啜り、アルキヨに口移しした。血の味しかしないキス。口端から零れるほうが多い。それでも、何度も繰り返した。唾液と一緒にして、喉の奥に流し込む。どれぐらいの量を与えればいいのか分からない。

「アルキヨ、アルキヨ」

飲んで、頼むから。

「……っ、ぅ」

「アルキヨ!?」

眉間に皺を寄せ、小さく唸《うな》る。ロクの腕を握る力が戻った。

毒素を中和できたのかもしれない。でも、また足りないかもしれない。

「うー……っ」

フォークを縦に動かして、肉を裂く。じゅわりと温かいものが寝具に染み込む。

「飲め、アルキヨ！」

喉の奥まで指を突っ込み、伝う血を流し込む。

こくん、こくんと喉が動く。

「ほら、もっと飲んで……治るから、大丈夫だから、死なないで、頼むから……っ」

死なないで。

もう誰の死に目も見たくないんだ。

「げほっ……ぐ、げっ……」

アルキヨが激しく咳込《せきこ》む。

胸を押さえて、ずるりとロクの胸元へ倒れ込んだ。

「アルキヨ！」

「……ろ、く？」

アルキヨは、ゆっくりと目蓋《まぶた》を開いた。その眼差《まなざ》しに、空色の瞳孔が光る。

「大丈夫か？　息、できるか？」

「なにが……どう……」

「血だよ！　ほら！　もっと飲めって」

「大丈夫、だ……」

手を差し出すロクに、アルキヨはしっかりとした声で受け答えた。

咳込んだのも、ロクの血が気管に入りかけたからだ。落ち着いて、ゆっくりと深呼吸を繰り返すと、胸の苦しみも、胃の腑《ふ》の激痛も消え失せる。頭も次第にはっきりし始めた。

「顔色、戻ってる」

白い肌に赤みが差し、死んだ人間の色をしていた唇も血色が良くなる。

ロクは、ほっとして体の力が抜けた。

「お前の、血か……？」

アルキヨは、手の甲で口元を拭う。

「……アルキヨも、血ぃ吐いてた」

「俺は、そんなに大量には……」

「血ぃ吐いたんだよ。……なぁ、俺の血、飲んだけど、気持ち悪くないか？　どこも痛くないか？　大丈夫？　血って、もっと必要？　飲めば元気になる？　動ける？　毒って動いたらダメなのか？　……あぁ、えぇと、ごめん、人、人を呼んで……お医者さん、薬飲んで……だから、えぇと……」

おたおたして、ベッドを這《は》う。

情けないことに、腰が抜けていた。

四つん這いで這おうにも、腕に力が入らず、体中が骨抜き状態だ。

「ロク、大丈夫だ」

「大丈夫じゃない。苦しんでた。死にそうだった。……だから、病院、お医者さん、人を呼んでくるから、寝てろ……大丈夫、大丈夫だから」

「大丈夫じゃないのはお前だ、落ち着け。俺は大丈夫だ。お前の血を飲めば、治る」

「治る？」

「治る」

「本当に？」

「本当に」

「苦しくない？　気持ち悪くない？　元気？　痛くない？」

「苦しくないし、気持ち悪くないし、元気だし、痛くない」

「死なない？」

「あぁ」

「本当に？　絶対に？　死なない？　なぁ、死なない？」

アルキヨに詰め寄り、何度も問いかける。

「お前は、俺に死んで欲しいの？」

「死なないで、やだ、死んだらやだ」

「じゃあ、死なないよ。お前がいる限りね」

「……よかった」

確かな言葉に、頬がゆるむ。

「これでやったの？」

ベッドに転がったフォークを手にする。

先の尖ったフォークは、真っ赤に濡れていた。

それで、アルキヨは、ようやく異変に気づいた。

ロクは裸だが、体も口も血で濡れている。アルキヨの服も、濡れている。一面が真っ赤に染まり、盆に載せた食事はおろか、壁にさえ血が飛び散っていた。絹の枕や寝具にも血が染み、吸いきれなくなった分は、血溜まりになっている。

「ロクマリア、お前……この血っ……！」

大量すぎる。

「なんだ？　どうした？」

「お前……」

「……？」

真っ赤に濡れたロクの腕は、手の平の真ん中あたりから肘《ひじ》の関節まで、ぱっくりと肉が開いていた。

ちょうど三本刃のフォークと同じ痕で、切り開かれている。何度も刺したのか、肉がぐずぐずになり、血管は傷み、鮭肉色の筋繊維が露出して骨まで達している。

普通の人間なら、死んでいるような出血量だ。

傷の治りも遅い。賦活能力が追いついていない。

竜の力の全ては、その感情に左右される。不安や、心細さ、悲しみで力も弱る。逆に、強気であったり、激情に駆られると、攻撃的になり、力も増大する。

少なくとも、アルキヨがこうなって、ロクは不安だったということだ。あれだけつらく当たっていたのに、ロクは、アルキヨを心配したし、動揺もした。

「アルキヨ、アルキヨ」

「……っ」

名前を呼ばれて、我に返る。

「俺、役に立った？」

にこりと笑いかける。

アルキヨにも、笑って欲しかった。

「なぁ、役に立った？」

「……あぁ」

アルキヨは、大勢の前に立つ人間だ。常に不遜な笑みを絶やさず、威風堂々としている。

だが、この時は、自分がいつも通りに笑えている自信がなかった。

＊

ロクは覚えていないが、そのまま気を失ったらしい。

次に目を醒ましたのは、三日後だ。

「くぁああ」

大欠伸《おおあくび》をして、首の骨をごきごきと鳴らす。

寝すぎたせいか、関節が固い。腰をひねって柔軟をし、両手足を伸ばす。

フォークで突き刺した腕は、傷こそ残っているが、きれいに塞がっている。傷痕もすぐに消えるだろう。体に残った多少の怠さは、それが出血多量の貧血によるものか、単なる寝すぎか分からない程度だ。竜は、造血するのも早いらしい。

「ロク、おはよう。起きても大丈夫？」

「おー、おはよー、アーキ」

ぎゅ、とアーキに抱きしめられる。

朝、目が醒めて、まず視界に映るのは、いつもアーキだ。ロクの起床時間を見計らって、部屋を訪ねてくれる。

「アルキヨは？」

「兄上はさっきまでいたよ。もうお仕事に行っちゃった」

「そっか」

「残念？」

「いや。元々仲良くないし、あいつも俺のこと嫌いだし、まぁ、俺に助けてもらった手前、見舞いに来ないわけにもいかないんだろ。その程度」

「なんだか屈折してる」

「俺はあいつを助けたくて助けたんじゃないから、感謝されても気持ち悪い。俺は、ただ、目の前で死なれるのがいやだっただけだから」

ロクを狙《ねら》った誰かによって、食事に毒が盛られた。

アーキが食事を用意するよう侍女に頼み、侍女はそれを調理場から運んできた。それを受け取ったアーキがロクのもとへ戻る道中、ロクの様子を見に来たアルキヨと出くわした。アーキは、「ロクが気になるなら自分で様子を見に行けばいい」と、アルキヨに食事を託《ことづ》けた。食事がロクに会う口実になれば……と、そう思った。その食事を、ロクより先にアルキヨが口にしてしまった。

毒が入っていたのは、粥だった。即効性のある毒らしい。医療用としても使われる。摂取量によっては、体温と反応して、軽い麻痺《まひ》から心停止まで、様々な症状が出るそうだ。

今回は、致死量だった。

犯人はもう見つかったらしい。調理場から料理を運んできた侍女だ。

理由は、金で人に頼まれたから。

竜の神殿に仕える侍女は、皆、由緒正しい家柄の娘だ。だが、貧富の差はある。犯人の家柄は、没落寸前。娘が働いた給金で、一族の生活を賄っていた。そんな娘だから、自分の嫁入りの道具も揃えられないし、良い縁談もない。

そこにつけ入られたのか、娘の家に人が訪ねてきて、大金と薬を渡した。

訪ねてきた男のフードからちらりと見えた耳は、尖っていたらしい。

魔族だ。

竜国と戦争をしている国の者だと分かったが、娘は見て見ぬ振りをした。

「それが、人を殺す理由になるんだなぁ」

「怒ってないの？」

「よく分かんね。怖かったけど、俺は食ってないし、被害に遭ったのはアルキヨだから、アルキヨが可哀想《かわいそう》だよな。それに、そうやって、お金で人を殺さなくちゃならない女の子も、つらかっただろうなぁ……って」

「……ロクって、変に優しいよね」

「そうかな？　アルキヨには悪いけど、何かあっても俺の血で治るしさ」

「あんまり、そうやって血を流すのはよくないよ」

「大丈夫大丈夫」

「………………」

「大丈夫」

ロクがそう言うと、アーキはそれ以上、何も言わなかった。

「兄上がね、自分の料理人に、ロクの食事も作らせるって」

「ふぅん」

「兄上には黙っておけって言われてるけど、ロクの料理には毒見役がいるんだよ。でも、昨日は兄上が食事を届けたでしょ？　ロクの口に入る前に、兄上が多分、自分で毒見したんだと思う」

「………」

ただ、口移しで食べさせられただけだと思っていた。

アルキヨはアルキヨなりに、様々な可能性に配慮してくれていたのかもしれない。家出も心配して迎えに来てくれたし、大量出血のロクに医者を呼んでくれた。自分が犠牲になってでも、毒見をしてくれた。

今なら、アーキやファスが言っていた「悪い人じゃない」という言葉の意味を、少しは理解できる。悪い人じゃない。これまでの苦労や色んな想いが、ロクに対するあの態度になっているのだとしたら、それもまた理解できる。

もしかしたら、時間が解決してくれるかもしれない。

少しずつ、分かり合えるかもしれない。

挑戦せずに諦《あきら》めるのは、ダメだ。そういうのは、弱い。

前に進めていない。

「ロク、あのね」

「うん？」

「体の調子が良いようなら、会って欲しい人がいるんだけど」

「いいよ。誰だ？　俺、暇だし、外に出たいし、全然会うよ」

「兄上と僕の母親なんだけど、兄上を助けてくれたお礼を言いたいんだって」

「アルキヨと、アーキの……お母さん？」

「うん」

「じゃあよけいに、会いたいな、挨拶《あいさつ》だってしたいし」

「でも、無理はしないでね。それから、なにか失礼があったら、ごめん」

「どういうことだ？」

「きっと気分を悪くさせると思うけど、怒らないであげてね」

「え……？　あぁ、うん、怒らないけど」

意図ははっきりしないが、ロクはとりあえず頷《うなず》いた。

＊

白い服を着せられた。詰襟で、襟元が締まっている。全体的にかっちりしていて軍服のようだ。裾の長い服で、膝下まであった。それに、白い細身のパンツを穿いて、黒革の膝までのブーツを履く。服の縁取りや縫い取りは落ち着いた金色で、質素で目立たないが、物は良い。

「……堅苦しい」

ロクは詰襟の首元を緩めて服を着崩すと、首の骨を鳴らす。

でも、これは褒美だと分かった。ロクがドレスを嫌っていると、アーキから聞かされていたアルキヨが、ロクの為に用意してくれたのだ。だから、これは多分、アルキヨを助けたことに対するご褒美だ。

あれ以来、ファスも少しだけロクに打ち解けてくれるようになった。相変わらずツンツンしているが、最近では、ロクマリア様と名前で呼んでくれる。

「ロクマリア様、こちらが皇太后様の居室となります」

こうして、竜の棲から皇太后の住まう奥の宮まで、護衛もしてくれるし、話しかければ、必ず目を合わせて答えてくれる。

それだけでも充分な進歩だ。

「えぇと、入ったらまず踵《かかと》を合わせて、ドレスの両端をつまんで……」

「それはドレスの時です。私が、最初の部屋で、皇太后様の侍女に引き継ぎますので、そうしましたら、次は相手方の侍女の導きに従って、続きの間に入ってください。そこで、アーキ様が皇太后様とともにお待ちです。その後、踵を合わせて、両手を横にしてください」

「そしたら、えぇと、膝に床をついて……」

「床に膝をつくんです」

「おぉ、おっけーおっけー」

「おっけー？」

「問題なしってこと」

「では、参りましょう。……開けてくれ」

衛兵に、扉を開けるよう指示する。

「ありがとー」

「いちいち、衛兵に礼を言う必要はありません」

「そうなの？　いや、でもさ、なんか言わないと気持ち悪いから」

「さようですか。……では、御随意にどうぞ」

世界で一番高級な存在だという自覚がないようだ。ロクのその庶民感覚丸出しの素直さに、さすがのファスも頭を悩ませる。

誰に対しても分け隔てなく公平で、挨拶や礼ができるのは良いことだが、身分が違う。なにより、危機感がない。誰とでもそうして親密になるということは、それだけ、今のロクには生命の危険が伴うのだ。

「陛下が、あなたを監禁したいと言い出すのも時間の問題だな」

「え？　なに？　換金？　お金？　あっ！　ぁああ‼　ていうか、今まで貯めたバイト代とか、向こうの世界に置きっぱなしだよ！　ちょうもったいねぇ！」

「…………」

「あ、ごめん。ちょっと静かにします」

黙ってお口をミッフィーちゃんにする。両手の人差し指で、ばってんを作って、ミッフィーちゃん。

ファスは一人で明るく騒がしいロクに微笑ましいものを感じながら、室内へ入った。

皇太后の部屋は、皇太后の瞳の色に合わせて、紫が基調だ。奥の宮と呼ばれるここも白い建物だが、家具調度品は、薄紫から黒にも見える紫まで様々。ヴェルサイユ宮殿のような設《しつら》えで、花や絵画が飾られ、ピアノのような小さな鍵盤楽器もある。

「皇太后様、金色の竜様がお見えになりました」

侍女の案内で、皇太后の待つ部屋に通された。

後ろから、ファスが続いてくれるのが心強い。

部屋からは、こほん、こほん、と小さな咳払いが聞こえた。

「ロク！」

「えぇと、挨拶、あいさ……おお、アーキ！」

呪文《じゅもん》みたいな前口上を反覆していると、アーキが駆け寄ってくる。

「王子様みたいだね！」

アーキは、男装したロクを手放しで褒めた。

「だろ？　アルキヨがくれたんだよ」

「すごい似合ってる！」

「ありがとなー」

頬を寄せて、ぎゅうぎゅう抱きしめる。

アーキが、今のロクの癒やしだ。

「アキグサ、母に挨拶もさせぬつもりか？」

絹の扇子で顔の半分を隠した女性が、アーキに声をかけた。

「母上、ごめんなさい。……ロク、こっちに来て」

「うん」

アーキに手を引かれて、皇太后の前まで歩いた。

皇太后は、大きな椅子《いす》に腰かけている。落ち着いた古代紫のドレスを着て、控え目に髪を結い上げていた。黒髪はアーキと同じだ。まだまだ若いようだが、眼差しがきつい。それに、少しだけ青白い顔だ。背後には三人の侍女を従え、部屋の角や、続きの間、あちこちに侍女を控えさせていた。

「主《ぬし》が、金色の竜か？」

「初めまして、こんにちは。ロクマリアといい……」

「知っておるわ。金色の竜の名前は、代々ロクマリアと決まっておる」

「そうなんですか」

「そんなことも知らんのか、無知な竜め」

「……すみま、せん……」

あれ、なんか棘《とげ》がないか？

「は、母上、ロクが兄上の命を助けてくれたんだよ？　今日は、ありがとうって言うんでしょ？」

アーキが咄嗟に助け船を出した。

ロクは、着席すら勧められず、皇太后の前に立ち続けている。あまりにもそれは失礼だ。

「何故《なにゆえ》じゃ？　この竜が食らうはずじゃった餌《えさ》を、我が息子が食ろうてしもうたが故に、我が息子が死ぬような目に遭ったのじゃ。この竜が非を詫《わ》びねばなるまい」

「母上、それでは、話が……」

「なんじゃ？　わらわの言うことに間違いがあるとでも？」

「あ、あの……」

空気の悪さを感じて、ロクが口を挟んだ。

「なんじゃ？」

「すみません。おたくの息子さんを危険な目に遭わせて……」

「おたくの息子？　お主に我が息子のことを、そのように言うてもらう義理はない！」

「あのですね、お母さん……」

「お母さんっ⁉」

「あ、いや、すみません。皇太后様」

「妄言も大概にせよ。お主にお母様などと呼ばれたくもないわ」

「………………」

「不出来な嫁の分際で、一人前の顔をするでない」

「………………」

「ここまで言わば分かるじゃろ？　わらわは、お主のことが嫌いじゃ。まだ、認めていないが故。いや、一生認めてなるものか、サヨコの子など！」

「あ、ばあちゃんのこと知ってるんですか？」

「当然じゃ！　だが、お前と仲良う昔を惜しむつもりはない！」

「……そう、ですか……」

「お主のような、子も成さぬ異界の竜風情が！」

「………………」

あ、なんかちょっとだけ理解した。

これ、嫁姑《よめしゅうとめ》戦争だ。しかも俺、多分、嫁のポジションだ。

「なんじゃ、その顔は？」

「あの、でも、アルキヨが危険な目に遭うことも、もうないと思うんで……」

「当たり前じゃ！」

バチン！　扇子を閉じる。

「で、ですよねー、同じことが二度もあったらダメデスヨネー……」

やだ、この姑、怖い。

「あぁもう！　のらりくらりとしおって！」

「すみません」

「お主のような阿呆《あほう》に、我が息子が命をかけたとは、にわかに信じがたい！　ましてや先代のロクマリアのように、また我が一族を裏切るやもしれぬ者に！　あぁ、なんということじゃ！」

「あ、あの……うちの父親もですね、自分の嫁と子供を守る為にですね……」

「お主らの命より、我が竜国と竜王を命とせよ！　それが金色の竜じゃ！」

「…………」

あれ、なんかこの人と俺の常識、ちょっと違う。

「お主も、あの娘同様、痛い目に遭うてしもうたらよい！」

「あの娘？」

「なんじゃ、そんなことも知らんのか。……ふふん、どうやら、お主は、我が息子に信用されておらんらしいな」

「どういうことですか？」

「お主に毒を盛った娘とその一族はな、皆、竜国王から死を賜りよったわ」

「死を、賜る……」

死、って賜るものなのか？

皇太后の言葉の意味を、アーキに目で尋ねる。アーキは、犯人が捕まったことを教えてくれたが、その罪状については教えてくれなかった。だって、普通に考えたら、罪を犯したら裁判で裁かれて、刑務所に入るのだ。一族郎党、死を賜るなんて法律、知らない。

「金色の竜を殺そうとしたんだ。それは、死んで当然なんだ」

「……死んで、当然」

「だから言わなかったんだ。……ロクと僕たちの世界はたぶん、考え方が違うから、兄上が黙っていろって」

「なんでもかんでも黙ってろ、だな」

殺された。ロクに毒を盛ったらしい、見たこともない貴族の娘。そして、その一族。

アルキヨの命令で、殺された。

「やれ、此度《こたび》の竜は胆が小さいらしい。恐れ戦《おのの》いておるわ」

ほほほ、とまた扇子を広げて笑う。

ロクの呆気《あっけ》にとられた顔が見られて、満足そうだ。

「あの、えぇと……俺は、じゃあ、これで……」

「おぉ、もう帰るのかえ？　なれば、早々に立ち去り、二度とわらわの前に姿を現すでないわ」

皇太后の最後の厭味《いやみ》も、まともに頭に入らなかった。

失礼します、と、それだけは述べて部屋を出た。

「ロクマリア様？」

続きの間に控えていたファスが、足早に退出するロクを追いかける。

ロクは、部屋を出て、廊下へ出ても、足早に歩くしかできない。

「ロクマリア様、如何《いかが》なさいましたか？」

行く手を阻むように、ファスが、ロクの前に躍り出た。

「……ファス」

「はい、ファスです」

「俺に毒を盛った女の子とその家族、殺されたのか？」

「国家反逆罪。不敬罪として裁いたまでです」

「アルキヨに会いに行く」

「会って、どうなさるのです」

「そういうのはおかしいって言いに行く」

「あなたのいらっしゃった世界と、この世界は違います」

「人の命に違いはない」

「あなたは殺されかけたのですよ？」

「でも、死ななかった。それに、俺は竜だ。死なない化け物なんだろう？　なら、その女の子じゃ俺は殺せなかった。だから、その女の子を殺す必要はない」

「竜を屠《ほふ》ろうとしたことが、問題なのです」

「そういうのはどうでもいい。ただ、裁くなら、俺にもその権利があるはずだ。俺のいないところで、勝手にそういうことをするな。俺を、部外者扱いするな」

「ロクマリア様」

「ファス、邪魔すんな」

「私にはあなたの邪魔をする権利がありません。……こちらへどうぞ、ご案内いたします」

ファスは近道を案内した。下手に走り回られて、迷ったり、怪我をしたり、城内で危険な目に遭われるほうが困る。

「アルキヨ！」

近衛が守る扉を自分で開けて、ロクは、アルキヨの執務室に押し入った。

「騒がしいと思ったら……やっぱりお前か」

アルキヨは、いつも通りの騒々しさに苦笑している。

ロクの背後で、申し訳ありませんとファスが頭を下げた。

「お前に訊《き》きたいことがある！」

「なに？　その格好を俺に見せに来たわけ？」

「そう、似合ってるだろ！」

「すごくね」

「ありがとう！　違う！　そうじゃなくて、さっきお前のお母さんに会ったんだけどさ、俺を殺そうとした女の子とその家族、殺したって本当か⁉」

「あの人に聞いたのか？」

「うん！」

「あのね、なんでもかんでも真に受けるんじゃないよ」

「へ？」

「うちの母親はね、金色の竜が嫌いなんだよ。ロクマリアと名のつく竜は、全て嫌いだ」

「なんで？」

「母は、父を愛していた。父は、母との間に、俺と、アーキと、娘を何人か作ったけれど、本当に愛していたのは、先代ロクマリアだった。だが、先代は異界から来た娘サヨコを愛した」

「…………」

「馬鹿なお前に分かりやすい言葉で喩《たと》えてやると、四角関係だったってこと。だから、父をとられた母は、金色の竜が嫌いだ」

「なるほど！」

父親世代の確執は理解できた。なんて修羅場だ。

「母は、先代の子であるお前のことも毛嫌いしてるんだよ。気にするな。あの人は昔からそういう人間だ。何を言われても聞き流しておけ」

「じゃあ、アルキヨが女の子を殺したのも……」

「大方、お前に俺を嫌わせる為の嘘《うそ》だよ。あの人は、お前が悲しむことを言ったり、思い悩んだりするのを見て、楽しんでるんだ、本気にするな」

「なんだ、じゃあ……」

「生きてるよ。さすがの俺も殺したりしない。仕事を辞めてもらって、一族郎党、遠方へ追放した。監視はつけたけどね」

「そっか、なんだ……そっか……いや、ごめん、俺の早とちりだった」

よかった。アルキヨはそんなに極悪非道の鬼畜ではなかったようだ。

真に受けて、大騒ぎした自分が馬鹿だ。

「構わない。でも、うちの母親の言うことは本気にしないでね。あの人は、嫁いびりをするのが趣味なんだ」

「嫁いびり……」

「そう、お前をいびるのを趣味にしたいんだよ」

「俺、いびられんの？」

「旦那様が守ってあげるから、安心しなよ」

「俺、旦那様とかいないけど？」

「め……っ」

目の前にいるでしょっ⁉　怒鳴る既《すんで》のところで、アルキヨは堪《こら》えた。この鈍感馬鹿は、鈍感なのだ。怒りさえ湧《わ》いてくるくらいに、鈍感なのだと自分に言い聞かせる。

「アルキヨ、どした？」

「なんでもない。それより、これからは何か疑問があったら、まず俺に尋ねて。ちゃんと教えてあげるから。今まで黙ってたのだって、お前が心配だったからなんだ」

「分かった、ありがとう」

心配してくれた。それだけで嬉しい。

「具合は良いの？　走ってきたようだけど……」

「あぁ、うん、大丈夫！」

「なら、部屋に戻ってな。……あぁ、それと覚えてる？」

「なに？」

「暗国との和平会談が行われること」

「なんか、そんなこと言ってたっけ？」

「空っぽの頭に詰め込んどきな。明日の朝には出発する」

「明日？」

「そう。朝が早いからね。起きられる？」

「頑張る」

「無理だったら、起こしに行ってやるよ」

「助かる！」

「今日は早く寝な」

「了解！」

皇太后に向けてするはずだった軍隊式敬礼をアルキヨに向けて、ロクは執務室を出た。

「それでは、私は、ロクマリア様を部屋までお送りします」

「ファス」

「はい」

「アーキにも、口裏を合わせるように言っておいて。……皇太后には俺から釘《くぎ》を刺しておくから、お前も口を滑らさないように」

「申し訳ありません」

「いいよ、行って。あいつを一人にするな」

「はっ！」

かつんと踵を合わせて敬礼し、ファスはロクの後を追った。

「…………」

一人、部屋に残ったアルキヨは、嘆息する。

ロクが疑うことを知らない素直な人間で助かった。

皇太后よりも、アルキヨの言うことを信じる可愛い性格で助かった。

今回の事件、背後にいるのは暗国だけではない。

敵対する魔族が、竜国の中枢に、おいそれと立ち入ることは不可能だ。実行犯だけではできない。暗国と結託し、手引きした者がいる。

彼らはおそらく、ロクが、正真正銘、本物の竜であるか確認する為に毒殺しようとした。死ねば偽者、死なねば本物。長年、竜が不在の世界に慣れた者たちの中には、その存在を疎ましく思う一派もいる。そして、彼らは、今後の己の身の振り方を決定づける指針を欲す。

政治的思惑の為に竜を殺す。

「生かしてるわけないじゃない」

俺の可愛い竜に牙を向けたんだから。

俺の大事な嫁に牙を向けたのだから。

死んで当然。

死ぬくらいじゃ足りない。

死んだほうがマシだと思える拷責を与えてやった。

「ロクマリアは王の物だ」

竜を守るのは王だ。

そして、嫁を悲しませるのもまた王だけの特権。

全ての執着の権化だ。他の誰にも手は出させない。たかが貴族の娘にも、裏で糸を引く愚者どもにも、自分の肉親にも、赤の他人にも、誰にも、許さない。

アレに傷をつけるのは、王だけの贅沢《ぜいたく》だ。

【3】


金色の竜が現れた。竜国の王は、世界を支配する金色の竜を手に入れた。

竜国と戦争中の暗国は、自国の状況が不利と判断し、竜国に和平を願い入れた。

暗国との和平会談は、竜国の王都からかなり離れた場所で執り行われる。

ぎりぎり竜国領内だが、限りなく暗国にも接している。

竜王家所有の離宮が、その舞台として選ばれた。

王都から離宮まで、竜に乗って移動した。

まさかの移動手段だ。徒歩でも馬車でも輿《こし》でもなく、竜。自転車やバス、電車といった近代的移動手段しか利用したことのないロクが、竜に騎乗したわけだ。

まぁ、テンションも上がるよね、という話だ。

アルキヨの所有する竜に乗った。

瑠璃《るり》色の竜で、ロクを小馬鹿にしたふうに、つんとそっぽを向く竜。

彼女を操るのはアルキヨだ。

ロクは、ただ乗せてもらうだけ。落ちないように、アルキヨの懐にだっこされた。

背中がぴたりとアルキヨの胸に引っついて、腰には腕が回る。密着したこの距離感が居たたまれず身を捩《よじ》ったが、文句は言わなかった。言う暇もなかった。

絶対に身を乗り出すな、暴れるな、黙っていろと厳命されて、高高度を飛行した。

人は、自由になりたい時、「鳥になりたい」という言葉で喩えるが、こんな思いをするなら、ロクは絶対に鳥になりたくないと思った。ジェットコースターもフリーフォールも目じゃない。単なる拷問だ。第一、ロクはあまり高いところが好きじゃなかった。

「下りる！　死ぬ！　怖い！　落ちる！」

叫びまくった。

向かい風が気管に入り、息は吸えども吐き出せない。スピードに目も開けていられないし、耳を劈《つんざ》くような風切音で、鼓膜が破裂しそうになる。頬がびりびりと震えて、痛い。

離宮へ到着して、竜から下りた後も、ロクは足取りがふらふらしていた。

「耳、きんきんする。……喉、痛い」

「だから言ったでしょ？　身を乗り出すな、暴れるな、黙ってろって」

「まさかあんなにすげぇとは思わねぇよ」

「お前、竜でしょ？　竜が空を怖いって笑い話にもならないね」

「俺、人間だもん」

「竜だよ。高いところが怖いとか、耳やら目やらが痛いとか、頭が痛いとかは、練習して飛べるようになれば、そのうち、慣れる」

「飛べねぇよ」

「飛べるよ、竜だから」

「飛べない。……とにかく、俺は二度とあんなもんには乗らない」

「あれだけがちがちに守ってやったのに、ほんと文句が多いね」

身を乗り出さないように、しっかり抱きしめてやって、暴れないように宥《なだ》めすかしてやって、叫んで舌を噛まないようにキスしてやる。耳が痛くないように、フード付きの外套を着せて、寒くないように襟巻きをさせて、目も痛くないように、アルキヨの上着で体全部を包み込んでやった。にもかかわらず、ぎゃあぎゃあ喚《わめ》いて、まるで子供だ。

「ロクマリア、早く来な。……ロク、ロクマリア？」

さっきまで元気だったロクが、返事をしない。

ぽす、と背中に体重がかかった。アルキヨの背中に、ロクが額を預けている。

「ロク？」

首を後ろへ巡らす。

「う、ぇ……ぇぇぇぇっ」

ゲロ吐いた。

「…………」

絶句する。

三歩後ろにいたファスも、絶句している。

「へぁ、ぅ……ぅぐ、ぇぇぇぇ」

「……あーもう、信じられない」

額に手を当てて、天を仰ぎ見る。

「きもち、わる、い……」

ずるずると足元に蹲《うずくま》る。

さっきまで普通だったのに、じわじわと自覚症状が出て、目が回った。

「乗り物酔いする竜なんて、初めて聞いたよ……」

「ぅうぅう」

呆《あき》れ気味のアルキヨに、背中をさすってもらう。

「朝ご飯、ちゃんと食べないからでしょ？」

「らって……」

寝坊したので、朝ご飯はお茶だけだ。

アルキヨには食べろと言われていたが、ぐだぐだしているうちに出発時間になってしまった。

「今日は、会談が終わるまで何も食べられないからね？　そのゲロ落ち着いたら、今のうちに、何か食べときなよ」

「いら、ぁい」

食事のことを考えただけで胃液がせり上がる。

「……王様に向けて嘔吐《おうと》したのは、お前が初めてだよ」

「うぇ、っ」

「はいはい、もう好きなように吐いてください」

「ぁう、きよ……さん……」

「なに？」

「ど、しよ……服、汚したぁ……」

「そんなの気にしなくていいよ」

ぽんぽん、と背中を叩く。

この馬鹿な竜は、変なところで遠慮がちだ。何かにつけ、余計な気を遣いすぎる。

普段から、自分の身の回りのことは自分でするし、人にものを頼まない。他者へ気さくに話しかけながらも、いつも顔色を窺っている。

ぎゃあぎゃあと文句を垂れるのはアルキヨに対してだけ。それ以外の他人に迷惑をかけることは害悪であるかのように、全て自分で始末をつける。そうしないと不安なように。

「ロク、こっち向いて。ちゃんと吐かせてあげるから」

「あ、るぃよ……それ、やだ」

「なんで？　指挿《い》れたら、もっと吐けるよ？」

「ぁ、ぐっ」

アルキヨの指が、舌の根を押さえつけて、奥に入り込む。

ぐじゅ、と空気混じりの唾液が爆《は》ぜた。逆流する気泡にえずき、蛙《かえる》の潰れた声で唸る。

苦い液体が、体の内側を逆流する。

「え、ぁう……ぅ、げ」

「可愛くない声」

引き抜いた指を、ぺろりと舐める。

苦みばしった酸味は、悪くない。

「……ぅう、ぅ」

「零れてるよ？」

口端を伝う唾液を指で掬い、それも舐める。

力尽きたロクは、へちゃ、と座り込み、恨みがましくアルキヨを見上げた。

「残念……もういいの？」

「……もう、いい……充分……、アルキヨ……？」

「顔上げて、じっとしてな」

「んっ、ぅ」

猫がするみたいに、汚れた口周りを舐められる。こそばゆくて面映《おもはゆ》い。舌できれいにされている間、ロクはじっと目を瞑っていた。猫が猫を可愛がるみたいで、悪くない心地だ。

「はい、いい子でした。ご馳走《ちそう》様」

ちゅ、と唇にキスして、自由にしてやる。

「終わった？」

「終わったよ。ほら、立ちな」

「うん」

ほんの少し優しくされただけで、ロクは素直になる。

アルキヨの手を借りて立ち上がり、きょろりと周囲を見渡した。

大勢の取り巻きが、ロクとアルキヨの一挙手一投足を微笑ましげに見守っている。二人の様子に和み、とても、戦争相手と話をする雰囲気じゃなかった。

ここが、公共施設のど真ん中だということを忘れていた。

それはアルキヨも同じだ。国王の威厳もへったくれもあったもんじゃない。

「……今までのって、芝居か？」

小声で、アルキヨに尋ねた。

「よく分かったね」

「なんとなく、な」

優しいアルキヨは、疑ってかかれ。

こっちへ来てから学んだことだ。

これは示威的行為。竜と王が仲睦《なかむつ》まじくしていると、それだけで周囲は安心する。アルキヨには、そういう打算的な部分があることを、最近ロクは学んだ。いちいち、踊らされている自分が滑稽《こっけい》なだけだ。だから、裏があると疑ってかかるくらいでちょうどいい。

「あちこちふらふらするんじゃないよ。さっさと風呂に入って、お着替えして、準備してきな。時間がないからね」

「分かってる」

打算は面白くない。駆け引きは得意じゃない。そういうのは人生をつまらなくする。

正直に、嘘をつかずに生きていきたい。

でも、嘘でも優しくしてくれるなら、その瞬間だけは幸せ。

他にどうしようもないのだから。

ロクは、何もできないのだから。

＊

「なんで俺は、こんな格好ばっかりなんだ……」

「あっはは、綺麗綺麗」

ロクの姿を見るなり、アルキヨは腹を抱えて笑った。

「アンタ、人の不幸を楽しんでるだろ？」

「褒めてるんだよ、感謝しな。お前は口が悪いし、素行も悪いけど、上っ面を飾るとそこそこだ」

「和平会談なんだろ？　そんな場面で、こんな格好するって正気の沙汰《さた》じゃねぇよ」

「俺の嫁なんだから、それくらいして当然なの」

「俺、嫁じゃねぇし」

「……あっそ」

「だから、なんで機嫌悪くなんだよ……」

こっちが機嫌を悪くしたいのに、子供っぽいアルキヨが先に拗《す》ねる。

時間がさし迫っているということで、吐瀉《としゃ》物を始末した後、風呂で身を清めたロクは、アルキヨとのつり合いをとって、女のように着飾らせられた。

今日の衣装は、上から下まで、体のほとんどを覆い隠すドレスだ。光沢のある絹地で、裾が異様に長く、細身で窮屈。襟元も詰まって苦しい。レースとフリルがありえない量で使用されている。髪を結われ、生花と真珠で飾られた。手指や手首、腕、首、耳にも、金細工と琥珀石で装飾される。これに、丈の短い毛皮を羽織れば完璧《かんぺき》だ。

背は高いし、痩《や》せていても男なので、こんな格好は似合わないと抵抗したが、そんな言葉は空《むな》しく聞き入れてもらえない。

それどころか、もっと背の高いアルキヨと並ぶと、まるで、つがいの鳥のようだと衣装係の女官が喜んだ。

身綺麗にされたロクは、準備だけで、どっと疲れた。

「陛下、まもなく時間です」

ファスの言葉で、ロクとアルキヨは会談の間へ向かった。

会談が開かれるのは、離宮の大会議場。

その扉の前で、アルキヨと二人で立つ。

厳戒態勢で、アルキヨとロクの周囲を、無数の騎士が護《まも》っていた。

その筆頭はファスだ。

竜国の赤い悪魔と呼ばれるファスがその場に存在するだけで、場の空気が引き締まる。

アルキヨとロクの名が立て続けに呼ばれ、扉が開かれると、二人で室内に入る手筈《てはず》になっていた。

アルキヨはいつも通り、口元に薄笑いを浮かべ、斜に構えた態度だ。余裕があって、落ち着いている。アルキヨがこの場に立つだけで、誰しもに一定の緊張感、安心感を与える。

この王を護る為に命を懸《か》けるという緊張と、この王がいる限り心を落ち着けて事に望めるという信頼。それは、アルキヨの人望によるものだ。竜が不在の千年以上の間に、一人孤独に培ってきた功績だ。

「なぁ、アルキヨ」

沈黙が続く中、扉を見据えながら話しかける。

「なに？」

アルキヨも正面を向いたまま応《こた》える。

「おなかすいた」

「……ぶっ、は」

　アルキヨが吹き出した。

　続いて、周囲からも失笑が漏れる。緊迫した空気が台無しだ。

「ゲロったから、お腹、空《す》いた」

「後で好きなだけご飯食べさせてあげるから、辛抱しなよ」

「うん。……アルキヨも食う？」

「そうだね、そうしようかな」

　毒殺未遂事件以来、ロクは食べる量が減っている。

　アルキヨは、そう報告を受けていた。それは多分、毒殺されるのが怖いからではなく、それによって、またアルキヨが死にかけたり、ロクを毒殺しようとした人間が死刑にされるのではと恐怖しての行動だ。

　食べられないのだ。

　自分の為ではなく、他人の為に。

「な、アルキヨ」

「今度はなに？」

「暗国ってどんな国？」

「暗国は、いけ好かない強欲が支配する国。俺、あいつのこと嫌いなんだよね。先代の竜がいなくなって、真っ先に攻め込んできたのもあいつだし」

「先代の、竜……」

「お前の父親だよ。この裏切り者」

「…………」

「傷ついた顔をしても、俺を苛立《いらだ》たせるだけだから」

「ごめん」

「なんで謝るの？　謝れば楽になれるとか思って謝ってるなら、鬱陶《うっとう》しいから謝んないで」

「……っ」

「それ以前に口を開くな、喋るな……気安くしてくるな」

優しくしたり、ひどく突き放したり。

あぁ、楽しい。

言動の落差についていけなくて、ロクが困っている。

思いっきり優しくして、忘れた頃にいじめると、ロクは裏切られたような顔になって、すごく傷つく。平気なフリしているのに、感情を隠しきれていないのが、手に取るように分かる。とても愉快だ。ロクを痛めつけて、精神的に追い込むなら、この方法が一番だ。

「俺のじいちゃんがいなくなったせいで、千年も戦争が続いてるなら……それは…………ごめん」

「いい。聞きたくない」

「アルキヨ」

「なに？」

「俺のじいちゃんとばあちゃんがしたことは、この世界からしたら間違ってることかもしれない。けど、俺からすれば間違ってなかった。だって、じいちゃんとばあちゃんがこの世界にいたら、俺は死んでた。……俺は、殺されてた」

「……そうだね」

「アンタにしたら、先代の竜さえ生きていれば俺が死んでもよかったんだろうけどさ……」

「それは……」

先代の竜は、アルキヨの父親の竜だ。アルキヨの竜ではない。

アルキヨの竜は、今、隣に立つこのロクマリアだ。

「ごめんな。役に立たない竜がこの世界に来て。…………俺が死んで、じいちゃんが戻ってくれればよかったのにな」

「そういう自虐的な態度は、うざったらしくて嫌い」

アルキヨは、口先ではいつも通りに悪態を吐きながらも、心中で、自分に舌打ちした。

今の言葉は、アルキヨが言わせてしまった言葉だ。

ロクは馬鹿じゃない。ちゃんと自分の立場を分かっている。なんだかんだ言いながらも、本当に人を困らせるような文句も言わず、こうして竜としての務めを果たそうとしている。

それを放棄した先代の竜の代わりを、している。

謝りたくもないだろう罪を謝り、ロクの父母が犯した罪に詫びている。

そのほうが、円滑に物事が進むからだ。

自分一人さえ我慢すれば、何もかもが丸く収まる。自分一人さえ我慢すれば、誰も困らない。自分一人さえ我慢すれば、祖父母は悪く言われない。自分一人さえ我慢すれば、自分の居場所だって、作れる。自分一人にならずに済む。

「俺が金色の竜をしてれば、問題ないんだろ？」

「…………」

「俺は、ただ息をして、竜であればいいんだろ？」

「そうだよ」

「じゃあさ、これだけは言っておく。アルキヨ、俺の機嫌を損ねて、俺が他の国に逃げるようなことだけはしないで」

「…………」

びっくりした。

この竜、ただいじめられているだけじゃないようだ。ちゃんと反撃してきた。言いたいことも言うし、自分の考えをきちんと伝えてくる。単なる馬鹿じゃない。

「あんまり俺に酷いこと言わないで。俺、ある程度までは我慢するけど、そこから先は、自分がどうなるか分からない」

「たかが竜の分際で、ご主人様を脅迫するつもり？」

「そんなつもりない。ただ、アンタは俺に優しくしてくれるけど、根本的には俺が嫌いだろうから、……歩み寄るつもりがないなら、ケンカ売ってこないで」

余計な争いはしたくない。

疲れるし、悲しくなる。

「お前のそういう性格、けっこう気に入ってるよ」

「…………」

アルキヨが、ロクに対して微笑んだ。

初めてだ。人を馬鹿にしたような笑いじゃなくて、ちゃんと目を細めて、笑いかけた。

とても優しい顔で笑った。

「お前といると、調子が狂うよ」

「うひゃ」

頬《ほ》っぺたを抓《つま》まれた。むに、と引き伸ばされて指が離れる。すぐに赤くなる頬を、今度は指の背で撫でられる。

「ほっぺた、やわらかいね」

「……それも、芝居のひとつか？」

「…………………そうだよ」

笑って、ロクから手を離した。

ロクは、触れられた頬を手の甲で拭った。

「陛下、失礼いたします。……暗国側の準備が整ったそうです」

「……分かった」

ファスのひと言で、アルキヨは表情を一変させる。

ちゃんと、王様の顔だ。

「もう時間？」

ロクは気を取り直して尋ねた。

他人に合わせて切り替えられるのが、ロクの長所だ。悪く言えば、他人に主導を置きすぎて、自分を出せないという意味合いもあるのだが……。

「あぁ。分かってると思うけど、お前は黙ってればいいからね」

「余計な口を挟むなってことですね、はいはいそうですか」

シケたツラで等閑《なおざり》に返事をした。

「あはは、殴るよお前？」

「殴り返してやる」

「お前はほんとめげないね。……まぁ、とりあえず会談中は打ち合わせ通り、その不貞腐れた顔をなんとかして、黙って、笑っていればいいから」

「面白くもないのに笑えるか」

「笑え」

「無理」

「お前、笑えば可愛いよ」

「……っ」

「はは、顔、真っ赤。嘘に決まってるだろ？　不細工なんだよ、お前の笑った顔。だから笑うな」

「アンタ、本気うぜぇ」

にっこり笑ってやる。

「笑うな不細工。とにかく、俺と竜が夫婦円満、大の仲良しだって見せつけるんだよ。そしたら暗国は、竜を手に入れた俺に対して、逆らおうなんて気は失せるからね」

「分かってるよ」

アルキヨの力になるのは不満だったが、これで戦争がひとつ終わるなら協力すべきだと思う。

誰かが死ぬのは、ダメだ。

「それでは参りましょうか、我が妃、金色の竜」

「仰せのままに」

アルキヨに差し出された手に手を重ねて、扉を潜った。

結果が、血みどろだった。

「は……、っ、え……？」

ぼた、ぼた、と自分の腹部から流れる血に、ロクは引き攣った笑いを浮かべる。

白のドレスが、鮮血で染まっていた。

よく、分からなかった。

アルキヨと手を繋いで大会議場へ入り、暗国の人間と向かい合った瞬間、腹にナイフが突き刺さった。次の刹那《せつな》でナイフが引き抜かれ、また刺される。金色の瞳孔を見開き、自分の手元へ視線を落とし、その流れでゆっくりと腹を確認する。

「……っ、ぁ……？」

体の奥から熱いものが逆流した。

ごぷ、と血が溢れる。口からだけでは出る場所が足りないのか、鼻からも流れた。

「ロク！」

アルキヨが、ロクの前に出た。

「………ぁ、……キ、……に、ぇ……？」

アルキヨ、なにこれ。

そう言ったつもりなのに、声が出なかった。

後はぐちゃぐちゃだ。激昂《げっこう》したアルキヨが剣を抜いたシーンとか、ファスが竜騎士とともに戦うシーンとか、暗国と竜国双方の兵が入り乱れるシーンとかが、目端に映った。

いち早く部屋から退出する暗国王の姿も見えた。

去り際に、ロクを一瞥《いちべつ》するその瞳と目が合った。瞳孔が二重の円になっていて、赤い。

狂気を孕《はら》んだその瞳に、「この男は嫌いだ」と本能が訴えた。

後は、映画でも見ているみたいだった。

ぼんやりと流れていく。

竜の体に勝手に触れていいものか、はたまた化け物に恐れをなして触れられないのか、誰もロクに近寄ろうとしない。遠巻きに何かを叫んでいるだけだ。

ロクは、傍に誰もいないことがさみしかった。

痛い。寒い。怖い。

意識が朦朧《もうろう》として、音声は聞き取れても、雑音のようにしか耳に入ってこない。

部屋が、鮮血で溢れ返っている。肉片が飛び散り、投入された獣や小型の竜が人を食い荒らす。怒号が飛び交い、阿鼻叫喚《あびきょうかん》の地獄が始まる。

アルキヨ。

必死になって、アルキヨの姿を探す。

剣を持ったアルキヨが、何かを怒鳴っている。いつもみたいに、人を馬鹿にした笑顔じゃない。あの顔は、家出したロクを迎えに来た時に見せた、怖い顔だ。

空色の瞳孔が、獲物を狙う獣のように光っている。

きれい。かっこいい。

同じ男なのに、違う生き物みたい。

アルキヨが俺の為に怒ってる。

俺のこと嫌いだろうに、少しは怒ってくれる気持ちがあったのだ。

嬉しくて笑みが零れた。

笑う代わりに、ごぼ、と大量の血を吐く。

「ア、……ル……ョ」

もう痛くなかった。

怖い。寒い。息ができない。苦しい。何も聞こえない。

傍にいて。

腕を伸ばす。

アンタだけなんだよ、俺のこと気持ち悪がらずに触ってくれるの。怖がらずに、触れてくれるの。不細工だとか、化け物だとか、醜いとか、そんなことといっぱい言うけれど、ちゃんと俺に触れてくれるの、アンタだけなんだよ。

アンタだけが、竜になった俺を、唯一、抱きしめてくれたんだ。

だから……。

なのにアルキヨは、ロクよりも、人を斬《き》り殺すことに集中していた。

ロクをこれっぽっちも見ていなかった。

あぁ、そうか。アルキヨは、俺が刺されたことでキレたんじゃなくて、この会談がご破算になって、自分が騙《だま》されたことに怒っているんだ。俺のことはどうでもいいんだ。

途端に、悲しくなった。

アルキヨ、俺のこと見て。

俺のこと気持ち悪がらずに、その手で触って。

アルキヨ。

アルキヨ。

心の中で幾度となくその名を呼んでも、竜の王が来ることはなかった。

＊

変な夢を見た。アルキヨが俺を抱き上げて、どこかへ運んでいる夢だ。俺みたいにでかい男を、よくもまぁこうも軽々と持ち運べるものだと感心した。

「ぁ、……ぉ、ぇ……ぃ、ぇる、っ……」

アンタ、俺の血で汚れてるよ？　そう言ったつもりで、声になっていなかった。

泡だった血液が口角に溢れる。

俺の体は真っ赤で、アルキヨもその血で汚れている。

「喋るんじゃない」

「……き、たな……ぃ、血、ごめ、ん……」

さっき、ゲロだって吐いたのに、また汚しちゃったよ。

アンタの上着を駄目にするの、これで何着目だろ？

汚してごめん。不細工でごめん。醜い竜でごめん。迷惑かけてごめん。役に立たなくてごめん。

「…………っ、め、……」

「謝ってるんじゃないよ、この馬鹿……」

「…………も、いぃ、……」

もういいよ。放っておいてくれていいよ。どうせ存在していても意味ないし、アンタの邪魔になるだけみたいだし、役に立たないし、もう放っておいてくれていいよ。

「ふざけんな。こっちはお前のこと待ち続けて千年だぞ……勝手に死なせるか」

「ふ、へ……」

いつになく真剣な表情のアルキヨ。

可愛くて、笑ってしまった。多分、笑えていたと思う。よく分からなかった。

後は、夢現《ゆめうつつ》に、アルキヨに抱かれた。優しく抱きしめられて、いっぱいキスをされて、蕩《とろ》けそうなほど甘い甘い愛撫《あいぶ》を与えられて、声も出ないほどに、その体に縋った。

アルキヨの体温が、熱い。

死人のように、冷たくない。

生きてる。

「ロクマリア、命令だ、竜になれ」

いつもなら人間の体に戻れと命令するのに、今日は逆の命令をされた。その声は切羽詰まっていて、この男に、こんな声を出させてしまったことが申し訳ないくらいだった。

「ふ、ぁァ……っ」

アルキヨの命令が、ロクをめいっぱい支配する。

自分の体が、異音を奏でる。骨が軋む。背中の鱗が熱い。

このまま死んでしまいたいくらい幸せな気持ち。気味悪い竜だという自覚はあるのに、竜になることをアルキヨに許されると、まるで自分が肯定されたようでとても心地良い。

「そう、それでいい。……竜になるんだ」

「ゃ、ら……」

「ロクマリア」

「見る……な」

見るな、この姿。気持ち悪い化け物。

見ないで。頼むから。アンタにまで避けられたら、俺はもう誰にも触ってもらえない。

抱きしめてもらえない。

だから、俺のことはもう放っておいて。

「泣けよ、笑うな……っ、この馬鹿……」

「…………」

困り顔で、ロクは小さく首を横にした。

もう困らせないで。

悲しくなるから。

ロクが目を醒ました時、傍には誰もいなかった。

竜の棲の、あの無駄に広い寝室で、ロクは横になっていた。死んでないんだな……と、少しだけ残念に思った。すぐにそう思えるくらいには回復していた。

腹に触れると、傷痕が指に引っかかった。刺された場所だ。左の鳩尾《みぞおち》あたりに大きな傷が一箇所と、その周囲に四箇所。どうやら五回も刺されたらしい。表面上は問題ないようだが、内側がずくずくと痛む。

「あるきよぉ？」

呼んでも、おとないはない。

素肌にシーツを巻きつけて、寝台を下りた。

竜の力をもってしてもまだ完治していないのか、体が重力に負けたようで、重く、妙に歩きにくい。視界も悪く、体のバランスがとれなかった。ふらつく足取りで扉を開ける。

「あ」

扉の前で、水盆を持った女官と出くわした。

「きゃあ！」

女官が叫んだ。陶製の水盆を取り落とし、あたりに、水と陶器の破片が飛び散る。

「……え？」

「ひっ、や……きゃ……」

尻餅《しりもち》をついた女官は、小さな悲鳴を上げる。

「なに……どうしたの？　まさかまっぱなのがダメとか？」

ちゃんとシーツで隠してるし、そんな破廉恥な格好はしてないよ、と自分を見下ろし、顔面蒼白《そうはく》になった。

金色の鱗が、体中を覆っていた。

胴体と顔こそ人間だが、両手足は竜のまま、尻尾も生えたままだ。

「ご、ごめんっ！」

「ひっ……」

女官は、逃げようと床を這うが、陶器の破片で足を怪我して立てない。

「ごめん、ごめん！　何もしないから！　ごめん！」

「も、申し訳ございません！　お許しくださいませ！」

「ちょ、君、待って。怖がらなくていいから！　ごめん！」

「申し訳ございません！」

二人して、交互にぺこぺこと謝る。

「ごめん、大丈夫だから、怖がんないで……あの、足、大丈夫？」

「足？」

「怪我、してる」

「……あら、まぁ」

「だから、その……だから、えぇと……」

ロクは自分の腕を、爪で引っ掻いた。

一筋の血が流れる腕を、女官に差し出す。

「……こ、殺さないでっ」

「いや、殺さないから！　そんな節操なしじゃないから！　怪我したとこ、この血で治るから……いや、ほんと、ごめん。……驚かせて、ごめん……なにもしないから……ごめん」

ごめん。何度も頭を下げる。

「…………」

「ごめんな？　ごめん。あの、でも、安心して？　目ぇ開けてくれて大丈夫だから、怖いとこは全部隠してるから、いや、見たくないなら、その……目を瞑ってても大丈夫だから、ごめん、隠し切れてないけど、多分、もう右腕以外は元に戻してるから、なにもしないから……ごめん……ごめんな？　ごめん……」

「…………竜、様？」

この世界で最も尊い竜が、何度も謝る。

とても、とても、思い詰めた声で。

「ごめん、この血、使って……俺、すぐ、消えるから……」

「あの、私も、ごめんなさい……竜様、その……ごめんなさい？」

床に座り込んで謝るロクを、女官がそろりと覗き込んだ。

眉を八の字にして、今にも泣きそうな顔をしている。血の流れる右腕だけを、恐る恐る女官に差し出す。その姿は、まるで小さな子供と同じだ。拒絶されることを、恐れている。

「ごめん、俺が悪いんだ……ごめん。ごめんなさい。気持ち悪いの見せちゃった。怖かっただろ？　ごめんな？」

「あぁ、そんなに謝らないでくださいまし……竜様の血が流れております。痛いですわね、ごめんなさい、私などの為に……」

「だって、怪我してる。痕が残ったら大変だから……気持ち悪いかもしれないけど、治るから……おねがい、します……」

「竜様……」

つい先日、腹を刺されたばかりの竜が、今、ほんの少し足を切っただけの女官の心配ばかりしている。

恐ろしくも尊い竜。だが、今、目の前にいる竜は、どこにでもいる男の子だ。それも、綺麗な綺麗な鱗をした、優しい子。他人のことを考えすぎて、自分ばっかり傷ついている。

「竜様、私、早速使わせていただきますわ！」

女官は恥じらいを忘れてスカートをまくり上げると、脹脛《ふくらはぎ》の怪我にロクの血を垂らした。

その血が患部に触れるや否や、痛みが消え失せ、痕形もなくなる。

「治った」

「治りましたわ」

「よかった。女の子に傷が残ったら大変だもんな、よかったぁ」

「あぁ。なんて麗しい笑顔、素敵ですわ、お可愛らしいですわ」

「ぅ、うるわ……？」

「ありがとうございます、竜様」

「いや、俺こそ、ありがとう」

「無礼を働き、真に申し訳ございませんでした。私、ここの女官をしております」

「うん、知ってる。メリュジーヌだろ？」

「あ、あらまぁ……なぜ、私のお名前をご存知ですの？」

「俺が顔を洗う水盆の水を替えてくれるのがメリュジーヌだって、アーキに教えてもらったんだ。他にも、服の用意をしてくれる衣装係がノエシスとノエマの双子の姉妹で、風呂の用意は、ほら、女装してる五人兄弟がやってくれてるんだろ？」

ロクは、誰かと接触することを禁止されているけれども、世話を焼いてくれている人たちのことはアーキから聞いていた。ロクにとって、この大きな巣穴にいるのが、自分一人じゃないことがとても大事だった。

「まぁ、まぁ……なんて光栄でしょう……帰ったら実家の両親に報告しなくっちゃ」

メリュジーヌは大感激して、瞳を潤ませている。

「お父さんとお母さん？」

「はい！　弟妹もおります」

メリュジーヌは、エメラルド色の瞳孔を細めて、嬉しそうに語る。

家族のことが大好きなようだ。

「そんなとこでなにしてるの？」

不機嫌な声で、朗らかな雰囲気が一変した。

ファスとアーキを伴ったアルキヨが、ロクを睨みつけていた。

二枚目顔が不機嫌に歪んでいる。ほぼまっぱのロクと、スカートをまくり上げた女官という状況が気に入らないらしい。

「アルキヨ」

「元気になったと思ったら、早速、女官でもたらしこむつもり？」

「……メリュジーヌ、もう歩けるか？　お大事にな」

アルキヨを無視して、メリュジーヌに話しかけた。

「はい、ありがとう存じます」

「また、俺と話してな？」

「はい！」

「女、金色の竜と接触することは……」

「アルキヨ、黙ってろ。俺はメリュジーヌと話してるんだ。……じゃあな、メリュジーヌ、こいつが怒り出す前に逃げてくれ」

「ですが……」

「いいから、大丈夫。……アルキヨ、俺からこの人に話しかけたんだ。この人は悪くない。罰するなよ。もし、そんなことをしたら……」

「したら？」

「家出してやる」

「……分かったよ。……女、下がれ」

「はっ、はい……失礼いたします。金色の竜様、本当にありがとうございました」

メリュジーヌは立ち上がると、腰を折って一礼し、その場を下がった。

「ロク、もう起きて大丈夫なの？」

ぎくしゃくした雰囲気を感じとって、アーキが努めて明るい声を出した。

「おー全然、大丈夫」

駆け寄るアーキを抱きしめる。

「お腹の傷は？　竜体のほうが治りが早いって言うけど、まだ治ってない？」

「よく分かんね。なんか体の内側は痛いけど、大丈夫」

それよりも、今、この右腕が元に戻らないほうが気がかりだ。

アーキが怖がったらどうしよう。

さりげなく右腕をシーツで覆い隠す。

「ロク、気にしなくていいから。ロクのそれは綺麗だ」

「気ぃ遣わせてごめんな？」

アーキは本当にいい子だ。ロクの気持ちを察して、優しい言葉をかけてくれる。

「アーキ、ロクの顔を見たから満足だろう？　部屋に戻ってな」

「もう？　兄上、もうちょっとだけいいでしょ？」

「駄目だ。約束しただろ？　顔を見て、ロクが生きてるって分かったら部屋に戻って勉強するって」

「……はぁい」

「よし、いい子だ」

アルキヨはお兄ちゃんらしい顔で笑うと、アーキの頭をぐしゃぐしゃと撫でる。

その仕草は、弟思いの兄そのもの。

ロクには見せない一面だ。

「ファス、アーキを連れて先に戻っていろ」

「は……。参りましょう、アーキ様」

「うん。じゃあね、ロク。また来るからね」

「あぁ、また来いよ」

ばいばいと手を振ってやると、その習慣のないアーキも、ばいばい、と笑顔で手を振り返してくれた。

ロクはそれを見送ると、寝室へ引っ込んだ。

当たり前のように、後からアルキヨも入ってくる。

「なんか用？」

これみよがしに大きな溜息をつき、寝台に寝転ぶ。

「まずは、腕を元に戻しな」

「………………はいはい」

よっぽどロクのこの醜い腕が見たくないらしい。

嫌悪丸出しの表情だ。

俺だって、誰にもこんな姿を見せたくねぇよ、と心中で毒づきながら、元に戻す。腕が痙攣して、妙な痛みが伴う。少し戻りが遅い気もする。まだ慣れが必要なようだ。

「ほら、これで文句ねぇだろ？」

「俺の許可なしに竜になるなって何度言ったら分かる？」

「起きたら勝手にこうなってたんだよ。それに、自分で戻れるからいいだろ？」

「勝手に？　そんなはずはない。この俺が……」

「あーもう、うるさい。アンタに迷惑かけてないからいいじゃん。ていうか、俺、病み上がりだからお説教とかマジ勘弁」

「病み上がりなら、おとなしく寝てて」

「いや」

「……体調は？」

「別に」

「無理はしないで」

「無理して俺が死ねば、アンタは嬉しいんじゃないのか？」

鼻で笑った。

瞬間、ガン！　とアルキヨが壁を殴った。

びっくりして、咄嗟に体が後ろに逃げる。

「ふざけんな。誰がそんなこと望んだ？」

「……ご、めん」

「勝手に死んでんじゃねぇぞ」

「…………」

「二度と言うな」

「……は、い」

気圧《けお》され、思わず言葉遣いも丁寧になる。

「そう、それでいい。そうでなくちゃ、なんの為に、俺が、お前の怪我を治してやったか分からない」

「これ、治ったのって……」

「俺だよ。お前が、自力で竜になれる状態じゃなかったから、俺が、お前を竜にした」

ロクが竜になる為には、自分が望んでそうなる場合と、アルキヨに命令されて竜になる場合の二種類がある。そして、竜体のほうが賦活能力が高く、傷が治りやすい。だから、ロクを竜にした。

「覚えてない」

「だろうね。半死だったから」

「半分、死にかけてたの？」

「あぁ」

「そうか、死にかけたのか」

それを助けてくれた。

なら、やっぱりあの命令は本当だったのかもしれない。

現か、夢か、判断がつかない虚《うつ》ろな記憶。竜になっても構わないと、アルキヨが耳元で囁《ささや》いた。気味が悪いとも言わず、アルキヨが、優しくロクを抱いていた。

あれは、単なる自分の願望が夢になったと思っていた。

「……願望？」

アルキヨに優しくされるのが？

「お前、独り言多いね」

「………………」

「それ、よくないよ」

「そう言われても……」

苦笑するしかない。

「自己完結してないで、感情を表に出せって言ってるんだよ」

「表に出してるよ」

「出してないよ」

「アンタに見せても仕方ないだろ？」

「じゃあ誰に見せるの？」

「頼むから困らせんなよ。俺、そういうこと言われても、これで普通だから困る」

「なに、その顔。……泣くの？」

「泣かねぇよ、困ってんだよ。アンタのわけ分かんない理屈に苦しめられてんだよ」

「俺は、不細工な顔で笑うなって命令した」

「元々こういう顔なんだよ」

「じゃあ、泣いて見せて」

「アンタ、俺に何をさせたいんだよ……」

答えの見えない押し問答は疲れる。

アルキヨが何を望んでいるのか、まったく理解できない。

「命令してあげてるんだよ。ほら、泣きなよ。俺の前で不っ細工な顔になって、ぎゃあぎゃあ泣けよ。大声で喚いて、叫べよ」

「そんなことさせて楽しいのかよ」

「楽しい。早くやれ」

「無理です」

「やれ」

「無理。あぁもう疲れるから出てけ」

「それはこっちの台詞《せりふ》。お前を見てたら、苛々するんだ」

「アンタ、俺を守るんだろ？」

「……？」

突然のロクの問いかけに、アルキヨは眉を顰《ひそ》める。

「竜王っていうのは、俺を守る為に存在してるんだろ？」

「不本意ながらね」

「なら、守れよ！　笑わせてみろよ！　なのにっ！　なんで、俺を守る為に存在してるのに泣けとか言うんだ!!」

怒鳴った。

腹筋を使ったせいか、ひどく腹部が痛む。

「お前が泣けば、俺は満足する。だからお前は泣け」

「…………」

呆れて物も言えない。

この男、ロクを泣かせて満足するらしい。ロクが泣くのが、楽しいらしい。

なんて歪んだ性格をしているのだろう。

「俺のことがそんなに嫌いなら、いっそのこと無視しろよ。そのほうがありがたいんですけど……」

「泣け。命令してるんだから早くして」

「泣かない、絶対に」

「生意気」

「引っ張るなよ」

髪を摑んで、上を向かされる。鼻先が触れ合う距離に、アルキヨの顔がある。

頭突きをかましてやりたい。

「お前は、上っ面ばっかり取り繕って、中身が最悪」

白金色の髪は見た目以上に細く、すべらかなことをアルキヨは知っている。人の形をした この竜は、外側ばかり綺麗で、内側が真っ黒だということも、知っている。

こんなにも魅力的な生き物、欲しがる人間はもっと大勢いる。

「出会って間もないアンタに、俺のなにが分かる？」

「俺はね、お前のことだけ考えて生きるように教育されてきた」

「…………」

「分かるか？　金色の竜を守るのが王の役割だと教え込まれてきたんだ。いつ戻ってくるかも分からないお前のことだけ考えて生きろと言われ続けてきたんだ。それも、将来の嫁だと言われてな！」

先代の竜が不在になってからずっと、ロクマリアのことだけを考えてきた。

千年以上、そうして生きてきた。

「…………」

その感覚は、ロクには理解できない。

千年ってどれくらいなんだろう。どんな感じなんだろう。誰かのことをずっと考えて生きるというのは、苦しいのか、愉しいのか、幸せなのか、不幸せなのか。

「ごめん」

ロクには分からない。

「謝る意味、分かってんのか……」

「ひとつだけ分かる。アンタ、ずっとさみしかったんだろ？」

「…………」

「俺は、生まれて十七年間、アンタのことを知らずに生きてきた。それでも、時々、なにかが物足りないと思うことがあった。アンタはそれよりももっと長く、千年以上ずっと、俺のことを待っててくれて、一人で生きてきた」

「…………」

アルキヨの顔がみるみる赤くなる。

こんな男でも、赤くなることがあるらしい。

じっと見つめていると、カワセミ色の瞳孔が、きゅっと細くなった。ひとつ発見だ。アルキヨは図星を差されると、瞳孔が細くなる。けっこう素直な性格かもしれない。

「……一人で、さみしかったんだよな？」

「そうだよ！　俺の人生、お前だけだったんだよ！」

吹っ切れたのか、アルキヨが開き直った。

「……え、ぁ……ごめん……」

「なんでそこでお前が赤くなるんだよ！」

「いや、だって……そんなん、愛の告白みたいで……」

「ば、ばっかじゃないの⁉　勘違いすんな！」

「だって、そんな台詞、素面《しらふ》じゃ言わねぇよ」

「笑うなって言ってるだろ！　泣けって！」

「だから無理だって。どんだけ我儘だよ」

「この馬鹿！　あぁもう知らない！　お前みたいな馬鹿は黙って寝てろ、馬鹿。泣きもしないで不細工な顔で笑う嫁なんて興醒め！　もうほんと知らないから！　馬鹿！」

馬鹿馬鹿馬鹿と何度も繰り返して、踵を返した。

「もう帰んのか？」

「当たり前でしょ。……なに？　お前、俺にいて欲しいの？　どうせ、俺の顔なんて見たくもないって思ってるのに？　安心しなよ、出ていってやるから」

「もうちょっと……」

「なに？」

「いや、…………なんでも、ない」

「あぁ、そう。じゃあ、お前は黙って俺の命令を聞いておいて。分かった？　これから先は、絶対に竜の力を使うな」

「アルキヨ」

「なに？」

「え、いや、その……」

「意味もなく呼びつけるな。……そうだ、これだけは伝えておく。暗国との和平交渉は決裂した。これからまた戦争になる」

「……そう、なんだ」

「手間をかけさせるな。ここでおとなしく息をしてるだけでいいって言ってやってるんだから、それくらいしてみせて」

「アルキヨ」

「あぁ、どうせ、いやだって言うんだろ？　お前はいつも反発しかしない。一度くらい俺の言うことを聞いて、おとなしくしていればいいのに。……あぁ、はいはい安心して、すぐに出ていってあげるから」

矢継ぎ早に言い捨てて、アルキヨは本当に部屋を出ていった。

一度も振り返らないし、笑顔もない。

「いや、あの、そうじゃなくて……」

もうちょっとだけ……。

傍に、いろよ。

なんか喋れよ。

なんで、今日に限って一度も触れてこないんだよ。

一人になった途端、心の中が真っ暗になってしまう。

さすがに、まだ人恋しい。痛かったのを覚えているし、金属が腹に入り込む感覚も、ふとした瞬間に蘇《よみがえ》る。また、刺されたらどうしようと、漠然とした恐怖にも襲われる。

怖かったんだ。痛かったんだ。苦しかったんだ。

何も言ってくれなくていいから、一度だけ「怖い」と言ったら、後はもう我慢するから、一度だけでいいから弱音を吐かせて欲しい。ただ、傍にいてくれるだけでいい。もうちょっとだけでいい。キツい言葉でもいいから、耳に声を聞かせて欲しい。頭の中を孤独にしないで欲しい。それで、もし余裕があるなら、俺の話を聞いて。

ちょっとでいいから、俺に触って。

手を繋ぐだけでいいから。

「はっ……」

嘆息する代わりに、声に出して笑った。

嫌われているのだから、話なんか聞いてくれないし、傍にもいてくれない。それで当然だ。顔を見に来てくれただけでも、まだマシだ。

ロクは今、アルキヨとアーキとファスの三人としか接点がない。その三人が来てくれなくなったら、本当に、この広大な敷地で一人ぼっちになってしまう。

惨めだ。なんの為にこの世界にいるか分からない。

なんで、こんな目に遭っている。

「あーもう、感情の起伏が激しすぎるだろ……」

傷痕の残った脇腹《わきばら》を、指先でなぞった。

引き攣れて、白い肉が盛り上がっていたり、へこんでいたり、ぼこぼこして歪《いびつ》だ。まるで竜の体になった時みたいに歪だ。不細工だ。醜悪だ。

悲しい。

なんで、こんなことになってるんだろう。

今日は、元の世界で何月何日だろう。友達はどうしてるだろう。学校は、バイト先は……ばあちゃんの骨はどうなってるんだろう。俺はどうしてこの世界にいるんだろう。

なんで、こんなことに。……なぜ、どうして。

「ふは……」

思い悩んで呻《うな》る代わりに、笑う。

大丈夫、まだ笑って済ませられる。泣くくらいなら、笑っているほうがいい。

「ウルトレーヤ・エ・スセイア。前へ進め、そして、上へ進め。……だから、大丈夫、大丈夫。ここはじいちゃんがいた世界だ。ばあちゃんも来たことのある世界だ。悪いことはこれで終わる。大丈夫、……大丈夫…………違う、大丈夫じゃない……もぉ、なんだよこれ……俺、なんで、こんなことになってんの？　なんか悪いことした？　痛いし、誰もいないし……こわいし、俺だって心細い時くらぃ……あ、っるし……俺、なにもしてない……わる、っぃ、こと……してないっ、なのになんでっ……なぁ、答えろよ、誰でもいいから……誰か……頼むからさぁ……」

頼むから、答えて。

答えて。

助けて。

「っ……くっ、はは……は……」

笑いが止まらなかった。

あぁ、でも笑っているのだから、大丈夫かな？　本当に絶望したら、じいちゃんが死んだ時みたいに声も失うから、それに比べたらどうってことない。

笑っていられるうちは大丈夫。だから、笑える。無理やりでもなんでもいい、笑っているうちは、大丈夫だ。前へ進める、上へだって進める。大丈夫。

でも、この生活は、いつまで続く？

一週間も経つと、怪我はきれいに治った。普段通り生活もできるし、運動だって問題ない。普通の人間なら何ヶ月もかかる怪我であっても、竜にとっては、取るに足らない掠《かす》り傷だ。

＊

ロクの回復を見計らって、皇太后が見舞いを申し入れてきた。

皇太后のあのアクの強さには辟易《へきえき》するが、それは、断る理由にはならなかった。

どういうふうに皇太后をもてなすべきか勝手が分からないので、アーキに相談した。

アーキは、普通に会えばいいよと言ってくれたが、ロクは、王宮にはそれなりのしきたりがあることを前回の教訓で学んでいた。古い伝統と格式は破っていきたいが、アルキヨとアーキの母親に失礼があってもいけないし、がみがみと厭味を言われるのも面倒だ。

そこで、メリュジーヌに頼んでみた。

メリュジーヌは、水盆の水を取り替える係から、ロクの傍付きに昇進した。

急な人事異動に彼女自身も驚いていたが、ロクは嬉しかった。

この世界で、ロクの知り合いは少ない。友好的に話してくれる人はもっと少ない。

メリュジーヌは、ロクに対して、普通に接してくれる数少ない人間だった。

メリュジーヌは、エメラルド色の瞳をした女性だ。年齢は二十四、五歳くらい。浅黄色の髪を細いリボンと一緒に編み込み、左サイドに結い上げている。ドレスはお仕着せではなく自前で、薄青に小花柄だ。緻密《ちみつ》なレースと春らしい色合いが爽《さわ》やかで、よく似合っている。ウエストがぎゅっとしまって苦しそうだが、メリュジーヌは平然としていた。

「そのドレス、可愛いな。似合ってる」

「ありがとう存じます。こちらのドレス、陛下より賜りました支度金であつらえました」

「アルキヨからの支度金？」

「はい。竜様のお傍付きになるにあたり、相応の物を揃えよと仰《おっしゃ》ってくださいまして」

「アルキヨが……。じゃあ、メリュジーヌが俺の傍にいてくれるようになったのも？」

「はい。陛下のご命令でございます。本来、女は、竜様のお傍付きにはなれないのですが、陛下が許可をくださいました」

「なんでだろ？　あいつ、俺が女とデキて駆け落ちするのを疑ってんのに……」

「竜様には話し相手が必要だと仰いました。……先日の様子から、竜様が、私とならお話もできるのではと……」

「あいつの命令かよ。ごめんな？　いやじゃないか？　俺はこの通り竜だし、前に見ただろうけど、気持ち悪いのにもなっちゃうし、もし、いやだったら……」

「大丈夫ですわ」

「でもな……？」

「私、竜様を怖いとは思いません。それは、初めてお会いした時には驚いてしまいましたが……今は、竜様のお可愛らしさを存じておりますので、このお役目を与えていただけたこと、むしろ光栄に思っております」

メリュジーヌはロクの手をとり、一緒に毎日を過ごして参りましょう、と微笑む。長年、水を扱う仕事をしていたせいで、少しかさついた手だ。でも、柔らかくて、優しい。

「ありがとう」

「我が主《あるじ》、金色の竜様。そのお言葉に恥じぬよう、精一杯、毎日お仕えいたします」

「竜様じゃなくて、ロクって呼んで欲しい」

「私どもは、竜様をお名前で呼ぶことは禁じられております」

「でも、俺の名前は竜様じゃなくてロクマリアなんだ。だから、名前で呼んで欲しい」

ロクをロクだと呼んで欲しい。

認めて欲しい。

ただ生きているだけの存在じゃないと、実感したい。

「……ロクマリア様、ロク様、こうお呼びすれば、ロクマリア様はお喜びになられますか？」

「うん」

「主人のお心を満たしてこそ、お仕えする者の喜びです。これからは、ロクマリア様とお呼びいたします」

「もし、アルキヨがなんか言ってきたら、俺からちゃんと説明するから、だから、お願いします」

「まぁ、お顔を上げてくださいまし。こちらこそ、お願い申し上げます」

深々と二人で頭を下げて、微笑み合う。

メリュジーヌとは気が合いそうだった。ロクもメリュジーヌも腰が低くて、相手のことを思いやる気持ちに溢れていて、なにより正直で、嘘がない。

「さぁ、それではロクマリア様、お着替えをいたしましょう！」

パンパン！　とメリュジーヌが手を叩いた。

ノエシスとノエマ。双子の衣装係が、ロクのドレスを部屋へ運び入れる。

「お着替え？」

「お着替えこそが、ロクマリア様がお尋ねになられました、皇太后様をお迎えするお作法の第一にございます」

「確かに、訊いたけど……」

「皇太后様は、これより一刻の後に参られます。それまでに準備をいたしましょう！　さぁまずはお着替えを！」

「まさか……」

「本日は、春らしい花柄のドレスをご用意いたしました！」

「今年は、金色の竜様がこの世界に戻っていらっしゃったこともありまして、真珠色や純白、金や琥珀が流行となっています！」

「それらの装いに相応しい最先端の装飾品もございます！」

三人の官女が、ロクに詰め寄る。

ロクという等身大着せ替え人形ほど、心踊るものはない。

メリュジーヌと双子の衣装係は、ファッションに妥協を許さないらしい。

三人がかりでドレスを着せられた。

これが、皇太后に失礼のない服と言うなら、ロクは従うしかない。

なにより、久しぶりの女の子との会話にも、心が弾んだ。彼女たちは、テキパキと手指を動かしながら、唇は小鳥のように歌い続ける。それを聞いていると、高校のクラスの女子を思い出し、気分転換になった。

城の外では、どういう服が流行しているかだとか、こういう本が人気だとか、芝居や演劇、日常生活から政治のことまで、女の子のお喋りはなんだって充実している。

前の世界にいた頃は、そういった女子の会話に興味なかったが、今となってはそれがありがたい。ロクにとって、唯一、外界と繋がる手段だ。

世間知らずのロクに、三人は文殊の知恵に等しい。

王宮のしきたり、テーブルマナー、服の着こなし方、一般常識、伝統文化、竜がいる世界について。それから、皇太后へのもてなし方、全部、教えてもらった。

ロクはだから、安心して皇太后を迎えることができた。

たとえば、竜の棲には、客間が幾つもある。

王族を迎える部屋は、最も格調高い。真っ白の部屋に、金の家具調度品は同じだが、皇太后を迎えるにあたり、華美なものは取り除かれた。嫁の立場としては、皇太后の部屋よりも華美に彩ってはならないらしい。

「おやまぁ、随分とお元気そうだこと……」

「お蔭様で、ありがとうございます」

ロクは、折り目正しく頭を下げた。

今日の衣装は、上半身は体のラインが出る、すっきりとしたデザイン。ナポレオン風ジャケットで、白地に金刺繍と金釦《ボタン》。ローウエストの下半身は、たっぷりのドレープとプリーツが重なったスカート。白金色の髪は、軍人のお姉さんのようにぴしっと纏《まと》められている。肌を見せない、礼節のある服装だ。

「お召し物も……」

まぁ合格なのだろう。何か言いたそうだが、ふんとそっぽを向くだけで終わる。

「すみません。男なのに、こんな格好で……」

「竜は陛下の嫁じゃ。相応であれば、それでよい。それより、言葉遣いに気をおつけ」

「す、すいません」

「ぺこぺこと頭を下げるでない」

「ご、ごめんなさい」

「あぁ、頭痛がするわ。威厳もへったくれもない。お主のような竜、嫁とは思えぬ。まるで庶民以下じゃ」

「庶民以下」

「家畜じゃ家畜。無駄に餌だけ食らいよる畜生じゃ」

「…………」

うーん、これは怒ってもいいよなぁ？

でも、なんかもうあからさますぎて、怒る気も失せるんだよなぁ。

皇太后としては、嫁姑戦争第二戦のつもりらしいが、ロクにしてみれば、近所の口やかましいおばさんに、ぐだぐだと文句を言われている感じに近い。つまり、無視しておけば気にならない。多少、いやな気分にはなるが、その程度だ。

「なんぞ言い返すがよいわ！」

声を張り上げる。

「……はぁ」

「はぁ、ではない！　……っ、はっ、けほっ」

けほんけほんと皇太后は噎せ返る。

扇子で顔を隠しているが、眉間に皺が寄っていた。

すぐに侍女が背中をさするが、咳は収まらない。

「大丈夫ですか？」

「これが、大丈夫なように見えるか？」

ぎろりと睨まれる。

「ですよね。あ、お茶とか飲みますか？」

「いらぬわ！」

叫んで、また咳込む。

「そういえば、前も咳してましたよね？」

以前に会った時も、同じように咳をする声が聞こえた。

「長年、胸を患《わずろ》うておる。幼い頃よりの持病じゃ」

ぜひゅ、ぜひゅ、と苦しそうな息遣いだ。それでも、ロクの問いかけにきちんと答えるあたり、律儀だ。その上、嘘のない感情をぶつけてくるあたり、可愛い性格だと思う。

「なにを笑うておる！　わらわの不幸がさように嬉しいか！」

「あ、いや……すみません。違います。ちょっと、アルキヨと似てるなと思って」

「わらわの息子じゃ！　わらわに似ておるに決まっておる！」

「そうそう、そういう意地悪なとことか、きっつい物言いとか、顔とか、そっくりです」

「なんじゃとっ⁉」

「怒んないでください。余計に咳が酷くなりますから」

ロクは席を立ち、皇太后の背中をさすった。

痩せた背中だ。衣装こそ豪華だが、何年もこんなふうに咳込んでいては、さぞかしつらいだろう。咳というものは、それをひとつするだけで、途轍《とてつ》もない体力を消耗し、あちこちが痛む。疲れやすくて、長く続けば、夜もぐっすり眠れない。

「きゃあっ！」

皇太后の侍女が、悲鳴を上げた。

ロクが、その腕を竜に変えたからだ。指の一本を竜に変えただけで、こんなに叫ぶのだから、ロクが本物の竜になった時、この人はきっと卒倒するだろう。

「大丈夫、なにもしない。こんなもの、まだ可愛いうちだ」

ロクは、右の鉤爪で、左手の甲を引っ掻いた。

軽い傷はすぐに治癒するので、深めに抉る。白い骨が見えるくらいだ。それくらいでちょうど血が流れる。

「お主、なにをしておる？」

皇太后は目を疑う。

「汚いって思うし、気持ち悪いって思うでしょうけど、治るかもしれませんから」

皇太后に出した茶器の中に、血を垂らした。お茶の味に誤魔化《ごまか》されて、少しは飲みやすくなるはずだ。

「これを、わらわに飲めと言うか？」

「いやなら飲まなくていいです。でも、俺はこの目で、治った人を何人も見ましたから、やってみる価値はあると思うんです」

「寄越せ」

ほんの数秒も思案せず、皇太后は手を差し出した。

「皇太后様！」

侍女たちが慌てて止めに入る。

「よい。竜の血じゃ。滅多と飲めぬ贅沢品よ」

侍女を制止して、ロクの差し出した茶器に口をつけた。

扇子で口元を隠すと、一気に飲み干す。思いきりが良い。

「どう、ですか？」

「馳走であった！」

「はぁ、お粗末様です」

「美味であったぞ」

「いやいや、お味じゃなくて……」

「む……さようじゃな。分からん！」

「……ふはっ」

やばい、この人、可愛い。くるくると表情が変わって、とても愛らしい。子供みたいに無邪気な人だ。こういう天真爛漫《てんしんらんまん》なところは、アーキに似ている。

「おぉ、竜が笑ろうたわ」

皇太后も笑う。

「治ってるといいですけど」

ロクは、竜の鉤爪を元に戻す。

「やれ、金色の竜」

「なんですか？」

「わらわはお主をいじめたが、なぜ、優しゅうした？」

「あ、いじめてる自覚はあったんすね」

「当然じゃ！　嫁いびりは姑の最大幸福じゃ！」

「はぁ、じゃあ、まぁ、これからも元気にいびってください」

「面白い。お主は何故、かように優しいのか……」

「あなたの嫌いな先代の竜とサヨコは、死にました」

「そのようじゃな」

「サヨコは病気で死にました。心臓が弱ってたんですけど、最後は、心臓が原因じゃなくて、体が弱って、肺炎になって……あ、肺病で死にました。ずっと咳をして、苦しそうで、夜も眠れなくて……死んじゃいました」

「さようか。……あの太陽のような娘がな」

「なんか、あなたのことも、見てらんなかっただけです」

二人とも死んだから。

かなり苦しくて、悲しい思いをして死んだから、そういう人を見ると、重ねてしまう。

「怪我をするのは痛かろ？」

「でも、すぐに治ります……か、ら……えっと、皇太后様?」

皇太后が、ロクの手をとった。

よしよしとするように、撫でてくれる。

「やれ、呑気《のんき》な嫁だこと。自分の痛みに気づいておらぬ」

「誰かが苦しいより、痛くないです」

「お主は笑うのじゃなぁ」

「はぁ、まぁ……大体こんな感じです」

「怒らぬのか?」

「キレてケンカしたことはありますけど……」

「怒らぬのじゃなぁ」

「よく分かんないです。俺、こうやって誰かに手を握ってもらえるのが幸せです。アーキも、こうやって手を繋いでくれるんです。そういう優しいところは皇太后様に似たんだと思います」

「ヒヨじゃ」

「ヒヨ?」

「シュエビン=ヒョルディース=アマーウィト=シヴァイネム=ドゥルク。近しい者には、ヒヨと呼ばせておる。お主もそう呼ぶがよい」

「ヒヨ、様……」

「さようじゃ。あぁ、お主に限っては、お義母様《かあ》と呼ばせてやってもよい」

「それは、どうも……」

「じゃが、わらわはこれからもお主をいびるからな！　お主には、嫁としての自覚が足りぬ！　まったくもって足りぬ！」

「はぁ、嫁になった覚えがねぇですから」

「なんと！」

「とりあえず、当分はここにいますけど……自分で独り立ちできるようになったら出ていくつもりです」

「…………」

　小さな口をあんぐりとさせて、皇太后は固まる。

「だから、ちゃんとした嫁を迎えてください」

「我が息子のなにが不足じゃ！　母が言うのもなんじゃが、アルキヨは良いぞ！　買い得の優良物件じゃ！　顔は男前じゃし、背も高く、頭も賢いし、腕っ節も強い！　性格はわらわに似て難があるが、本来は思いやりのある良い子じゃ！」

「いや、俺もあいつも男ですから」

「そうか、分かったぞ！　我が息子が、お主に、正式に婚姻を申し込んでおらぬのが原因じゃな？　愛の言葉も、睦言も聞かされておらぬから、臍《へそ》を曲げておるのじゃろ!?」

「…………」

多分、この皇太后様はそういうことで臍を曲げたのだろう。

そんな感じがする。

「竜は竜王の正妃と決まっておる！　出てはいかせぬ！　すぐに息子に愛を誓わせる故、考え直せ！　なんせお主はいじめてもめげぬし、怒らぬし、なかなかの逸材じゃ！　わらわはお主をいびりたい！」

「うん、そうだと思った」

「冗談じゃ、笑え！」

「はは」

「笑うでない！」

「うわ、そういう理不尽なとこ、アルキヨそっくり」

「我が不肖の息子が、真に不肖であったことがよく分かった！　竜がさみしがっておると伝えるが故、暫《しば》し待たれよ！」

「いや、大丈夫です。そこまでしてもらう価値がないですから」

「お主は竜ぞ！　天下一の至宝ぞ！」

「その、竜っていうのがよく分かんないんですけど、なんか、ぼんやりしてると殺されるらしいですけど、……でも、竜ってことを隠して、一人で細々と暮らしていけば、なんとかなると思うんで」

「……本気で出ていくつもりなのか？」

「はい」

「それは危険じゃ、孤独じゃ。お主はここへ来てまだ間もない。……赤子と同じぞ！」

「でも、一人で生活し始めたら、また新しい出会いとかもあると思うんで。……それに、少なくともこの城は、俺には馴染《なじ》めそうもないし、アルキヨとも上手くやっていけそうにないんで……だから、一人で生きたほうがいいかな……って」

「あのアルキヨが、そのようなこと許すと思うておるのか？」

「俺の人生ですから」

誰にも邪魔はさせない。

「あれまぁ、我らが嫁は頑固じゃ」

皇太后は、扇子でぱたぱたと扇いだ。

ロクは、笑った。

＊

所詮《しょせん》は高校二年生程度の知識しかない。剣道をしていたお蔭で、礼儀作法は身についていると思う。バイトをしていたお蔭で、世間というものも、ちょっとだけ見れた。家計を預かっていたので、金勘定もできる。

ただ、この世界で、ロクの何が役に立つのか分からない。

この世界では、農家に生まれれば農業をし、商家に生まれれば商家を継ぎ、大工であれば大工になる。親とは違う職業に就く者もいるが、皆、若いうちから弟子入りをしたり、自分なりに働く術《すべ》を見つけている。小さな子供だって、働きに出る。

なかには、軍人や騎士、政治家に憧《あこが》れる子だっている。だが、ロクは人を殺したくはないので、それは勘弁願いたい。かといって、学者にもなれず、どうしても何かやりたいことがあるわけでもない。

選《え》り好む資格はない。

目の前にある、自分にできることをすべきだ。

「メリュジーヌ、これ」

「お預かりいたします」

ロクは、真っ赤な血の入った小壜《こびん》を、メリュジーヌに渡した。

メリュジーヌはそれを絹布に包んで、胸元に押しいただく。

小壜の中身は、ロクから流れた血だ。

事の発端は、皇太后に血を差し出したことによる。

あれ以来、皇太后は空咳に悩むこともなく、昼も夜も、心穏やかに過ごせるようになった。肺の苦しみに煩わされ、苛立つこともなく、始終薬を飲む必要もなくなり、雰囲気も穏やかになった。元来、天真爛漫で素直な性格なようだから、良い方向に変わったのだろう。

それから数日して、皇太后の侍女の一人が、内緒でロクを訪ねてきた。

愛する恋人が戦争で負傷し、死にかけている。どうか、皇太后様の時のように、私の恋人にも血を分けて欲しい、と懇願した。

メリュジーヌに相談したところ、王宮内ではそういった女性が大勢いると教えられた。だが、血をあげる必要はないと言われた。キリがないからだ。

ロクは、血を渡した。

死ぬはずの人が生き延びるのだ。渡さない理由がない。

それからは口コミだ。

不治の病に冒された子供、感染病にかかった人、全身に火傷《やけど》を負った少女、戦傷で寝たきりの兵士。症状が軽ければ一滴、重篤であればひと口、それで治る。

毎朝、一度だけ小壜を血でいっぱいにする。それをメリュジーヌに渡せば、メリュジーヌがどこかの誰かに届けてくれる。

「ロク、それって毎日するつもり？」

「え、うん」

朝方、アーキが訪ねてくるのも日課になった。

二人で庭園を散歩して、朝食を食べて、ロクが血を流すのを椅子に座って眺めている。

アーキは、あまりいい顔をしない。

「今は、すごく重い症状の人だけが欲しがるけど、そのうち、どうでもいい人も欲しがるようになるよ？」

「んー……そうなった時は考える」

「何百人にもあげることはできないし、中途半端にあげると差別することになるから、やめときなよ」

「あー……そうだなぁ。お前の言う通りだわ」

「母様が言ってたよ？　ロクはちょっと鈍感だって」

「お、嫁いびり大歓迎。あの人と喋ってると楽しいんだよな」

「駄目だ。ロクには何を言っても通じない」

にこにこと笑って、本気の心配を軽く受け流される。

「ロク様は、一度決められたら、決してご自分の意思を曲げられませんわ」

メリュジーヌも苦笑している。

「メリュジーヌ、ロクをちゃんと止めて」

「ロク様は、大抵のことは素直で、よく意見を聞き入れてくださいますが、こと、これにかんしては、私ではお止めすること叶いません」

「僕にもできないよ」

ロクに言うことを聞かせられる人物は、限られている。

だが、その人間は、ロクが刺されて目を醒ました日から、一度も会いに来ていない。

「さて、今日はなにすっかな。とりあえず、字とか覚えてみるか」

朝から晩まで、ロクは時間を持て余す。

午前中は勉強をして、昼食をアーキと食べて、また勉強して、三時頃におやつを食べて、たまに皇太后とお茶をして、その後、夕方まで運動する。運動は、刃引きした剣を、竹刀《しない》代わりにして、素振りや型をこなす程度だ。日課を終えたら、汗を流す為に風呂へ入り、夕食をアーキと食べて、眠るまでまた勉強する。

勉強する内容は、この世界の文字や数字について。とっつきやすい絵本を眺めて過ごしたりする。計算や会話には問題がない。余裕があれば、乗馬なんかもしてみたいが、それはアルキヨから許可が下りない。落馬すると危ないそうだ。竜なのだから、落馬しても死ぬことはないだろうに、妙に心配性だ。

三食を与えられて、豪華な衣服を着せてもらって、風呂にも入れて、屋根のある大きな神殿で守られ、ふかふかの布団で眠ることができる。身の回りのことは、全て誰かがしてくれる。生活の為にバイトをしなくてもいいし、家事も、炊事も、掃除洗濯もしなくていい。お金のことも、心配しなくていい。

はっきり言って楽だ。息をしているだけで崇《あが》め奉られるし、すれ違うだけで、皆が平身低頭する。ロクを竜様と呼んで、こびへつらう。傅《かしず》かれて、尊い存在だと大切にされる。気持ち悪いくらいにちやほやされる。

人間、こうやって駄目になっていくんだなぁ、と思った。

そんな時に、「血をください」と言われた。

息を吸うだけの存在に、役割ができた。ロクという存在が、役に立つことを認められた。どんな形でもいいから、自分の存在意義が欲しかった。だから、助けを求められたことが、ロクには、喉から手が出るほど魅力的なものに映った。

人が死ぬのは、いやだ。助けられたなら、それが嬉しい。そう考えると痛みにも耐えられるし、誰かの為になれたら、ロクはまだ笑顔でいられる。

なにより、自己満足に浸れた。

＊

竜の棲の中央には、広間がある。

ロクが迷子になった時に見つけた、あの閉鎖された場所だ。

その広間には、大きな門があった。白金色を基礎に、瑠璃色の宝石飾りがついた門だ。時計草と青海波の模様、竜とカワセミに似た鳥が彫金されている。

ロクは、その門の内側にいた。

「相っ変わらず埃っぽい」

「文句を言わない」

「文句じゃねぇよ、真実だよ」

隣には、なぜかアルキヨがいる。ここへ行こうと言い出したのもアルキヨだ。二、三週間ほど姿を見なかったアルキヨが、突然、訪ねてきて、ロクをこの部屋へ誘った。

真っ暗な部屋。天井の一箇所から太陽光が差し込む。その光が唯一届く場所だけは一段高く、大小二つの朽ちた椅子が並ぶ。

きゅいぃい、きぃいい。遠くで、笛の音のような甲高い音が聞こえる。

その音調や声質も、今はもう聞き慣れた。

「竜だ」

見上げれば、羽を広げた竜が、空を舞うのが見られる。

編隊を組んで、一定方向に飛行していた。

「城の上空を哨戒《しょうかい》してるんだよ」

「竜が警備するんだ」

「ちゃんと人も乗ってる」

「よく皆ゲロ吐かないよな」

「練習するからね。お前と違って吐いたりしない」

「その節は申し訳ありませんでした。……で、この部屋でなにするんだ？　掃除か？」

「馬鹿か」

「だって俺にできることって掃除くらいだろ？」

「息をしてればいい。掃除なんかさせない」

「じゃ、息をしながら掃除する」

「減らず口はいいから、これ、よく見な」

「痛いって」

顎を摑んで、壁面に顔を向けさせられた。

壁には、大きな絵がかけられている。

等身大に描かれた二人の人物像だ。

空色の瞳と緑青色の髪をした男と、白金色の髪と琥珀色の眼をした竜。

今、見れば分かる。左側のドレスを着た人間は、竜だ。その白いドレスの裾から、尻尾がのぞく。白金色の鱗に覆われた竜の尻尾だ。

「これって、誰なんだ？」

何度見ても、左側の竜はロクに似ているし、右側の男はアルキヨに似ている。

「俺の父親と、お前の父親」

「…………」

「左側の、お前にそっくりな奴は、先代の竜だ」

「…………ちち、おや」

ロクが、「じいちゃん」と呼んでいた人。

それは、愛する人を亡くした悲しみで死んでしまった竜。

祖父が若い頃の写真は、一度も見たことがなかった。戦争でなにもかも焼けたと説明された。祖母は、ロクと祖父はよく似ていると言っていたが、これほどまでに似ているとは思いもしなかった。

アルキヨは、その絵の額縁に手をかけた。大きな音をさせて、壁から外している。

「アルキヨ……？」

「ちょっと待ってな」

錆《さび》ついた金具を、力任せに剝ぎ取る。

固定部分がなくなると、大きな絵は、存外、簡単に外すことができた。

その絵の向こうに、小さな絵が、もう一枚、隠されていた。

楕円形《だえんけい》の額に入った絵画だ。

男女が描かれている。男はロクにそっくりで、軍服のようなものを身につけ、少女は、簡素ながらもドレスを着ていた。二人は寄り添い、手をとり合い、穏やかに微笑んでいる。

「お前の母親と、父親」

「…………」

「この女が、こっちの世界に来てちょっと経った頃に、描かせたらしい。先代とこの女が別の世界へ逃げてからは、親父《おやじ》が、飾るのを禁止した」

「なんで？」

「竜が、俺の父親を裏切ったからだよ」

「アルキヨの、お父さん？」

「親父は竜を愛してた。でも、竜は親父を愛さなかった。この女を愛した。そして、この女とお前を護る為に、逃げた」

「それのなにが悪い？」

「竜を失った竜王は、不老不死ではなくなり、死ぬ」

「…………」

「先代の竜が消えて、少しもしないうちに、親父は死んだよ。そして、お前の父親は、そうなることを分かっていて、別の世界に逃げた」

「…………」

「間接的な、人殺しだ」

「人、殺し……」

「昔は、ここで、竜と王が二人で政をしていた」

「まつり、ごと」

「政治だよ。国家の行く末を決める。どんな案件もここに持ち込まれ、王と竜の二人の認可があって初めて物事が決まる。二人は、いつもこの玉座に座っていた」

「…………」

「竜が裏切り、父が死んでからは使われていない。……竜が不在である限り、二つの玉座はいらないからな」

アルキヨが王になるにあたり、王宮の別の場所に新しく玉座が置かれ、ここは閉鎖された。

「お前の父親は、自分の王も、守るべきこの国も、この国の人間も、全て見捨てたんだ」

「…………」

「どう？　ちょっとは泣けそう？」

「…………無理、だろ」

衝撃が強すぎて、涙も引っ込む。

目の前にいるのは、ロクの知っている祖父母じゃない。祖父はもう少し背中が曲がっていて、もっと皺だらけだった。祖母は年齢のせいで目尻が下がっていた。こんなにきつい眼差しはしていない。この絵の二人は若すぎて、実感が持てない。

なにより、祖父が、間接的にアルキヨの父親を殺したからといって、他人を見捨てたからといって、それで、ロクが泣くつもりもない。申し訳ないとは思うが、それは、泣く理由にはならない。

「なんだ、これでも泣かないのか、薄情者」

「…………」

「冷たい竜」

「どうせ俺は、じいちゃんが死んでも泣きませんでしたよ」

「可愛くない」

「お蔭様で」

「せっかく見せてやったのに……」

「見せてくれたのは嬉しいよ、ありがとう」

「里心つくと思ったのに」

「……もしかして、俺がさみしいから気ぃ遣ってくれたわけ？」

まさか、あの、アルキヨが？

「違う、勘違いしないで」

「……そっか、そうなんだ」

「違うって言ってるだろ」

「うん、そっか、……うん、ありがとう」

両親の姿を見たら、懐かしくて泣くかもしれない。思いの丈を全て吐き出せるかもしれない。そう考えて、こんなことをしてくれた。

「よし、じゃあやるか」

「やるって……なにを？　まさか子作り？」

「違うよ馬鹿。……掃除するんだ」

ロクは、埃の積もった椅子を持ち上げた。

この大きな門を開けて、風通しを良くして、床を掃いて、雑巾《ぞうきん》とモップがけをして、緞《どん》帳《ちょう》も洗濯すれば、きっと見違えるほどきれいになるはずだ。

「なんで掃除なの……」

「じいちゃんとばあちゃん、それにアルキヨのお父さんがいるのに、こんなに埃っぽいのは可哀想だろ？　……よいしょっと」

椅子を動かし、その座面に立つ。

まずは上のほうから掃除だ。

緞帳を引っかけている留め具を探して、ロクは天井を見上げた。

「…………」

ふ、と意識が途切れた。

「ロク！」

「……っと、ぉ、あ……あれ？」

ぱち、と両目を瞬く。

なぜか、アルキヨの腕に抱かれていた。

「お前、なにしてんだ。危ない」

「お、おぉ、ごめん、ありがとう」

あぁ、椅子から落ちたのか……。

アルキヨの手を借りて、立ち上がる。一人で立つなり、かくん、と膝が抜けた。

「ロク？」

「あ、いや、悪い……ちょっとびっくりした。膝、笑ってら」

「怪我は？」

「アルキヨ……？」

椅子に座らされて、スカートをまくり上げられる。

跪いたアルキヨは、その膝にロクの足を乗せて、両手で踝のあたりを探った。

「痛くない？」

「ない、大丈夫」

「本当に？」

「……っ、あ、ルキヨっ」

靴の脱げた素足に、アルキヨの唇が触れる。

親指の爪先《つまさき》にキスが落とされ、ぺろりと舐められた。

「白い足。……でも、変なところに踏み寄せができてる。お前、手にも似たようなのあったよね？」

「剣道のっ……踏み込みの時の……」

「あぁ」

骨に沿って、舌が滑る。踝を甘噛みし、裏筋を舐め、アキレス腱《けん》に歯を立てる。

「……っ」

ロクは太腿《ふともも》を閉じて、スカートを手繰り寄せた。

それ以上先に進めないよう抵抗を示す。

「処女みたいなことするんだね」

「う、うるさい……処女言うな、アルキヨ、それ以上無理……」

「なんで？　見せなよ。なにも隠すな」

「ひ、わっ」

両脚をがばっ…と広げられる。

「悪くない景色だ」

あぐ、と脹脛を噛み、アルキヨはほくそ笑む。

ロクは、女物の下着を身につけていた。左右を紐で結んでいるだけの代物だ。白で、薄手の絹素材のせいか、肉の色が透けている。

メリュジーヌは良い仕事をした。後で褒美をやろう……と、アルキヨは心の中で誓った。

「ちがっ、これ……他にないって言われて！」

「やらしい竜だな。こんなもの穿いて、俺と歩いてたのか？」

「だ、って……」

「それに、濡らしてるだろ？　お前、足を舐められたくらいで濡らすのか？　……ほら、透けてるよ？」

「ひぃぁっ」

下着の上から、咥《くわ》えられた。じゅわ、と唾液が染み込んで、張りつく。唇で噛まれ、ゆるい刺激を与えられる。久しぶりの感覚に、そこは、あっという間に張り詰めた。

「や、やめっ……噛んだら、痛いっ」

自分の醜態を直視できず、目を瞑った。

「見ろ」

「や……っ」

「股《また》の間に男を挟んで、両足拡《ひろ》げて誘う自分なんて、そうそう見れないよ？　見なよ」

「無理、やだ、やめっ……やめろっ」

「こんなに大きくして、うちの嫁って本当に節操がないね……っと、ロク!?」

「こ、声に出すの、禁止っ」

「おいこら、苦しい！」

スカートの中に閉じ込められた。真っ暗な視界で、ロクの太腿の間に顔を挟まれ、鼻先には濡れたペニスが押しつけられる。

「しゃ、喋ったら、だめっ」

「お前、馬鹿かっ！　なんで一国の王が嫁のスカートに顔を突っ込んで……」

スカートの中を覗き込むという変態行為をしている竜国王は、そこでふと我に返り、嫁の性器を口に含んだ。

「ひ、ぁ！」

「あぁそうか、気づかなくて悪かったね。ほんとは、もっと気持ち良くして欲しいんでしょ？」

「すんなっ……！」

「勃ったのが下着から顔出してんだけど……これ、すごいやらしい匂いがする」

「そこっ、いだいっ……ぐりぐりしたら、いたいっ」

尿道に舌が入り込む。ちゅ、じゅる、と先走りを啜る音が、スカートの中から聞こえる。

あの男が、自分の物を口に咥えている。見えないだけに想像ばかりが掻き立てられる。

「なぁ、質問……ここ、使ったことある？」

「……あるっ、あるからっ……も、やめっ」

「………あるの？　誰に？」

「女の子……っ！　高一の時にできた、彼女っ」

「女相手に使ったんだ……へぇ、そう」

「四回だけ……っ、ほか、使ってないっ」

「四回も使えば充分だよ。最低」

「ごめっ、ん……っ」

「ロクマリア、お前、女の格好をしてもまだここを使うつもり？　尻軽な嫁は、後ろだけ使われていればいいの。二度とこれを使えると思うな。……分かった？」

「使わなっ……ぜったい、使わ、ぃ、から……それ、離せっ」

痛いほどに性器を噛まれ、腰が浮く。

「じゃあ、声に出して誓って。前に言ったの、覚えてる？」

「……なに、も……使わないからっ、ここ、使うの、あぅきよと一緒の時、出すだけにする、っ……おしっこだけ出すからぁ」

「あったま悪い嫁」

「も……出したいっ」

「なにを？」

「せぇ、えきっ……も、出さしてっ」

「自分の両親が見てる前で出すの？」

「や、出したくなっ……や、や、ちがっ……」

じいちゃんとばあちゃんの絵がある。両足広げて、口から涎《よだれ》を垂らすロクを見ている。

そんな中で、出せるわけがない。

「出したくないの？」

「んっ……あぅきよ、たのむ、からっ……やめろ」

「じゃあ二度と使えないように、潰してあげる」

「ひ、ぎっ」

ごり、と陰嚢《いんのう》が嫌な音を立てた。尿道を、何かが抉った。

瞬間、自分の意思とは無関係に、下腹が濡れた。

「あっ、ひっ、ぁ……ぁー……っ、ぁあっ」

「あーぁあ」

スカートの中で、アルキヨが笑う。

「出て、る、なに……いっぱい、あついの……なんだよ、これっ」

「すごいね。いっぱい出てる。我慢してたの？」

「とま、な……っ、とめっ、あるきよ、あるきよぉ」

ぴちょ、ぽた。椅子の脚を伝って、石床に水溜まりができる。

真っ白の下着とスカートが、薄黄色に色を変える。

勃起《ぼっき》しているのに、アルキヨが尿道に指を挿れているせいだ。少しずつ漏らして、終わりがない。人差し指の先が食いこむ程度だが、小さな鈴口は悲鳴を上げている。

「ひっ、ぅ……ぅ、ぅうっ」

「泣いてる？」

アルキヨには見えない。

「ぁう、ぃよ……おしっこ、いたいぃ」

「馬鹿。おしっこは痛いもんじゃなくて、漏らすもんだ」

「ろくの、いたい……」

「痛くないよ、ほら、抜いてあげる」

「ふぁ、あっ」

指を抜くと、ぱくりと拡がった鈴口から、だらだらと小便が流れた。

淡白が混じったせいか、白く濁っている。

「甘い」

アルキヨはそれに口づけ、こくんと飲み干す。

竜は甘露だ。血も、汗も、涙も、精液も、唾液も、排泄物《はいせつ》さえも、アルキヨにとっては美味に感じられる。

「やめ、飲むな……っ、そんなん、なに、して……」

「嫁の不始末は、旦那の責任だからね」

「……やめろ、よ、っ、なんで、そんなこと……」

「さぁ、なんでだろうね」

綺麗に飲み干してひと息つくと、スカートの外に出た。

「あぁ、苦しかった」

「……っ、ふ、ぁ」

「とんでもない格好」

ロクのしどけない姿に、アルキヨは肩を竦《すく》める。

椅子の背にぐったりと背中を預け、白い肌を羞恥《しゅうち》で紅潮させている。薄い胸を忙《せわ》しなく上下させ、乱れた襟元から覗く喉が、物欲しそうにひくつく。

だらしなく開いた股の間をしとどに濡らし、まくり上げたスカートからのぞく細い足は、漏らした尿が筋を残していた。

「ひ……っ、はっ、っ……」

薄く開いた唇から、赤い舌が見え隠れる。

唇を閉じることも忘れたのか、涎が伝った。

「ロクマリア、こっちにおいで」

「…………」

両腕を広げるアルキヨに、手を伸ばす。

力が入らず、背凭《せもた》れに預けた体を起こすこともできない。

「仕方ない嫁だな」

「ぅー……」

アルキヨが抱きしめてくれる。

「おしっこ漏らすとか、昔からなの？」

「……ち、ぁう」

ぺろりと涎を舐められる。

「駄目だよ、そういうの他の人に見せちゃ」

「……ぁー」

すり、と頬を寄せた。

「それで返事のつもり？」

可愛いじゃないか。

「も、やだ……おしっこ、出すの」

「ここ、汚れちゃったね？」

ロクのまたぐらに膝を割り込ませ、股間《こかん》を押し上げる。

水気を吸った下着が重たく垂れ下がり、直《じか》に性器の感触がある。

「ごめん」

「気持ち良かった？」

「…………」

「またしようね」

「…………」

「できるでしょ？」

「……は、ぃ」

「ほらもうまた笑ってる」

「……ぁう」

ゆるんだ頬っぺたを抓まれて、にへらと笑った。

【4】


基本的に、ロクとアルキヨは、ほとんど接点がない。

ロクは巣穴で生活し、アルキヨは王宮で政をしている。ロクには政治に携わる知識と権利がなく、アルキヨはロクに対するろくな感情がない。二人の暮らす場所はかけ離れていて、距離にしても何キロとある。物理的にも、精神的にも、離れている。

だから、多分、アルキヨはロクで遊んでいるだけだ。

会えば、何かしら十八禁指定のことをされるだけ。気持ちの面で、歩み寄ることはない。たまに優しいことを言われるが、それは、周りを安心させる為《ため》の口実だ。

真意が推し量れず、真意を推し量る前に、酷《ひど》いことをされる。

まぁ、おそらく、ロクのことが嫌いなのだろう。性処理の道具程度にしか考えておらず、ロクに恥ずかしい思いをさせて、それでストレス発散しているのだろう。

だから、たまに思い出した時にしか、ロクの顔を見に来ない。

つまりは、そういうことなのだ。

ロクは外出を禁止され、部屋の外には監視がついている。

それは窮屈だけれども、ある意味では、とても気が楽だった。日々の生活圏にアルキヨが介入してこないので、それなりに自分の生活を確固たるものにできる。

早朝に起床し、朝練をし、朝食を食べ、勉強して、昼食を摂《と》り、また勉強して……。そして、血を分け与える。誰《だれ》かに喜んでもらう。平坦だけれども、忙しい毎日。一所懸命になれることがあるのは、ありがたい。

そのロクに、とある話題がもたらされたのは必然だった。

「嫁選び？　最近、音沙汰《おとさた》皆無だと思ったら、あいつ、そんな面白いことさせられてんの？　マジで！　ちょうすごい！」

メリュジーヌとアーキからその話を聞かされたロクは、けたけたと大声で爆笑した。

あのアルキヨが、嫁を娶《めと》らねばならないらしい。

「笑いごとではありませんわ、ロク様……」

「そうだよぅ。全然、笑いごとじゃないよぅ」

「なんで？　笑いごとじゃん！　やっぱい！　嫁になる人ちょう可哀想《かわいそう》！」

「正確には、ご側室様選びですわ」

「側室？　なんで？　もうちゃんと正室がいるのか？」

「正室はロク様ですから」

「それって冗談じゃなかったの？」

事あるごとに、アルキヨや周囲の人間はロクのことを嫁と言う。

あれは単に女役をさせるつもりで言っていたのだと思っていたが、どうやら違うようだ。

「兄上のお妃様は、ロクだけだよ。竜国王の正室は金色の竜って昔から決まってるんだ」

「ほら出た、また伝統と格式だよ。質実ともに十七歳男子が正妃ってマジやばくない？」

「えぇ、マジでやばいですの。ですから準備をいたしましょう！　ノエシス、ノエマ！　お衣装の準備を！」

ろくに取り合わないロクに痺《しび》れを切らして、メリュジーヌは、双子の衣装係を呼んだ。

「はい、本日も俄然《がぜん》やる気でご用意いたしました！」

「ドレスとコルセットは女の最強装備！　が本日の主題です！」

「ちょっと待て！　なんでまたドレスとか持ち出してんだ？」

慣れ親しんだ展開だが、なぜ、今この段階で新しいドレスが出てくるのか。

それも、今日はまた一段と豪華なドレスで、ロクは及び腰になる。

「今宵《こよい》、全てのご側室候補様が、陛下の御前で、ご自分が如何《いか》に側室に相応《ふさわ》しいかを主張する宴がございます」

メリュジーヌが答えた。

「メリュジーヌ、いやな予感がするからそれ以上言わないでくれ。俺、今日は……」

「ロク様も出席なさってください」

「俺、今日は引き籠《こも》ってるって言おうとしたのに……もぉお!!」

「陛下のご命令です」

「そんなくだんねぇ命令とかすんなよぉ……もうやだあの王様、権力行使しすぎだろ！　人のスカートに顔突っ込むし、ちょっとおかしいでしょ最近のあの人!!」

「あの超然となさった陛下が、そんなことするとか、すごくない？」

「あの、ちょうイケてる女タラシの陛下が、マジやばいよね」

ノエシスとノエマがひそひそ。

ロクの世界の言葉が移って、なんだか女子高生風だ。

「ロク様、陛下の変態具合は何人《なんぴと》も与《あずか》り知らぬことですので、どうかお心にのみ、お留め置きくださいませ」

「メリュジーヌ、でも、あいつほんと変態なんだよ。やばいんだよ。えろいんだよ。生まれつきの歩くえろなんだよ。大体、側室選びに、俺を出席させる時点でおかしいだろ？……な？　まともな思考で考えたら絶対おかしいって」

「陛下曰《いわ》く、なんか俺の嫁も出たほうが面白そうだから、俺の嫁も出場させろ、だそうです。さぁロク様、敵は洗練された後宮の淑女ばかりです、お気張りなさいませ」

「えー……まじでー……ないわー…むりだー……」

「ね、だから言ったでしょ？　笑いごとじゃないって……」

アーキが気の毒そうに苦笑した。

＊

その夜、大きな夜会が開かれた。

王宮の一角に、地上三階建ての楼閣がある。西洋風の宮中とは趣が異なり、屋根瓦《がわら》や突き出た庇《ひさし》があり、櫓《やぐら》の組み方に近い。支柱や壁面の彫刻は中国風で、それを、夜目にも明るいほどの無数の灯籠《とうろう》で照らす。

楼閣の最上階には、宴席が用意されていた。

アルキヨを筆頭に、皇太后、竜王族一同、ファス、大臣、文武高官が、ガン首そろえて、地上を見下ろす。地上には、生花や垂れ布、竜国紋章旗、灯籠で飾られた石舞台が設《しつら》えてあった。普段はそこで、雅楽や演劇などが行われるそうだ。

だが、今日は、『ドキっ！　女だらけの王様争奪戦！　ポロリはないけど水面下のイジメと蹴落《けお》とし合いはあるよ！』という、とても醜い、女同士の争いが繰り広げられていた。

「……なんだこれこわい」

ロクは、それを特等席で鑑賞していた。

金色の竜様専用席だ。アルキヨのいる楼閣からは遠く離れた地上の席で、金色の御簾《みす》に仕切られている。隣には、付き添いとしてアーキが、背後にはメリュジーヌが控えていた。

「ねぇアーキさん、皆、美人で可愛《かわい》い子なのに、なんで、あんなに優雅に他人を蹴落とそうとしてるの？」

「皆、兄上のお嫁さんになる為だけに生きてるから、一所懸命なんだよ」

完全にビビったロクに、アーキが答える。

側室候補は、歌い、踊り、楽器を奏で、一芸を披露して、自己アピールに必死だ。彼女たちは皆、良いところのお嬢さまや同盟国のお姫様ばかりで容姿端麗、出自は最上級。後宮の中でも優遇されている。それでも妥協は許されない。

「こんなに頑張ってさ、皆、アルキヨのこと好きなんだな」

「兄上が好きで頑張ってるんじゃないよ？」

「……え？」

「側室になることは出世の手段。一族ぐるみの政治的なものだから、好き嫌いの問題じゃないんだ」

「好き嫌いの問題じゃ、ない」

「それが、王族の務め、貴族の務めだからね」

「そういう難しいこと、関係するんだな」

よく分からない感覚だ。

そういったものに自分の人生を賭《か》ける情熱。恋愛以外の結婚。家と家同士の取り決め。アルキヨに見初められ、アルキヨと結婚して、アルキヨの子を産む為だけに生きること。

それは、幸せなのだろうか？　いや、ロクには分からないだけかもしれない。そういう人生も、幸せなのかもしれない。

ロクも恋愛をしたことはある。三人の女の子と付き合った。一人目は中学一年生の時。半年付き合って何もせずに終わった。二人目は中学三年生の時。一回やって、おしまい。三人目は高校一年。三回やって、別れた。

別れた理由も、なんとなく分かっていた。

誰かを好きになっても、いつも心のどこかでぽっかりと穴が空いていた。あぁ、この人じゃないんだ、と直感する自分がいた。やってることは気持ち良くても、心が気持ち良くない。

祖父母のように仲睦《なかむつ》まじく、手に手を取り合って、好きな人を愛し、愛され、生きていく。後悔してもいいから、後悔しない人生を……。

そんな気持ちになれなかった。

理想と現実はかけ離れていて、そのギャップに打ちのめされた。

自分が思い描くように、いつか、誰かを本気で愛せるのだろうか？　いつもちょっとだけ心の中で渦巻く不安。でも、そんなことはどうでもいいことかもしれないという気持ち。

なのに、なぜか満たされることのない空虚。

命をかけて、かけられて。

誰かを愛する。

そんな幸せ。

「……ないだろうなぁ」

きっと、そんなものは、存在しない。

「ロク様、そろそろお出番ですわ」

メリュジーヌが、そっと耳打ちする。

「出番？」

物思いに耽《ふけ》っていた思考が、現実に引き戻された。

「ロク様の特技をご披露なされるお出番ですわ」

「お出番ですわ……って言われてもなぁ……俺、一芸とか持ってないんだよなぁ」

大トリを任されたロクは、溜息《ためいき》をついた。

残念ながらロクは、歌謡も、詩吟も、舞踊もできない。カラオケでなら歌えるし、音楽の授業で習ったギターくらいなら弾けるけれども、両方とも存在しない。物真似《まね》は、鬼太《きた》郎《ろう》の父さんの声ならできるが、やってても分かってもらえないだろう。

「やっべーなー、マジやっべーなー……」

ずりずりと長いドレスを引き摺《ず》る。

今夜は、闇夜《やみよ》でも目立つ、白地に金銀の刺繍《ししゅう》が施されたドレスだ。

地模様が、玉虫色の艶《つや》と真珠光沢を醸し出す。

着慣れないドレスでも、ちゃんと舞台で動けるように、燕尾服《えんびふく》に近いデザインにされていた。背面は、金魚のようにひらひらと引き摺るが、前面はミニスカート丈で、生足。絶対領域を強調するようにブーツを履いている。

「じいちゃん、ばあちゃん……十七歳俺、ニーハイブーツでミニスカ穿《は》いちゃったよ」

もちろん、それだけではなく長めの前髪は下ろし、残った髪は玉虫色のリボンで纏《まと》められた。装飾品も全て揃《そろ》いで、これもまた玉虫色だ。ロクが少しでも動くたびに、その色を千差万別に変える。

メリュジーヌの見立てだろうが、いつ、どの服を用意されてもロクに似合っていた。

「さぁロク様、前の方が終わられました。どうぞ舞台へ」

「ロク、頑張って！」

「ぉ、わ、わ……」

アーキの激励で見送られ、メリュジーヌに舞台へ案内される。

御簾が引き上げられ、ロクが一歩前に踏み出した。途端、流れていた音楽が止《や》んだ。女たちのお喋《しゃべ》りも、男たちの笑い声もまた、止んだ。

「ほら、全員ドン引きしてるよ……やっぱり、この世界的に見てもさすがにコレはねぇんだよ」

舞台の真ん中で立ち尽くし、ロクは頭を抱える。

異様な静寂に包まれて、視線の集中砲火を浴びる。並大抵のプレッシャーではない。

「ロクマリア、盛大に楽しませろよ」

沈黙を破ったのは、楼閣におわすアルキヨ様だ。

「あ、ぁあああアルキヨ！」

「情けない声を出すな」

「で、でも……」

助けて、と言うのもなんだか情けない。

「せいぜい頑張れ」

アルキヨはそれきりロクを無視して、大臣を相手に談笑を始めた。

それを皮切りに、静まり返った宴席がにわかにざわめきを取り戻す。再び音楽が奏でられ、女たちがひそひそ声で噂《うわさ》し、くすくすと笑う。男たちは、物珍しげにロクを凝視する。

「見せもんだろ、これ。恥かかせて楽しむとか最悪じゃね？」

がりがりと頭を掻《か》いた。

やる気は出ないし、早く終わらせたいし、なにより、笑いものにされていやな気分だ。

だが、こういう場合、恥ずかしがって、いじけているほうが情けないことをロクは知っていた。胸を張り、堂々としていたほうが格好良い。

少し思案して、ロクは、舞台近くに立つ衛兵に声をかけた。

「すみません、ちょっとだけそれ貸してもらえますか？　……それから、そっちの人……そう、あなたたち、舞台に上がってもらえますか？」

ロクは、衛兵の腰にある剣を借り、他の場所にいる衛兵を二人、舞台に上げた。

充分な距離をとって、重い剣を構える。

「よし、かかってこい」

自分にできる特技。

剣道だけ。

小さい頃からずっと、じぃちゃんと庭先で打ち合っていた剣道だけ。

だが、衛兵ごときが、尊い竜に剣を向けられるはずもない。恐れ多いとたじろぐ。

「ロクマリア！　お前、そんなひ弱な物腰で戦えるのか？」

見かねて、アルキヨが口を挟んだ。

「小学生……えぇと、四歳の頃から剣道やってたんだよ！」

「自信はあるのか⁉」

「そこそこ！」

「怪我《けが》する前に止めるからな。……近衛、俺が許可する！　その竜と一戦交えろ！」

アルキヨの命令に従い、衛兵は剣を構えた。

「よろしくお願いします！」

ドレス姿では蹲踞《そんきょ》ができないので、一礼する。

次の瞬間、ロクのやる気のない表情が、男の顔に変わった。

ふわりと玉虫色のリボンがひらついたかと思えば、衛兵の一人に突進している。金魚の尻尾《しっぽ》のようなスカートが、重力を無視して、宙に舞う。

きん！　と冷たい金属音が響いて、衛兵が倒れた。

衛兵は、ロクを女の子と同じようなものだと思い、油断していたのだろう。一瞬のうちに間合いを詰められた上、一撃で倒され、目をぱちくりしている。

ロクを馬鹿にしていた観衆が、その早業に言葉を失った。

違う意味で、この場が、静寂に包まれる。

「いや、剣道ってこういうもんだし……あの、そういうわけで、ちょっとくらいの怪我ならすぐに治るから、お願いします」

衛兵にお願いして、正眼に構える。

剣道の基本。足さばき。擦り足もちゃんと覚えているけど、微妙に忘れているのがちょっと悔しい。十年以上も続けてできた手足の剣ダコが、薄くなっている。

衛兵が、剣を向けて進んでくる。

真剣でやるのは初めてで、心臓が高鳴る。怖い。楽しい。

忘れていた。こういう感覚。体を動かすことの楽しさ。

何度か斬《き》り結び、剣戟《けんげき》の音が夜空高くに吸い込まれていく。

アルキヨを守る為に訓練された精鋭は、ロクの動きに合わせて動いてくれるし、ロクも、次第にドレスでの動きに慣れ始める。そうなるとこれは試合でなく、舞踊か剣劇の様相だ。

屈強な男たちを相手に、ふわふわひらひら、真っ白で豪華な金色の魚が、玉虫色の宝石で身を飾り、暗い夜の海の中、優雅に泳ぎ、舞を披露する。それも、楽しくて仕方がないという、とびっきりの可愛い笑顔で。

「そこまで！」

「……っ!?」

調子に乗ってきたところで、アルキヨが止めた。

「下がれ」

アルキヨの命令で、衛兵が下がる。

「な、なんだ……？」

中途半端で寸止めされて、ロクは不完全燃焼だ。

我に返ると、あれだけ賑《にぎ》やかだった宴の席が水を打ったように、しんとしていた。

「……あれ、もしかして……失敗した？」

冷や汗が流れる。もしかして、空気読めてなかったか？

「ロクマリア、もう充分だ。お前が節操なしで愛想を振りまくのが上手だってことは、よく分かった」

アルキヨは、少しばかり機嫌が悪そうだ。

「はぁ？」

「いいから、俺のところへ来なよ」

「はぁ……。あ、これ、どうもありがとうございます」

首を傾《かし》げつつ衛兵に駆け寄り、剣を返した。

「はっ！　とんでもありません！　光栄です！　我が家の家宝となります！　お美しゅう

ございました！」

「は？　はぁ……それは、どうも」

「ロクマリア！　早く来い！」

「分かったよ！　命令すんな！」

どしどしと大きな音を立てて、楼閣に向かう。

楼閣の最上階へは、階段を上っていく。その入り口にも、二人の衛兵が立哨《りっしょう》していた。

「開けてもらっていいですか？」

「はっ……は、すみません！」

ぼんやりと口を開けていた衛兵は、十秒ほど固まっていたが、ロクに言われて、慌てて扉を開けた。

「ありがとー」

ぽん、と衛兵の肩を叩《たた》いて、中に入った。

「俺、もう死んでもいい……」

「馬鹿野郎、しっかりしろぉおお!!」

衛兵同士、なぜか叫んでいた。

そんな叫びを尻目《しりめ》に、ドレスの裾《すそ》を持ち上げ、ひょい、ひょい、と二段飛ばしで階段を駆け上がる。

「な、なまあし！」

「おまっ、鼻血、鼻血っ!!」

階段を守る衛兵が叫ぶ。

「アルキヨー、来てやったぞ」

国家の重鎮が顔を揃えた席で、ロクはずかずかとアルキヨに歩み寄った。

「ロクマリア様！　御足が見えています！　安売りはいけません！　お衣装もかように着崩れて……胸元が顕《あら》わになっているではないですか！」

あの、冷静なファスに怒られた。

「いやぁ……別に男だからいいだろ？」

久しぶりによく動いたせいか、肌が湿っている。指先で胸元のドレスを寛《くつろ》げて、ぱたぱたと手風を送る。白い肌に赤みが差して、しっとりと薄桃色だ。

「男でもいいわけがないでしょうが」

ロクの手を引いて、アルキヨは自分の膝上《ひざうえ》に座らせた。羽織っていた上着でロクの体を隠し、懐に抱え込む。アルキヨの懐は広く、すっぽりと腕の中に納まってしまう。

「この露出狂」

「露出狂ってそんな変態な……ちょ、アルキヨ、腕、苦しい」

「暴れるな、足が見えるだろ。誰にも見せるな」

ロクの足を、ぎゅ、と小さく三角に折り曲げると上着で隠す。

「アルキヨ、足、こそばい……」

白い金魚の尻尾が、足の間で絡みつき、むず痒《がゆ》い。

「その顔も禁止」

我慢しきれず、ちゅ、とロクのつむじにキスを落とす。

「ぁ、ぁあるきよさンんん？」

「黙ってろ」

ちゅ、ちゅ、と音を立てて唇を啄《ついば》む。

こめかみ、鼻先、頬《ほ》っぺた、耳、首筋、くすぐったいご褒美だ。

「っ、あ、ルキヨ……俺、汗、かいてるっ」

「甘い味する」

鎖骨をきつく吸い上げる。

「……ふぁっ」

「やらしい声、禁止。俺以外の人も聞いてるからね？」

「……っ！」

耳元で囁《ささや》かれて、身を硬直させる。

近くには、皇太后やファス、大臣、将軍がいる。しかも、アルキヨの席は地上から丸見えだ。地上にいる女の子たちが、恨めしげにロクを睨《にら》んでいた。

「ここにいる全員、よく聞け。俺の嫁はこいつだ。正妃もこいつだ。子を産ませるだけの側室はいらない。今、俺が決めた。……よってこの側室選びは終了だ」

「な、なにを馬鹿なことを！　それは可憐《かれん》に見えても男ですぞ！」

アルキヨの言葉に、大臣や将軍が血相を変える。

「俺はこれがいい。これにする」

玩具《おもちゃ》売り場の子供のように、これがいい、とロクを選ぶ。

「皇太后様も、どうぞお口添えを！」

「我が息子がよいなら、わらわに否やはない。わらわは嫁いびりができればそれでよい」

扇子を片手に、皇太后は呑気《のんき》なお返事だ。

「それは子を孕《はら》みませんぞ！」

「子供ぐらい孕ませてみせる。……なぁ、ロク？　俺の子供の十人や二十人くらい産めるよなぁ？」

「は、はぁ……？」

「ほら、産めるってよ。天下の金色の竜様が、産めるって言ってるんだ」

「陛下！」

「これで問題は片付いたな。さぁ、側室選びは終いだ」

荷物を担ぐようにロクを肩に抱えて、アルキヨは席を立った。

「あ、アルキヨ？」

「落とされたくなかったら、その口閉じてな」

「……ひゃ、あっ！」

ばちん、とケツを叩かれる。

「お前、もうちょっと太りなよ。そんな貧相な腰じゃガキなんか産めないよ？　ていうか、骨盤壊しそうだからさ、思いきり突っ込めないんだよね」

「な、なに、言って……」

「その前に、お前、子宮なかったよな？」

「ねぇよ子宮！　あと産めないから！」

「だよなぁ。……まぁ、お前はなんでもできる竜で、ガキも産めるってことにしときなよ。分かった？」

耳元で囁く。まるで、内緒話をするように。

「なんで？」

「いいから、俺の言う通りにしときな。今日みたいな面倒事が、毎日起こらないようにする為だ。お前だってそのほうがいいだろ？」

「うん」

ロクとしても、さらし者にされるのはごめんだ。今日は剣道で乗り切れたが、他に持ちネタがない。側室候補の女の子のように、多芸ではないのだ。

「でも、なんで急に側室を選んだり、子供の話が出たりするんだ？　なんかあったのか？」

「色々あるんだよ。それより、お前が見せたあれが剣道ってやつ？」

「本当はもっと違うけど……大体あぁいうの。今日のは、じぃちゃんに教えてもらったやつが多かったし、竹製の刀で戦う競技。もっと上手い人は真剣とか使う」

強引に話を変えられた感じがしたが、ロクは素直に答える。

アルキヨにだって、話したくないことはあるだろう。

「剣道、もっとやりなよ」

「なんで？」

「楽しそうだったから。今度、俺が剣の稽古《けいこ》をする時は、お前も呼んでやる」

「……あ、りが……とう」

「どういたしまして」

「……へへ」

アルキヨの声が優しい。

なんだか無性に嬉《うれ》しかった。

「あ、でも、本気で孕ませるつもりだから。その時は産めよ？　妊娠中は、当然、剣道は禁止だから」

「…………」

笑顔が引っ込んで、真顔になる。

この男なら、本気でロクを妊娠させそうだった。

＊

ロクの毎日は、側室選びの日を境に、にわかに騒がしくなった。

大量の貢ぎ物や、恋文が届けられるようになり、接見を望む声が多くなったのだ。

「これってなんの効果？」

「ロク様のお美しさを知ったことによる効果ですわ」

メリュジーヌは、我が主《あるじ》の当然の可憐さがようやく周囲に認められたと喜色満面だ。

「でも、俺への面会って全部、断ってるんだろ？」

「はい、陛下のご命令です。……毒殺未遂事件や、暗国との一件のように、ロク様に万が一のことがあってはいけませんから」

面会を希望する不特定多数の中に、暗殺者が潜んでいないとは言いきれない。

少なくともロクは、これまでに二度も、死ぬような目に遭っている。

普通の人間であったなら、死んでいた。

傍目《はため》に見て、ロクは危機欠如している。

自分がどれほど大変な目に遭っても、大事ではないように振る舞っている。

事の重大さが、ロクには理解できていない。だから、代わりにアルキヨが理解する。第三者との接見は、絶対的に禁止する。それが、ロクを守る方法だ。

「んー……ロク様は、少し自覚が足りませんわね」

「自覚？」

「こんなにも可愛くて、綺麗《きれい》で、優しくて、賢くて、剣道も強いのに、自分の魅力が分かってらっしゃいませんわ」

「なんか、この世界の美的感覚って、俺の世界と違う」

「さようですか？」

「さようですよ。俺は普通。どこにでもいる思考回路しか持ち合わせていない。特別なところなんて、なんにもない」

そう、思いたい。

普通ではないと分かっているから、せめて、人間的には普通でありたい。

「それより、これ、今日の分な」

真っ赤な血がたっぷり詰まった壜《びん》を、メリュジーヌに渡す。

片手では持てない大きさの壜が、三つだ。

いつの頃からか、小壜ではなくなった。

足りないようだから容量の多い壜に変えて、数も三つに増やした。

「お預かりいたします」

メリュジーヌの顔は曇っている。

「過保護だ」

最初の頃は協力してくれていたが、今は、ロクがこうして血を差し出すことに、いい顔をしない。

「あと、俺なりに考えたんだけどな、聞いてくれる？」

「もちろんですわ」

「国が経営する救貧院ってあるじゃん？　そのどこか一箇所に俺が出向いて、必要な人は、そこに来ればいいと思うんだよ。身動きが取れない状態の人には、こっちから人をやって病状を確認して、一定のラインを満たせば、血を飲めるっていうふうにすれば、もっと円滑に、大勢に血が回ると思わないか？」

「本気で仰《おっしゃ》っておられますの？」

「うん」

「恐れながら、上申いたします。それはよろしくないと思われます」

「なんで？」

「ずっと血を流し続けるおつもりですか？」

「うん。だって、血ぃぐらいじゃ死なないもん」

「そんなことをなさる為に、あなた様は存在しているのではありませんのよ？」

「…………」

「それは、絶対にロク様がなさなくてはならないことではありません」

「でも、俺にできることだ」

それぐらいしか、できない。

この体にしか、価値がない。

「血を分け与えるということは、大勢の人間が、いつでも病気や怪我を治せるということです」

「いいことだろ？」

「ロク様の血をアテにして、人々が、自分の体を大事にしなくなります。怪我をしても、竜の血があるから大丈夫、と安易に考えます」

「…………」

「我々、竜族は長命です。ですが、死にます。その時にもまた、あなたの血を欲しがります。……どうなるか分かりますか？」

「…………」

「竜の血を取り合いになって、身内同士で殺し合います。……なぜ、我々竜国が、暗国と戦争をしているか分かりますか？　ロク様をそういう目的で見ているのが、個人ではなく、団体だというだけなのです」

血を欲しがるのが、個々の人間から、国家という大規模団体に変わっただけ。

欲しい物は同じ。

竜。

「……俺のしてることって、もしかして、あんまり、よく、ない？」

これってもしかして、役に立つどころか、周囲に波風を立ててるだけ？

「ロク様！」

「…………」

椅子《いす》に座った体が、ぐらりと前方に傾いだ。

メリュジーヌが支えてくれて、転倒だけは免れる。

「お加減が？」

「いや、大丈夫、なんでもない……」

ちょっと、自分のしでかしたことに、眩暈《めまい》が起きただけだ。

とんでもないことをしでかしてしまったと、恐怖に身が竦《すく》んだだけだ。

「すぐに御侍医をお呼びします」

「……いい、大丈夫……すぐに、戻る……」

数秒、じっと目を瞑《つぶ》り、深呼吸する。

色を失ったロクの様子に、メリュジーヌが眉《まゆ》を顰《ひそ》めた。

「具合がよろしくないようでしたら……」

「心配性だな」

「無理に笑わないでください。私の前では、どうぞ弱音を」

「女の子に弱音を吐く男は、みっともないでしょ。……ほら、もう大丈夫」

「ですが……」

「うん。じゃああったかいのが飲みたいから、お茶の用意してもらっていいかな？　それ飲んで、お昼寝でもするわ。……大丈夫、単なる貧血だ」

「すぐにお持ちいたします」

メリュジーヌは、大急ぎで茶の用意に走った。

「……ふ、はっ……」

メリュジーヌの姿が見えなくなった途端、大きく息を吐いた。

メリュジーヌの前では笑ってみせたが、けっこうつらい。精神的にくる。

ロクは、自分なりに考えて行動したが、考えが足りなかったようだ。

自分の常識は、こっちの世界では通用しない。分かっていたのに、分かっていなかった。それが分かった。気づくのが遅かった。馬鹿だった。

情けない。これからは、城を出て一人で生きていこうと大言ほざいていたのに、この体たらく。本当に大事なことを何も分かっていなかった。その上、誰かに心配される始末。

「……はぁ、…………あ？」

はぁとつくはずの溜息の語尾が、疑問符に変わった。

項垂《うなだ》れた視線の先に、竜の尻尾が見えた。

ロクの足元で、尻尾が元気なく、だらんとしている。

「……ぁ、あ……ぁ？」

あれ？　いつ出た？

「……あぁ、そっか。竜のほうが治るのが早いから……」

体が勝手に、竜になったほうがいいと判断したのだろう。

最近、ままあることだ。

ロクが少しでも貧血を起こしたり、不調を感じたり、疲れたりしたら、こうなる。鱗《うろこ》が浮いて、中途半端な形で竜になる。両足だけだったり、片手だけだったり、顔の半分だけだったり、その時によって症状は様々だが、これも、自己防衛本能のひとつなのだろう。

見た目は悪いが、ロクの頭が鈍感な分だけ、体が上手く働いてくれている。

自分で自分のことを気にかけなくても、なんとかなる。

「不っ細工な尻尾……」

竜の姿は醜い。

ロクは、重い体を引き摺り、寝室へ向かった。あの部屋が一番広いし、居心地が良い。どれだけ大きな竜の姿になっても、ちっとも窮屈ではない。そこに、隠れる。

変化する時は、絶対に誰にも見られない場所に移動にする。メリュジーヌも、アーキも、ロクの竜体を見て怖がったりはしないが、良い気分にならないのは確かだ。

それが分かっているから、ロクは隠れる。

竜の姿になることは、やめられない。

竜になれば、血を抜いた後の気怠《けだる》さも、気にもならなくなる。

「ほんっと便利な体」

便利すぎて、元の体に戻るのも面倒なくらいだった。

＊

アルキヨと食事することになった。

あのアルキヨが、ロクを食事に招待したのだ。

広い庭の一角に設えた食卓だ。小ぢんまりとして、時計草と仄《ほの》明るいランプの灯《あか》り、真っ白のテーブルクロスと金食器に彩られ、落ち着いた雰囲気に仕上げられている。

二人がけの小さなテーブル席で、手を伸ばせば届く範囲に、アルキヨがいた。

久しぶりに会ったアルキヨは少しやつれていて、精悍《せいかん》さが増していた。戦争が続いて疲れてるのかな……と考えてみるけど、どう疲れているのかは、よく分からない。

それでも、食事に誘ってくれたのは、どういうわけだろう？

相変わらず、何を考えているか分からない。

食事中も、何か話をするわけでもなく、ただ、黙々と料理を口元へ運ぶ。

給仕はいない。アルキヨが、料理を切り分け、ワインを注いでくれる。他人の目やマナーを気にしなくて済むので、ロクはありがたかった。

前菜、スープ、何種類ものパン、肉料理、口直し、魚料理、デザート。それらをゆっくり味わえるだけの気遣いや、寛ぎやすい空気と雰囲気……なのだろうが、ロクは、何を食べても味がしなかった。

「もう食べないの？」

アルキヨが、眉間《みけん》に皺《しわ》を寄せる。

「ん……腹いっぱい」

ナイフとフォークを、皿の上にそろえて置いた。

「もう少し食べな」

「あー……、うん……いや、いいわ。ごめん……」

緊張しているのか、食指が動かない。招待された手前、食べないと申し訳ないが限界だ。

「お前、もしかしてナイフとフォークで食べられないの？」

「……あぁ、うん」

そういうことにしておく。

「じゃあ手で食え」

「……？」

「メシなんかね、腹に入れれば一緒なんだよ。どうせ、俺とお前しかいないんだ。食いたいように食え。そんな鬱陶《うっとう》しい顔で食事時にいられたら、こっちのメシが不味《まず》くなる」

「あぁ、ごめん……」

さすがに、今の言葉の意味はロクにも分かった。

アルキヨはアルキヨで、不器用なりにロクを気遣ってくれたのだ。

「謝らなくていい。あぁもう意味もなく笑うな」

「ん、ごめん。大丈夫」

「なにが大丈夫なんだよ」

「分かんね」

なんとなく、そう言ってしまうのが口癖だ。

「……いつまでもそんな調子でいられると困る」

「……？」

「俺は、ずっと傍《そば》にいないんだから」

「……なにかあったのか？」

「俺はもうすぐ戦争に行くの。……だから、会うのは今日で最後」

「最後？」

「明朝には出発する」

「……明朝、に……戦、争……？」

「そう」

「聞いてない」

「言ってないからね」

「なんで、そんな大事なこと言わない？」

「お前には知る権利がないから」

「…………」

違う、知る権利があるからこそ、伝える必要があるからこそ、こうして食事の席を設けてくれた。

「お前の仕事は、息をしていることだ。些事《さじ》には介入するな。耳も、目も、心も、意識も、余所事《よそ》には傾けるな」

「アルキヨ、そのことなんだけど、俺は……」

「お前、いずれは城を出て、一人で生きていくと言ってるらしいね」

「そう、だけど……」

アルキヨには内緒にしていたのに。

「お前の言動は筒抜けだ。メリュジーヌとアーキ以外は、俺の命令に忠実だからね」

「……あぁ」

そうだ。ここはアルキヨの城だ。アルキヨが報告しろと言えば、誰でも報告する。

ならば、ロクのしている行為もおそらく知っているのだろう。

竜の血を分け与えること。それについて何も言わないのは、無知をひけらかしたロクに呆《あき》れているからか、相手にするのも面倒だと無視しているのか……。

「メシ」

「……は？」

「食べな」

「…………もう、いらない。食欲、ない」

「打たれ弱い」

「悪かったな」

「それとも、まだ引き摺ってるの？」

「何を？」

「毒殺されそうになったこと」

「…………」

「あれ以来、そんなことは一度も起きてないでしょ？　お前の食う料理は、俺が食ってるんだから。安心しなよ」

「……え？」

俺が食ってるから？

アルキヨの顔が、しまった、という表情に変わる。

「違う、なんでもない」

「アンタまさか、自分で毒見してから、俺に食わせてるのか？」

なんでそんなこと……。

たとえ、ロクが毒を食らっても、竜であるから死なない。だが、アルキヨは違う。死ぬ可能性がある。なのにどうして、自ら、危険に足を踏み入れる？

「俺のお下がりを食べさせてあげてるだけ。勘違いするな」

「やだ」

「やだ？」

「やめろよ、そういうの。やだ、やめろ」

「そんなに俺が気に食わないの？」

「違う。アンタが俺の代わりに危ないの、それ……やだ」

血を吐いて、倒れるアルキヨ。

顔が蒼白《そうはく》で、呼吸が弱る。

死ぬ寸前のその独特の雰囲気。

「二度と、あんなの見せんな……」

二度と、見たくない。

「ごめん」

アルキヨが、謝った。

謝らずにはいられない、ロクの表情だった。

眉間に皺を寄せ、困ったように笑うその口元。

色んな感情がない交ぜになって、表情が統一されていない。

いつもこうだ。アルキヨは、ロクを本当の笑顔にさせてやれない。

かといって、思うように泣かせてやることもできない。

こうして、苦しませている。

「ロク、俺には、お前に関与する権利がある。だから、俺はこれからもこうしていく」

「なんで、そんなに優しくする……」

「優しい？　俺のどこが？」

不可思議なことを言う竜だ。

あれだけのことをされて、まだ、アルキヨが優しいと思っているらしい。

「俺のこと嫌いなんだろ？　優しくするのは、俺が竜だからなんだろ？　俺が、この世界で生きてるだけでいいなら、俺は、アンタの知らないところで邪魔せずに生きていくから……だから、もう、そういう重たいのはやめろよ」

俺の代わりに、傷つかないで。

もう、気にかけてくれなくていい。優しくする必要もない。

生きていればいいだけの存在に……。

また期待してしまう。無自覚に期待させるだけさせて、どん底に突き落とすくせに。

嫌いなら嫌いで、無視して欲しい。そんなに嫌いじゃないなら、普通の友達としていられるなら、普通に接して欲しい。仲良くなれそうなら、仲良くしたい。でも、そのどれもできないなら、どうか、放っておいて欲しい。

優しくされると、ロクは勘違いする。

「お前、ほんと子供だね」

「だって……」

「そんなんだから、利用されるんだ」

「痛っ……」

手首を握られた。

袖口から、傷だらけの腕が顕わになる。

「俺、前に言ったよね？　勝手に家出するな、勝手に血を与えるな、勝手に竜になるな」

「………」

鱗の剝《は》げて真っ赤に爛《ただ》れた皮膚が、袖口からのぞく。

巻かれた包帯に、血が滲《にじ》んでいる。その包帯の下には、肉が抉《えぐ》れ、変形した細腕がある。

手首ばかり嚙《か》み切るので、血管が傷み、血が止まりにくい。血を流しやすくする為に剝いだ鱗は再生が間に合わず、赤剝《あかむ》けだ。

アルキヨは、ロクが血を分け与えていることを知っている。

「寝室から、ほとんど動いてないらしいな」

「……そんなことは」

「朝と夕にしていた剣道の練習もしなくなったって？」

「………」

「朝、起きるのもつらいらしいな」

「………」

「食欲も落ちているし、何度も倒れてる。血を抜きすぎて貧血になって、傷を治す為に何度も竜になって、体力を消耗してる」

「なんで……」

「お前のことで、知らないことなんてなにもない」

「…………違う、ちょっと偶然が重なって……っ、本当に、なんでもない。こんなことで、倒れたり……しない」

だって、俺は竜だ。

死なない。

「自分のことなのに、どうして分からないって言うの？　どうして、自分のことに蓋《ふた》をするの？　……逃げて、見て見ぬフリをするな」

「……大丈夫」

「だから、それをやめろって言ってるんだ」

青白い顔で、表情をなくして、大丈夫、と呟《つぶや》く。

それは、ただただ無理をしているようにしか見えない。

「大丈夫、だって、俺、全然、つらくない」

「そうやって自分を傷つけてなんになる？」

「傷つけたり、してない」

そんなに馬鹿じゃない。

ただ、自分にできることをしているだけだ。

誰かの役に立っているだけだ。

アルキヨには必要とされなくても、他の人は必要としてくれる。自分に、役割がある。

「どうせ、ずっとそうやって生きてきたんだろ」

「…………」

「他人の中に自分の存在意義を見出して、それに依存して、他人の為にしか、自分の意志を決められない。全部、誰かの為。自分の為じゃない」

「そんなこと、は……」

あるのか？

祖母を看病して、弱った祖父を支えて生きて、仕方ないからと色んなものを我慢して、剣道をやめて、生活の為に欲しい物も我慢して、バイトに明け暮れて、頼る相手もなく頑張ってきた。

頑張っている自分を、演じてきた。

だって、そうしないと、潰《つぶ》れてしまう。

誰かの為に何かをしている限り、頑張れる。

自分の気持ちに、蓋をできる。

自分の気持ちに、気づかないで済む。

「助けて、って言ってみなよ」

「……無理、だって、大丈夫だ……俺、は、大丈夫」

「もう、大丈夫じゃないんだよ」

「……いやだ、言うな……それ以上、言うな……聞きたくない」

「聞け。一度くらい、自分の為に自分のことを決めろ」

「俺は、いつも、俺の為に……っ、俺のことを決めてる」

「決めてない。自分の為になにかを決めるっていうことは、自分の幸せを考えて決めるってことだ」

「他人の幸せを願って、なにが悪い？」

「そういうのは、単なる自己犠牲と自己陶酔の塊だ」

「なんでっ……なんで、そんなこと言う？　こんなに頑張ってるのに。……確かに、馬鹿なことをしてたのは最近分かったよ。もうちょっとやり方を考える。迷惑かけたなら謝る。俺のせいで、誰かが血を取り合って争うなんてことはないようにする、だから……っ、だから……っ」

「お前のしてることなんて一過性だ。そのうち、与えられることが当たり前になって、誰も感謝しなくなる」

「でも、こうやってれば俺はここにいる意味ができる！　必要だと思われる！　認められる！　アンタは俺をいらないだろうけど、必要としてくれる人がいる！」

自分のしていることを否定されたくない。

それを否定されてしまえば……。

「落ち着きなよ」

「俺は落ち着いてる！」

自分の血ひとつで誰かが命を永らえさせることができるなら、こんな嬉しいことはない。死なくてもいい命が助かるのだ。

この血さえあれば、もしかしたら、祖父母も死ななくて済んだのかもしれない。

この血さえあれば。

竜でありさえすれば。

「お前はそんなことしなくていい」

「俺は竜だ！　俺にできないことはない！　必要ないとは言わせない！　役立たずだとは言わせない！　俺にはちゃんと生きてる意味がある！」

存在を否定されたくない。自分のしていることを否定されたくない。それを否定されてしまえば……この世界で、存在まで否定されたら、ロクにはもう、何もない。

何もないのに、この上、どうやって生きていけばいい？

自分の為には、何ひとつとして決められないのに……。

「お前はさ、居場所が欲しいだけでしょ？」

「……い、ばしょ……」

「認めて欲しいだけだ」

「…………」

「この世界で一人だから、さみしいんだ」

「さみ、しぃ……」

俺は、さみしいのか？

「もうやめたら？　お前のしてることは自傷行為と同じだ」

「違う！」

不思議だ。人に指摘されて、言葉ではこうして否定しているのに、心の中では、あぁ、そうなのかと腑《ふ》に落ちている始末だ。

祖父母が亡くなり、友達も知り合いもいない、見知った場所も何もない世界で、一人でいるのはいやだ。さみしい。

自分でも気づかなかった気持ちに気づいてくれる人がいた。

でも、ロクはその事実を素直に受け入れられない。

「こんなことを続けていたら、お前は死ぬ」

「死なない。ちゃんと傷は治ってる」

「こっちの傷は、広がってる」

とん、と指先で、ロクの胸に触れる。

「そこは、怪我、してない」

「クソ馬鹿」

「腕しか、傷つけてない」

「その腕の傷、治りが遅いよね？」

「…………」

「こっちに来た頃には、それぐらいの傷ならすぐに治ってた。自分で、それが分からないの？」

「……分かん、ない」

「竜になりすぎると、人間体に負担がかかって再生能力も落ちる。弱っている証拠だ、自覚しろ」

「……で、でも俺は不老不死だから、死なないだろ？」

「だからって、やっていいことと悪いことがあるだろうがっ！」

「……っ」

怒鳴られた。

ひゅっ……と息を呑《の》む。

アルキヨの空色の瞳孔《どうこう》が、怖いくらい真っ直《す》ぐロクを見つめている。

「悪い、怒鳴るつもりは……」

「…………も、やだ……」

「ロク？」

「……も、ぃやだ、こん……な、と、こ……」

ここには、自分の存在意義さえ存在しない。

ただ、笑って、生活をすることさえ、許されない。

この世界にさえ来なければ、祖父の葬式を終えて、一年経ったら、祖母と同じ墓に入れてあげて、その間にロクは立ち直って、学校へ行って、バイトして、受験勉強をして、たまに好きな人ができて、少しだけ物足りなさを感じて、余裕があったら剣道を始めて……

ただ、意味もなく、笑って過ごしたかった。

「こん、な……とこ、来たく……なか、た……」

「……ロク」

「も、やだ、……かえ、帰、り……帰りたい……」

帰りたい。

ここに、いたくない。

じいちゃんとばあちゃんが死んでも、頑張ってきた。

この世界に来ても、一度も文句を言わなかった。受け入れる努力をした。精一杯、馴染《なじ》もうとした。考えた。役立たずだと言われないようにした。大切な衣食住を与える価値のある人間だと認められたかった。

頑張ってきた。

「頼むからもう……許して」

苦しめないで。

＊

あの場の全てに耐えきれず、部屋を飛び出した。

唯一、ロクが一人になれるのは、竜の棲《す》で最も広い寝室だ。

最近、ここには誰も入ってこない。ロクが竜になった時に、ここに閉じ籠ると分かっているので、遠慮してか、怖がってか、皆、足を踏み入れないのだ。

竜になっても問題のない大きさで、六枚羽だって広げられる。誰がこんな部屋を造らせたのかは知らないが、この部屋は、一等、居心地が良かった。

せっかくの広い部屋の、片隅に蹲《うずくま》る。

「うぅ……」

指を噛み、唸《うな》る。

もうやだ、帰りたい。

元の世界に戻りたい。

頑張ろうとしてるのに、なんで否定するんだ。頭悪いなりに頑張ってるんだ。間違ってるって分かっていても、他に方法が思いつかないんだ。頑張ってるんだから、ぐだぐだ反対ばっかり言わないで欲しい。生きている意味が欲しいだけなのに、それを悪いことのように責めないで欲しい。

初めて血を流した時は、物凄《ものすご》く痛かった。

傷口が熱を持ち、じくじくと痛んだ。気絶するような痛みだった。皮膚が火傷《やけど》のように水膨れになって、服の布地が擦《こす》れると、眠ることさえできなかった。

毒を盛られて、アルキヨが死にかけた時、まさか、自分の巻き添えで誰かが死にかけたりするとは思わなかった。

刺された時、痛いよりも怖かった。まさか自分が、誰かに殺されそうになるなんて、思いつきもしなかった。誰かが、自分を殺そうとするなんて思いもしなかった。

そんな悪意が身近に存在するなんて、考えもしなかった。

どうして、普通じゃないいんだろう?

どうして、これまで生きてきた世界とは違うんだろう。

それでも耐えた。

他に居場所がない。居場所がないのは怖い。

それは、物理的な居場所ではなく、精神的な居場所。心の拠《よ》り所。

誰かの中に、自分という存在が認められていないと、怖い。

愛されていないと、怖い。

祖父母が愛してくれたように。

憎しみばかり向けられるこの世界には、居場所がない。

竜の血は、普通じゃない。普通でなくても、ロクを普通でいさせてくれる道具になる。

誰かが喜んでくれて、ありがとうと言ってくれる。

ありがとうと言ってもらえるうちは、少なくとも、ロクの対面に誰かが存在する。

幸いにも、傷はすぐに治る。

なのに、傷口が広がって膿《うみ》を出し、腐っていくような感覚に囚《とら》われている。心のどこかで、誰かがこの気持ちに気づいてくれるんじゃないかと、勝手に期待していた。声にしないと伝わらない自分勝手なこの感情を、誰かに気づいてもらって、止めて欲しいと願った。

アルキヨだけが、気づいた。

なぜ、そんなに俺のことを見ているんだろう？　嫌いだから粗探しをしているのだろうか？　いじめる理由が欲しいのだろうか？　そんなに気に食わないのだろうか？

俺だって好きでこの世界にいるんじゃない。

俺が悪いのか？

俺だって、他人に血をあげるなんて異常だと思うよ。でもそれ以前に、俺にしてみれば、この世界が異常なんだよ。なんで携帯電話がないんだよ。テレビもパソコンもないんだよ。友達もいないし、学校もないし、バイト先も、剣道場もない。本屋も、服屋も、ゲーセンもコンビニも何もない。

知り合い、誰もいない。

大事な人、誰もいない。

大事にしてくれる人、誰もいない。

どこにもいない。

大好きな人たちは、死んでしまった。

「帰りたい帰りたい帰りたい帰りたい」

こんな世界に、いたくない。

まだ、前の世界のほうがましだ。

今日まで、精一杯明るく振る舞って、笑って、ご飯だって食べて、怖いのを封印して、前向きに現状を楽しもうと努力したけど、もう無理だ。

こんな世界にいたくない。

でも、どうしようもない。

「大丈夫、大丈夫……帰れないなら、ここで頑張るしかない。大丈夫。だいじょうぶ、だから……笑え、まだ笑えるだろ……」

ウルトレーヤ・エ・スセイア。

前へ進め、そして上へ進め。

自分を頑張らせることができるのは、自分だけだ。頼りになるのも、自分だけだ。

笑って、前を向いて、進んでいくしかない。できる。大丈夫。今までだって頑張ってきた。一人で頑張れる。他に誰かがいなくても、やっていける。

「よし、大丈夫。笑え。笑えよ、わ、……え？」

どくん。急に心臓が跳ねた。

「……っ、は……」

どくん、どくん……と規則的だった心臓の鼓動が、息を吸ってもいないのに跳ね、急に速まり、弱まり、搏動《はくどう》を乱れさせる。

「ふ……っ、は……っ」

息が詰まる。誰かが胸に乗っかったように、重苦しい。

食べたばかりの食事を戻してしまいそうで、両手で口を覆った。

「え、うげ……っ、ぇ」

酸っぱいものが込み上げて、床にぶちまけた。

びだん！　大きな尻尾が床を叩く。

「な、ぁ……？」

いつの間に尻尾が生えた？

ぎし、ぎし、と体が勝手に軋《きし》み始める。

これは、竜になる直前の衝動だ。自分の意思とは無関係に骨が変形し、鱗が硬くなり、白金色に輝く。折り畳まれた翼が、みしみしと音を立てて広がる。部分変化ではない。体の全てが、竜になろうとしている。

望んでもいないのに。

「ぐ、ぅ、ぅううう」

竜の姿でも人間の言葉を喋れたのに、喉奥《のどおく》からは唸り声が絞り出される。

どくん。また心臓が跳ねる。不規則な動悸《どうき》に呼吸が乱され、息切れが激しい。体中の血液が沸騰し、皮膚の上からでも分かるほど脈打つ。熱い。痛い。苦しい。

発狂しそうなほど、苦しい。

＊

竜国では、戦争の気配が色濃くなっていた。暗国との和平交渉が決裂して以来、あちこちで大規模な戦闘行為が繰り広げられている。

アルキヨもまた、国境付近で展開している戦線へと出立が決まっていた。

それが今日の夜明けだ。

まだ月が輝く頃、アルキヨは、出立までの数時間をアーキや皇太后と過ごしていた。

「兄上」

「すぐに帰ってくるから」

アルキヨは、アーキの髪を優しくを撫《な》で梳《す》く。

「兄上……なにかあったの？」

その表情が少しだけ曇っていることに、アーキは気づいた。

「お前が気にすることじゃない」

「ロクとケンカしたの？」

「勘がいいな」

「ちゃんと答えて」

「そういうのは大事にしろよ。……そういうのがあると、大切な人の感情とか、そういうのも、ちゃんと気づいてやれる人間になるから」

「話をはぐらかさないで」

「俺が死んでも、お前がいるから大丈夫だな」

「なんでそんなこと言うの？　兄上はロクがいる限り……」

「アーキ、ロクの力を過信するな。あれは、ただの人間だ。ただの、弱い人間だ」

「それが分かってるなら、どうしてロクに優しくしてあげないの？」

「それは……」

「アルキヨは優しゅうしておるぞ」

扇子を片手に、皇太后が口を挟んだ。

「でも、兄上はロクを神殿の奥に閉じ込めて、外に出さないんだ。ロクは外に出たいのに」

「うむ。それはアルキヨが悪いな。じゃが、仕方あるまい。あの竜は、これまでの人生を異界で過ごしておった。いきなり、お前は金色の竜だから外へ出れば殺される……とそう言うても分からぬじゃろ？」

「…………」

「あの竜は、普通の人間として生きてきよったのだ。自分の立場や魅力を理解しておらぬ。雛鳥《ひなどり》と同じじゃ。独り立ちできよる日まで、ぬくぬくとあたたこうしてやって、護《まも》ってやるのがアルキヨの務めじゃ」

「説明しないと駄目だよ」

「説明したんだけどね。俺の仕事はロクを管理してやることで、ロクの仕事は神殿で息をするだけの簡単な仕事だ……って」

「……それ、絶対に駄目だよ、兄上」

自分の兄の駄目さ加減に、アーキはげんなりする。

アルキヨは、本気でそれで通用すると思っているのだ。

「あと、気持ち悪いくらい笑ってるから、泣けって命令した」

「命令したのっ⁉」

「した。だって、命令したら従うでしょ？」

「ほほほ、我が息子はあほじゃ」

「命令してるんだから、泣けるでしょ？　でも、あいつ……泣かないんだ。先代とサヨコの絵を見せたり、意地悪したり、色々してるんだけど、反発ばっかりするんだよね」

「兄上ってもしかして……」

「ツンツンしてるのがデレの男じゃな」

「無茶なことしても、とりあえず、口も手も出さずに静観してあげたんだよ？　他人に血をやろうが、剣道の練習をしようが、何をしようが、黙っておいたし」

「黙って静観して、一度もロクに会いに行かないんじゃ、無視されてると思うよ……」

「だから、無視してないって伝える為に、たまには会いに行って、血をやるなとか、竜になるなとか、必要最低限のことだけ伝えるようにしたんじゃないか」

「……ほほほ、我が息子は本気であほじゃ。再教育が必要じゃ」

「兄上、最低限のことしか言わなかったら、きっとなにも伝わってないよ」

「なんで？」

ぽかんとしているアルキヨに、アーキと皇太后は声を失った。

新婚夫婦の旦那《だんな》は恋愛下手で、思いやりが空回っていて、言葉がきつくて、それでも愛情が伝わっていると自信を持っている。

嫁は嫁で、鈍感で、まだまだ心が子供で、旦那に嫌われていると思い込んで、孤独を感じている。その孤独の伝え方が分からずに苦しんでいる。

すれ違い夫婦だ。

「兄上、僕が言うのもなんだけど、ロクはきっとすごくさみしいと思うよ。でも、いつも笑おうとして、元気なフリして……」

「分かってるよ」

分かっているからこそ、ロクに泣けと命令した。

なのに、あの頑固者は泣かない。今にも泣きそうなのに、無理に笑い顔を取り繕う。

そういうところが、アルキヨを苛々《いらいら》させた。優しい言葉をかけるより先に、きついことを言ってしまう。

「帰りたい……って言ったんだよ、あいつ」

毒を盛られて怖い思いをしても、腹を刺されて殺されそうになっても、嫌がらせまがいに側室選びに参加させても、この世界に来てからも、一度も帰りたいと言わなかった。

そのロクに、帰りたいと言わせてしまった。

思わせてしまった。

何もかも、上手くいかない。

こんなにも、考えているのに……。

「ファス様……」

静寂を打ち破るように、来訪者の存在が伝えられる。

片隅に控えていたファスが、扉の前で取り次いだ。

「陛下、ロクマリア様仕えのメリュジーヌが、陛下に目通りを求めています」

「あの女がどうかしたか？」

ロクの前でなまっちろい足を剝き出しにしていた女。

ロクの話し相手になればと、水盆係から世話係に格上げしたが、仲良くなりすぎだ。

ロクは、双子の衣装係とも打ち解けているようだし、何か相談事があれば、まずアルキヨではなくメリュジーヌに相談している。名を呼ぶ時だって、竜様ではなく、ロク様、ロクマリア様と名前呼びさせている。

そんな些細《ささい》なことでも、心を掻き乱される。

ロクをロクと呼んでいいのは、アルキヨだけだ。

「女に問題はありません。むしろ問題があるのは……」

ファスは言葉尻を濁す。

「通せ」

「は……」

ファスは、メリュジーヌを部屋に通した。

「陛下に申し上げます」

メリュジーヌは恐縮の体でアルキヨに平伏する。

「話せ」

「ロクマリア様のご様子がおかしいのです」

「拗《す》ねているだけだ、放っておけ」

「いえ！　決してそのようなことは……」

メリュジーヌは、厳しい口調で否定した。

「何かあったのか？」

「ロクマリア様が、寝室から一歩も出てこられません。扉の外からお声をかけても、ただ、誰も近寄るなと一点張りで……それも、ひどく獣じみた呻き声でして……」

メリュジーヌのその言葉を聞いた途端、アルキヨは部屋を飛び出した。

「陛下！」

「兄上⁉」

ファスとアーキの声も届いていない。

「あぁ、なにやら青春ですわ」

メリュジーヌが場違いな感動の声を上げる。

「青春の前に、あの新婚夫婦は笑顔を交わし、手をとるところから始めねばなるまい」

皇太后は、ぱたぱたと扇子を扇いだ。

＊

ロクの寝室の前に立ち、アルキヨは扉を叩いた。

「ロクマリア！」

名前を呼ぶが、返事はない。

「ロク、ロクマリア……なにかあったか？　返事をしろ！」

つい先頃、「さみしくて不安を感じている嫁には優しくしましょう」と言われたばかりなのに、命令口調になってしまう。

それでも返事はない。

アルキヨの脳裏に、嫌な考えが過《よ》ぎる。

「ロク、入るぞ！」

「入ってくるな！」

初めて、ロクから言葉が返ってきた。がらがらに乾いた濁声《だみごえ》で、聞き取りにくい。

「生きてるか？」

「ぅ……う、ん」

「なんで部屋から出てこない？」

「なんでもない。今日は、誰とも会いたくないだけ」

「その声は？」

「…………」

「ロク？」

今度はだんまりだ。

アルキヨは、ロクの言葉を無視して部屋に入った。

そこは、まるで強盗にでも入られたように散乱していた。石壁や床、天井に大きな裂け目ができている。縦横無尽に爪痕《つめあと》が走り、土くれと塵《ちり》が積もる。まるで戦場そのものだ。

「戦場へ行くのは俺のはずなんだけどなぁ」

「入ってくるな！」

ロクは床に蹲ってていた。頭からシーツを被《かぶ》って、ベッドの向こう側に隠れている。

「そんなところでなにしてるの？」

「出てけ！」

アルキヨが一歩近寄るたびに、やめろ、出ていけ、こっちに来るなと叫び続ける。

広い部屋の奥から声は聞こえるのに、扉の近くで竜の尻尾が壁を破壊する。

「見るな！」

不自然に鋭利な骨が、蠢《うごめ》いた。

「見ないと、なにがどうなってるか分からない」

「見るな！　見るな、見るな、見るな！」

「あぁ、やっぱり」

「見るな！」

こんな姿、誰にも見られたくない。

汚い、気持ち悪い。醜い。不細工。化け物。

体を隠すように小さく抱え込んでも、竜の体が邪魔をして、隠せない。

「……この馬鹿が」

「や、だ……見るな、見るなよ……っ!!」

ロクは、人間の部分がほとんど残っていなかった。

胴体と顔の一部分だけが人型を保っているが、それが余計に醜悪さを増長する。

右半分は人間の顔。左半分は口が裂けて牙《きば》を剝き、爬《は》虫類《ちゅうるい》の瞳《ひとみ》が、顔の半分以上を占める。胴体は人間の形を整えているのに、皮膚は竜そのもので、金色の鱗が浮く。背骨が凸凹と突き出て、皮膚が千切れ、血まみれだ。両手足は竜そのもので、異様に大きい。

ロクの心情を表すように、尻尾が暴れて、床を破壊した。六枚の羽がめちゃくちゃに羽ばたいて天井を壊し、爪が壁を引っ掻く。

「だから言ったでしょ？　あんまり竜になるなって」

「アル、キヨ……ぉ」

両手で顔を覆い隠す。

「暴走したんだよ。ほら、隠してないで見せてみな？」

「いやだ、……また、不細工って言う……」

「安心しなよ、それほど不細工でもない」

「……嘘《うそ》だ」

「本当」

「嘘だ」

「なんで信じないかなぁ」

「見たら、嫌われる……俺、アンタにまで触ってもらえなくなったら……も、誰も、傍にいてくれない……」

嫌われたくない。

唯一、俺のことを怖がらずに触れてくれる人。

「でもさぁ……元から嫌いなんだし、これ以上、嫌いようがないでしょ？」

「………」

そう言われて、目から鱗が落ちた。

「そう思わない？」

「………俺のこと、嫌い？」

「うん、大嫌いだね。だから、これ以上、大嫌いにはなれない」

「ありが、とう……」

「そういう顔は、こういう時にするもんじゃないよ。……嬉しい時にするもんだ」

「俺、……今、嬉しい」

嬉しい。だって、アルキヨは怖がらない。

「その体、元に戻してあげる」

「元に、戻る？」

「戻るよ。……あぁもう、ずっとそのまま我慢してたんでしょ？　なんでもっと早く言わないの？」

「だって、だってな……？」

怒られると思った。迷惑をかけると思った。なんの役にも立たないのに、この上、負担までかけられない。誰かに、いやな思いはさせられない。

「そ、んな怖い顔すんなよぉ……」

「怒ってない……いや、怒ってるだけ」

「怒ってる……」

「お前にさみしい思いをさせた自分に怒ってるんだよ」

「俺、大丈夫、さみしくない。違う、ごめん……迷惑かけて、ごめん。こんな格好で、ごめん。……アルキヨ、戦争、行くのに……俺のこと、で……ごめん」

「……一人でよく我慢した。えらかったね」

ロクの傍らに跪《ひざまず》き、よしよしと頭を撫でる。

「……急に、優しくなった」

「弱ってる子を前にして、さすがに鬼畜ではいられないでしょ」

膝の上にロクを乗せて、腰に腕を回す。

抱きしめた体は氷のように冷たく、想像以上に細かった。これを普通の抱き心地にするには、多少、食事の量を増やしたくらいでは足りないな……と眉を顰めた。

「…………」

落ち着かないのか、ロクが腕の中で身じろぐ。

「尻尾が邪魔か？」

「ごめん」

「謝んなくていいよ」

背中に腕を回し、尻尾の付け根を撫でさする。

「……また俺のこと犯すのか？」

「そうだよ」

全く悪びれずに笑って頷《うなず》く。

「……なんで？」

「こうしないと、お前が壊れるから」

「痛いのは、やだ」

「分かった」

「んっ……」

やわらかく口づけられた。口内に舌が差し込まれ、内側の粘膜を愛撫《あいぶ》される。

くちゅ、と音を鳴らして唇を吸われた。

「飲んで」

「ん、っ……く」

こくんと喉を上下させる。他人の唾液《だえき》なんて不味いはずなのに、甘い。もっと欲しい。

ねだるようにアルキヨの首に腕を回した。

「……ぅ、ぁ？」

首を傾げる。

人間の腕に戻っていた。

「ただの飾り物じゃないんだよ、旦那っていうのも」

「……？」

「嫁を支えるのは、旦那の務め」

竜は、王が飼い慣らして制御してやらなければ暴走する。

竜は王に飼い慣らされ、制御してもらわなければ生きていけない。

アルキヨという王は、ロクという竜が暴走しない為の制御装置。暴走したとしても、元に戻す為に存在する生き物。アルキヨがいなければ、ロクは生きていけないようにできている。そして、アルキヨは、ロクの為だけに存在している。

「……ひ、ぁっ!?」

服の上からペニスを握られた。

何度か上下に扱《しご》かれただけで、硬く膨張してしまう。

「こうやってお前とするのだって、最初は復讐だったんだけどなぁ」

「アル、キヨ……それ、やだ……ぐにぐにすんな……っ」

「なんで？　こうされるの好きでしょ？」

先端部分を親指で弄《いじ》り、尿道口を刺激する。

「……ふぁ、あぁぁ」

「あれ？」

「あ、ひぁ、あぅ……っ」

「……お前、もしかして」

「ゃ、あっ……」

にちゅ、と透明の糸を引いている。

「俺に触られただけで出しちゃったの？」

「う、ぅうう」

「あっははは、すごいね、ゆるくない？」

「ちがっ……そこ、痛いの、思い出してっ」

「気持ち良いのを思い出した、の間違いでしょ？　……そういえば、前にもこうやって俺に口でされて、出してたよね。その前は、俺に踏まれて出して……あれ、お前、性癖おかしくないか？」

「お前が言うなよっ……」

「これはもうお仕置きだ。はしたない。これからずっと、毎日、この恥ずかしい染みをつけたまま生活させないと」

俺が戦争から帰ってくるまで。

「ぃ、いやだ」

「我儘《わがまま》。さて、今日はどうやって情けをかけてあげようか？」

「い、ぃい、やんなくていいっ、元にだけ戻せっ」

「無理。……あ、決めた。俺に犯されてケツだけでイくといい」

「ひゃ、ぁ、あっ!?」

なんの滑《ぬめ》りもない場所に、指が挿入される。

「竜ってさ、多少無理しても壊れないのがいいよね」

「いたい、っ……ゆび、いたい」

「でも、はき違えるな。俺がお前に傷をつけるのと、お前が自分を傷つけるのは違う。お前のは単なる現実逃避だ。だから……俺がいなくなっても、自分で自分を傷つけるな」

「……分かんない」

「分からなくていいから、俺の言葉だけ信じていればいい」

「……熱い、それ、入って……ゃ、はい、って……く、るっ」

指で拡《ひろ》げられた場所に、陰茎を捻《ね》じ込まれる。

「座ってやるのっていいね。根元まで全部、お前が咥《くわ》え込んでくれる」

「いっ、ひぃ、ぐ……っ」

太腿《ふともも》が突っ張る。やっぱりおっきい。圧倒的な質量で腹の中が満たされ、拡張されていく。幾度となく体を重ねても、直腸は元の形に修復され、アルキヨの形に馴染むことはない。交わるたびに、初めてのような痛みと、暴力的な苦しみがロクを苛《さいな》んだ。

「もう少し奥までいける？」

「ぁく、……っ、ぅ」

普段、使われないような場所まで、アルキヨを感じる。

「そう……骨盤広げるみたいに足開いて、うん、いい子……」

「ぁ、ぅ、キヨ……ぁ、きよぉ……」

だらりと涎《よだれ》を垂らしながら、名前を呼ぶ。

「どうしたの？」

「ぉく、あたって、る……ぃっぱい、なっ、ぇ、ぅう」

「行き止まり？」

「おぁ、ぁっ、ぁあっ」

腰を揺すってやると、ロクが短い悲鳴を上げた。

盛りのついた猫みたいで可愛い。

「女の子みたいに濡《ぬ》れてる。恥ずかしい子」

「んぁ、ぁァう、ぁう、ぃよぉ……」

「にゃあにゃあ泣いて、図体のでかいにゃんこ……あぁ、竜って猫の親戚《しんせき》だったっけ？」

微笑《ほほえ》みながら頬《ほお》ずりしてやる。

「こ、ぁい……ぃい」

「なにが怖い？」

アルキヨの服を握りしめ、竜が、舌っ足らずに幼児語を話す。

可愛さが募り、たまらなくなる。

「ぁ、ぅきよ？」

「あぁ、ごめんごめん。そうか、怖かったんだね。そうだね、一人であんなことになったら怖いね」

「こ、ぁかった、ぁ……っ」

「怖いことになったら、今度は一人で元に戻れなくなるから、二度と、俺のいないところで竜の力は使っちゃダメだよ。分かった？」

「ひゃい、ぁ……あっ⁉　痛い、あぅ、ひ……痛い、いだいっ！」

ぎちぎちに張り詰めた場所に、アルキヨの指が入り込む。

括約筋を指先に引っかけて、ぐい、と横に引っ張る。

「自分で動いて、俺ので射精してみせて。そしたら、指、抜いてあげる」

「ぁ、ル……ぃョ……っ」

「んー？」

「手、繋《つな》いで……、俺の、手、手だけで、いいから……」

人間の体に戻っているところだけでいいから、触れていて。

「……馬鹿」

「ごめ、んっ……ごめんな、ぁ……っ、ご、めん……」

「謝りながらケツ振ってんなよ、馬鹿」

頭を撫でて、額にキスして、指と指を絡めて、手を繋ぐ。

冷たく強張《こわば》った指が、妙に愛《いと》おしかった。決して、ロクから繋がれることのないこの手が、自分の手の内にある。それが、何にも増して、アルキヨを苛んだ。

「アルキヨぉ……」

ぐちゅん。下腹部で卑猥《ひわい》な音がする。

絨毯《じゅうたん》を引っ掻く脚が、人間の足に戻る。

気持ち良さを我慢できないのか、びたん、と尻尾が跳ねる。

「尻尾、可愛い」

「き、ひぁっ、あ、ぁ……っ！」

大きな尻尾の端っこを嚙まれた。

ぎゅう、と腹の中のアルキヨを締めつける。

「……ん、ごめん、やっぱり俺が動くわ」

両脚を抱え込み、床に押し倒す。

「ぁっ⁉」

「きっつい、ゆるめて」

「ひぐ、っ……」

内臓が押し潰される。ぎちぎちに筋肉が引き攣《つ》り、会陰《えいん》が切れそうなほど張り詰める。

狭い道を開かれたそこは、びっちり隙間《すきま》なく肉と肉が絡む。他人の肉の感触が、腹の中で存在を主張する。何度か経験して知っているはずなのに、体は対応できない。でも、我慢しなければ元に戻れない。

「頼むから、力抜いて」

萎えた陰茎を扱いてやり、キスを与える。

「ひっ……ふ……ひ、ぃ、ぐっ」

「ロクマリア、大丈夫だから」

「ぅ、っ……ぇ、え……っ！」

どろ、と口端から吐瀉《としゃ》物が零《こぼ》れた。

胃痙攣《けいれん》が起きたわけでもない。

なのに、アルキヨが少しでも動くと、それだけで腹の中のものが押し出される。

「ぁ、っ……が……っ、ぇ、ぐ」

寝転んだ体勢のせいか、胃液と舌が喉に詰まる。

アルキヨの指が、舌の根を押さえつけ、掻き出してくれた。

「元に戻してやるから、少しだけ我慢しろ」

「……ぁ、ぅ、ぁあ、ひよぉ」

遠慮がちに腰を引くアルキヨに、ロクは不満の声を上げる。

アルキヨの体に両脚を絡め、ぐ、と陰茎を奥へ押し込む動作をする。

腰を動かして、もっと中を犯せとねだる。

「えっろい足」

「あっ、ふぁ……ぁ」

唇が、だらしなくゆるむ。

舌でアルキヨの指を舐《な》めしゃぶる。ちゅ、と音を立てて吸う。

「また、ちょっとだけ苦しいよ？」

「ん、……ん、ぉあ、あ、ぁ」

薄い腹が、アルキヨの陰茎の形に盛り上がった。

可哀想なくらいに、体の相性が悪い。物理的に、入りそうにない。それを強引に押し込むものだから、アルキヨの下で、ロクの体は今にも潰れそうだ。

「だから、いやなんだよ、こういう細いの相手にすんのは……」

苦しいのか、酸欠なのか、吐き疲れたのか、ロクの目の焦点は虚《うつ》ろだ。

徐々に体の力が抜けて、反応が薄くなる。

「おっき、ぃ……っ、あぅ、きよ……」

「知ってる」

「ア、キヨの……ちんこ、おっきぃ」

「そりゃ、大きくなくちゃ嫁を満足させられませんから」

「えぁっ、あ、ゃ、……だ、っ、中、こすん、な……ぁ」

「擦らないと、気持ち良くなれないでしょ？」

「あ、ひぁ……っは……ぁ、あ……腹、あつぃ……」

「うん、熱い」

ずちゅ、ずちゅ、と重たい摩擦音。ゆっくりとロクの中を味わう。いくら交わっても馴染まない体では、さぞかしつらいだろう。ロクは唇を戦慄《わなな》かせ、絨毯を爪で引っ掻く。突き上げるたびに、か細い悲鳴を上げて、嘔吐《おうと》する。

「縋《すが》るくらいしてよ」

「腹、重い……」

「ごめん」

「も、っと……はや、く……」

「もっと？」

「んっ……そこ、ぉ……っ」

「ここ？」

「……んっ、ぁく、っあ、あぁっ！」

「あっは、ほんとケツだけでイった……」

「ぁー……ん、ぁ、ぁあ……」

「いっぱい出したね」

顔にまで飛んだ精液を、ぺろりと舐める。

おいしい。

「ん、っ、ン、ん……」

「中に出してもいい？」

「んっ、らして、中に、種付けして……」

「どこでそんな言葉覚えたの？」

「あぅきよ、が言ってら……」

「俺のせいか」

「ふへ」

吐瀉物まみれの唇に、乾いた唇が触れる。

ふわふわした頭が、アルキヨの唇に反応する。初めてキスしたみたいに心臓がどきどきする。やわらかくて、気持ち良い。腹の中が熱い。頭の中が熱い。体中が熱い。くらくらする。

しあわせ。

＊

目を醒《さ》ましたロクがまず目にしたものは、それこそ、目も醒めるような緑青色の髪と空色の瞳孔だ。

「昆虫みたい……」

こわくない。

きれい。

床の上で、アルキヨの服を下敷きにして、二人で身を寄せ合い、寝転がる。

アルキヨの上着を駄目にするのは、これで何枚目だろう。全て洗濯して、行李《こうり》にしまってあるが、かれこれ、五着はロクの手元にある。

事後の、独特の匂《にお》いが部屋に充満している。それも、悪くない。

アルキヨの匂いと混ざって、胸が切なくなる。

そろりと素肌に触れる。アルキヨの肌。目の前が、ちょうどアルキヨの心臓あたり。着《き》痩《や》せするのか、服を着ている時より逞《たくま》しく見えた。その胸に、抱きしめられている。

「…………」

アルキヨの髪を、遠慮がちに引っ張った。

「……ん？　目が醒めた？」

「ん……」

「どこもつらくない？」

「うん」

本当はちょっと重怠い感じがする。

「本当のこと言いなよ？」

「足の間に、アルキヨが入ってる感じがする」

「まだ入ってるからね」

「…………」

「ほら」

「ひぁっ」

ぐ、と腰を突き入れられると、奥まで甘い痺れが走った。中に出された精液が、腹の外に押し出される。内腿に伝うそれを、アルキヨの指が撫ぜた。

「けっこう入るもんだね」

「……っ」

「俺が帰ってくるまで、他のオスを咥え込んじゃダメだよ？」

「しない、しな、ひ……っから、そこ……」

アルキヨが入ったままなのに、指が内壁を引っ掻く。

じりじりと焼けるような痛痒さに、頭がおかしくなりそうだ。

「本当にしない？」

「しないっ」

「じゃあ、舐めて」

指を引き抜き、ロクの口元に差し出した。どろりとした白濁が重くまとわりついている。

ロクは、こくんと喉を上下させ、思い止《とど》まった。

舐めたいけれど、舐めるのは、普通の常識的に考えておかしい。いまさら、そんなことを逡巡《しゅんじゅん》している。

「美味《おい》しいよ？　知ってるでしょ？」

「……ん、ぁ」

ぱくん。口に含んだ。

「覚えておいて、俺の味だから。この味だけ覚えていればいいから」

「ん、ぅ……」

苦い。なのに、甘い。

ちゅ、と音を立てて指を吸う。

「おなか空《す》いてたの？」

「……ぁう」

「そう、いい子いい子」

「ぷぁ……」

「また涎垂らしてる」

唇の端を、舌で舐め掬《すく》う。

「もっと」

「残りは帰ってから」

「いつ帰ってくる？」

「すぐだよ」

「待ってる」

「待たせない」

「うん」

「大丈夫、お前の体は元に戻ってるから、安心していいよ」

「俺……元に、戻ってる？」

不安げに尋ねる声が、小さな子供みたいだ。

「大丈夫、元に戻ってる」

「……あり……」

「蟻《あり》？」

「ありが、とう……」

助けてくれて。

「はっ、殊勝なお前とか気持ち悪いんですけど」

「うっせーよ、このド鬼畜巨根野郎」

「口の悪い竜だな……まぁ、それぐらい元気なら問題ないか」

うちの嫁は、元気なほうがいい。

「……な、アルキヨ」

「うん？」

「俺、一生このまま……こんな、化け物みたいなので生き続けるのかなぁ？」

「それは……」

「俺は不老不死で、死ぬことがなくて、だから、俺は、ずっとこのままこんなふうで、俺は、自分で自分の体も面倒みれないのに……一人でただ……生きるのかなぁ」

「そうだね、お前はずっとこのままだね」

「俺は、一人で生き続けるなんてできない」

「あのさぁ、一人で不幸に浸ってるとこ申し訳ないんだけど、俺も一緒なんだよね」

「は？」

「俺はお前のご主人様なの。旦那様なの。王様なの。ずっと一緒に生きるようにできてるの」

「どういう、こと……？」

「金色の竜は不老不死。でも、竜王には死期がある。病気や、大怪我、自殺でも死ぬ。普通の人間と同じだ。それでも、金色の竜が生きている限り、金色の竜に見捨てられない限り、竜王は、金色の竜によって、不老不死が約束される」

「難しい」

「お前が死なずに俺の傍にいて、お前が俺を……」

「俺を？」

「とにかく、俺は死なないんだよ。お前がいる限り」

「……マジで？」

「マジで。……マジで、ってどういう意味？」

「本気で、って意味だよ」

笑みが零れた。

アーキと同じように尋ねるアルキヨがそっくりで、可愛かった。

「そう、じゃあ本気で。マジで。俺とお前は一生、つがって生きていくんだ」

「……うんざりする」

今なら、そんなに悪い気がしない。

「俺もだね、うんざりだ」

「最悪。アンタとずっと一緒かよ」

「……あーぁあ、不っ細工な顔」

笑ったロクの頰を指先で抓《つま》んだ。

「はは、酷い……」

「笑うくらいなら、泣いて」

「またそんな無理難題を……」

「お前、こっちに来てから一度も泣いてないよ」

「…………」

「だから、泣きなよ。腹いっぱい食って、満足して、眠くなって、気が緩んだら、めいっぱい泣け。俺が命令するのはそれだけだ」

欲を言うなら、そうできた後に、本当の笑顔で笑って欲しい。

「困る……」

戸惑《とまど》いを隠せず、口元に、歪《ゆが》んだ笑みを浮かべる。

「だから、そうやって無理に笑うなって俺は命令してるんだよ。……ねぇ、なんで泣かないの？　なんで我慢するの？」

「だって、俺は……まだ笑える……」

「全然笑えてないからね。頬っぺた引き攣って、歪んでるだけだ」

「……嘘だ」

「自覚症状なしって本当に手に負えないね。見ていて苛々する」

「もし、もしそうだとして、なんで、アンタの前で泣かなくちゃならない？」

アルキヨの前では泣きたくない。泣けば、役立たずだと公言するようなものだ。

アルキヨにだけは、そう思われたくない。

「俺の前でしか泣けないでしょ？　お前より強いのは俺しかいないから、お前は、俺の前では弱さを見せていいんだ」

「そんな、こと……」

「お前は、俺の竜だ。俺がお前を従えてるんだ。お前を飼い慣らせるのは俺だけだ。だから、泣け」

「どういう理屈だよ……暴君かよ」

「ほら、いいから泣けよ」

「泣けるか」

「ご主人様が許可してるんだよ？」

「やだよ」

「頑固者。……まぁ、いいか。時間は幾らでもあるし……ほら、もうちょっと寝な。もうすぐ日が昇るから」

「ぁ、のさ……」

「大丈夫、傍にいてあげるから」

「…………うん」

ロクが言いたいことに気づいてくれた。

傍にいてくれる。

大丈夫だから。

守ってあげるから。

アルキヨのその言葉を子守唄に、ロクは瞼《まぶた》を落とした。

＊

次にロクが目を醒ました時、アルキヨは傍にいなかった。

「傍にいるって言ったくせに……アイツ、ほんと口先ばっかりだな」

そんなことを思ったのも束《つか》の間、ロクはすぐに後悔した。

その時、すでにアルキヨは大軍を率いて、戦地に赴いていた。

ロクを人間に戻した後、すぐに王都を出発したらしい。見送りぐらいしたかったのに、アルキヨは、ロクを起こすなと言いおいて、一人で戦に赴いた。

どうしてそんな大事なことを伝えてくれなかったのだろう。ロクには伝える必要がないと考えたのだろうか。それとも、気遣ってくれたのだろうか。

少し、悲しかった。

ロクは、アルキヨに人間に戻してもらった。毎日の生活もアルキヨに面倒をみてもらっている。竜の力を使いすぎたり、竜化を重ねれば、それだけで体力を消耗し、暴走する。それを制御できるのはアルキヨだけで、アルキヨだけが、ロクの体の面倒をみられる。

自分でできることが何もない。相変わらず、何もない。

ロクは、一日の大半をベッドで過ごしていた。

食欲不振が続き、自分でも分かるくらいに体力や体重が目減りしている。発熱と全身の倦怠感《けんたい》が常につきまとい、歩くだけで息切れがして、風呂《ふろ》に入るだけでも倒れる。情緒不安定で、独りが妙にさみしくて、意味もなく胸が苦しく、切なくなった。

「まさか、情緒不安定で体調不良とか……俺、妊娠っ⁉」

「単なる体力消耗による衰弱ですな」

ロクの渾身《こんしん》のボケを、医者は冷静にぶった切った。

「あ、そうなんだ、衰弱なんだ。あんだけ中出しされたからマジで孕んだかと思った」

「ロク……けっこう元気だね」

不調を心配していたアーキが、胸を撫で下ろす。

ロクの性格の明るさだけは変わらない。

これで、体調不良に伴って気鬱《きうつ》にでもなってしまうと、余計に弱ってしまう。

それは、ロクも分かっていた。

だからこそ、不調であっても、他人の前では元気に振る舞った。

病気の人間というのは、とかく、周りの人間を悲しくさせることをロクは知っている。

病人がいるというだけで、周囲も不安になったり、気になったり、落ち着かないのだ。

だからロクは、できる限り、明るく振る舞った。

「アルキヨが言ったんだ」

「なにを？」

「ずっとお前のことだけ考えて生きてきた、って」

それも千年以上も。

さぞかし、ロクマリアという竜に夢を抱いて生きてきたことだろう。

実際の竜は、こんなにも醜くて、役立たずで、迷惑ばかりかけているのに……。

ロクは、アルキヨに感謝していた。

この世界には、ロクと対等に喋ってくれる人間がいない。

この世界には、ロクに平気で触れてくれる人間がいない。

アルキヨだけが、化け物のロクを恐れずに話しかけてくれる。触れてくれる。

それだけは確かだった。

「嬉しかったんだよ」

千年以上も、ずっと、自分を想ってくれる人がいた。

よくよく考えると、すごいことを言ってくれたんだと、その言葉や行為の重みに、胸が詰まる。ロクのいない世界で、ロクを待ち続け、ロクの存在を認めて、想い続けてくれていた。

「俺の為に……って、すごいよな」

「ロク、じゃあ……兄上の気持ちが……」

「金色の竜って、そんなに価値があるんだな。なんか申し訳ないけどさ、嬉しかったよ」

「気持ちが全く伝わっていないよ、兄上……！」

アーキは頭を抱えた。

ダメだ、この新妻、まったく夫の気持ちが分かってない。夫の気持ちを知って、それを嬉しいと思っているのに、なぜかその気持ちが、恋愛感情に発展していない。

ロクは、自分に愛される価値はなく、竜という象徴に価値があると思っている。だからこそアルキヨは、役に立たない竜に苛立ちながらも優しくしてくれると解釈している。

勘違いも甚《はなは》だしい。これでは、アルキヨが焦《じ》れて苛立つのも分かるというものだ。

「あのね、ロク」

「うん？」

「この神殿ってね、王宮に護られてるんだよ」

「………？」

「神殿の前後左右を、王宮が取り囲む形に設計されてるんだ」

「なんで？」

「ロクを護る為。ロクマリアの前には、いつも竜王が立つ。ロクマリアの背も、竜王が護る。右隣にいる時も、左隣にいる時も、竜王が傍にいる。護っている。兄上が王様になってから、そういう造りに変えさせたんだ」

「アルキヨが……」

「神殿の中が迷路みたいになっているのも、侵入者が容易にロクを見つけられないようにする為。兄上が設計したから、兄上だけがちゃんとした近道を知っている。他の人には、僕を含めて、誰も教えてもらえない」

アルキヨだけが、誰よりも早く、ロクのもとへ辿《たど》り着く。

「…………なんか、あれだな……」

「なぁに？」

「アルキヨがいないと、やっぱさみしいな」

笑った。苦笑いだ。

眉が八の字になって、ぎこちない。

守ってくれる人がいない。そんなふうに依存しているつもりはなかったが、心のどこかで頼りにしていたようだ。

「さみしいね」

「さみしいな」

王が不在の王宮は、さみしい。閑散として、心細い。

この広大な巣穴に独り取り残された気がして、無性に悲しい。

「兄上は、絶対にロクを護るよ」

「でもな、アーキ。俺は……守られるだけじゃいやなんだ」

「いやなの？」

「うん。俺の目標はさ、じいちゃんとばあちゃん。二人で仲良く、手をとり合って、助け合って、生きるんだ」

「助け合って……」

「そう、助け合って。どんなに苦しくても、笑っていられるように、二人でいられるように、生きていきたい」

「兄上と？」

「違うだろうな。俺のその相手はアルキヨじゃない」

「なんでそう言い切れるの？」

「なんでだろ……？　多分、気持ちの問題だ」

誰かを好きになっても、いつも心のどこかがぽっかりと空いていた。

あぁ、この人じゃないんだ、と直感する自分がいた。

心が気持ち良くない。何かが、満たされない。

祖父母のように仲睦まじく、助け合い、支え合い、手に手をとり合って、好きな人を愛し、愛され、生きていく。

後悔してもいいから、後悔しない人生を。

そんなふうに、いつか、誰かを本気で愛せるのだろうか。いつもちょっとだけ、心の中で渦巻いていた不安。でも、そんなことは、どうでもいいことかもしれないという気持ち。

なのに、なぜか満たされることのない空虚。

命をかけて、かけられて。

誰かを愛する。

「そんな幸せはないんだよ」

「……ロク」

「そんな顔すんなって。……な？　……俺は俺で、俺が楽しいように生きていくって決めたんだ。どうせ前の世界には戻れないし、どこに行っても同じだし、なら……誰にも指図されず、好きなように生きてさ……」

金色の竜に、そんな自由はない。

それを分かっていて言っているロクを、アーキは直視できなかった。

「……戦争って、どんなだろうな」

アーキの考えを察して、ロクは話題を変えた

映画やゲームで見るような戦争なんだろうか。人がいっぱい死んで、血みどろで、真っ黒で、泥濘《でいねい》にまみれて、苦しくて、怖くて、つらくて、痛くて、恐ろしくて、救いがなくて。

ロクは、腹を刺されただけでも怖かった。恐怖で身が竦んだ。目の前が真っ暗になって、寒くて、死ぬと思った。誰も傍にいてくれないことの不安に、潰されそうになった。

でもそれは、命が助かって、目を醒ました後の感情だ。

刺された瞬間は、その時、最も頼れる人のことを考えた。

アルキヨのことを考えた。

あんなに痛くて怖かったのに、アルキヨは、そんな場所に一人でずっといて平気なんだろうか。

「平気なはずがないな……」

ただ、漠然として、怖い世界。

死と隣り合わせ。

死ぬ。

祖母が死に、祖父も死んだ。

二人とも儚《はかな》く、あっけなかった。

「死ぬのかな、アルキヨも」

「死なないよ」

「でもな……」

「兄上のこと心配してくれるんだね」

肉親が戦争に行ってしまい、心細いのはアーキも一緒だ。

アーキは、アルキヨが発《た》ってからずっと、ロクの傍を離れない。

きっと、アーキもさみしい。

「兄上はとっても強いんだ。それに、すぐに帰ってくるって言ったよ？」

「そう、そうだな……」

本当にそうなんだろうか。

一国の王であるアルキヨが、戦争に赴くくらいなのだから、本当は、事態はもっと深刻なんじゃないだろうか。ロクやアーキを安心させる為に、嘘をついたんじゃないだろうか。

分からない。

アルキヨは、ロクに何も話さなかった。ロクは自分のことに精一杯で、何も知ろうとしなかった。そのせいで、ロクは、この事態を判断する為の情報を、何ひとつとして持ち得ていなかった。

この世界のことも、この国のことも、他の国のことも、アルキヨの考えていることも、アルキヨの望んでいることも、アルキヨが願っていることも、アルキヨ自身のことも、分からない。

だからこそ、知りたい。

この世界に骨を埋《うず》める覚悟なんてこれっぽっちもないけれど、知りたかった。

＊

アルキヨがいなくても、ロクの毎日は平穏無事に過ぎ去る。

一日が過ぎ、二日が過ぎ、一週間が過ぎ、十日が過ぎる。

アルキヨからの便りはない。

戦争関連の話題はロクに伝えるなとアルキヨが厳命しているらしい。

皇太后の個人的な善意から、竜国軍についての戦果報告を教えてもらっていた。

戦況は五分五分。両者拮抗《きっこう》したまま平行線。ロクの毎日のように、変わりがない。

温かい食事、ふかふかの布団、熱いお風呂、何ひとつ、変わらない。

「ロク、食事の手が止まってるよ」

「んー……」

手の中でナイフを弄《もてあそ》ぶ。

今は夕食時だ。アーキと二人で食べている。

ロクは、小鳥のような食事しか摂らない。まるで、戦争中の人に申し訳ないとでも言うように粗食で、ほんの少しの量を短時間で片付ける。

味わうことすら申し訳ないとでも言うように。

「兄上がいたら、もっと食べな、って言うよ？」

「その声、ちょっとだけアルキヨに似てる」

「もっと食べないと駄目だよ」

「いらない」

「なにかロクの好きな食べ物、用意させようか？」

「マクド食いたい、スタバ行きたい」

「マクド？　スタバ？」

「パンにパテ肉と目玉焼きとレタスとマヨネーズとチーズとソースが挟んであって……生クリーム載ったコーヒー買ってさ」

「変わった料理だね。……他には？」

「ばあちゃんの作った味噌汁《みそしる》飲みたい」

「ロク、それ毎朝言ってるね」

「ファミレスのドリンクバー……」

「元の世界に戻りたいの？」

「……ぁ、いや……うん？　いや、そうでもない、かな？」

元の世界。

戻りたいのだろうか？

そんな気持ち、忘れていた。

不可解な感情だ。普通の人間の感性なら、戻れないことが分かっていても、戻りたいと強く願うのかもしれない。

ロクだって、諦《あきら》めているわけではない。

ただ、向こうの世界に、それほど魅力を感じていなかった。

人間というのは現金なもので、こっちの世界でも自分の居場所らしいものが見つかると、安心する。元の世界に戻って、自分は何をするつもりだっただろう？　何かしたいことがあっただろうか？　……と、そんなふうに考える。

戻りたいと、強くは思わない。あの世界には、友達や知り合いがいるが、それはあの世界を強く願うだけの絆《きずな》にはならない。

かといって、この世界にいたいのだろうか？

分からない。

この世界にいる限り、竜である限り、存在する意味がある。

この世界の為に生き続けるとか、人々の為だけに存在し続けるとか、そんなつもりはないけれど、この世界にいれば、ロクは永遠の命に絶望して、一人孤独に生きることはない。

アルキヨが一緒にいる。ほんの少し距離を狭められた今のアルキヨとなら、仲良くやっていけるかもしれない。それが無理だとしても、誰かがいることは救いになる。

ロクは弱い。

一人では生きていけない。

誰かの中に、自分の存在を見出さないと、生きていけない。

自分の為に、頑張れない。

アルキヨは、頑張ってきた。

最近、ロクはそれを知った。この世界の常識や文化、アルキヨが執っていた政治について学び始めてから、知ることができた。金色の竜が不在だった間、アルキヨが、王としてどれだけ努力してきたのか、ほんの少しだけ分かった気がした。

ロクの祖父母が出会った頃、この世界は、とても平和だった。それが、祖父母が人間界へ逃げたことで激変した。不老不死の片割れである竜を失ったことで、永遠の命を保てなくなったアルキヨとアーキの父は亡くなった。竜王族は、竜を失ったことで、国内外から叱責《しっせき》を受けた。そんな中、アルキヨは玉座に就いた。金色の竜が不在のせいで、内外に攻め入られても、必死になってこの国を守った。千年以上もの間、守り続けた。

次の金色の竜を待ちながら。

次の竜が還《かえ》ってくる場所を守って、戦争に明け暮れた。

「ロクは、この世界でもいいの？」

「住めば都、かもな」

「兄上にとっての都は、竜のいるところなんだって。この国にいる全ての人と生き物が、兄上の守るべきものなんだって」

「……俺も、その中に入ってるかな？」

「ロクは誰よりも特別だよ」

「だといいけど……」

ロクは本当のことが知りたい。

戦争について知りたい。アルキヨの関与することを知りたい。

竜は平和の生き物。血腥《ちなまぐさ》いことは知らなくていいと、皆が口をそろえて言う。

でも、ロクは知りたい。今、アルキヨは何をして、どうなって、どこで戦っているのかを。

「アーキ、東ってどっちだ？」

「あっちだよ」

夜の帳《とばり》に沈んだ、庭の端を指差す。

その夜空には、ロクの知っている星座はひとつもない。それでも、東の空に続いている。

その向こうには戦争がある。そこにアルキヨがいる。繋がっている。

「兄上がいなくてさみしい？」

「……ちょっとだけな」

「兄上に会いたい？」

「そんなことマジでありえないね」

「マジでありえるよ。だってロク、ぼんやりしてる時はいつも、兄上の名前、呟いてるよ？」

「まさか……」

そんなことはない、絶対に。

あれだけ散々ぱらアルキヨに罵《ののし》られ、暴力を振るわれたのだ。とても痛かった。心が傷ついた。今も、アルキヨのことを考えただけで、なんだかすごく心臓が痛い。どきどき、ぐるぐる、ぐちゃぐちゃ。痛い。ただただ、痛く、つらい。

「だから、意味もなく名前を口にするなんてことはないな」

「なら、意味があるんじゃないかな」

「………」

「ロク、それ、なんて言うか知ってる？」

「いらいら？」

「駄目だこの人」

「あ、トラウマ？　うわー、俺ちょう可哀想……っ、ん……ぅ」

笑おうとして、喉の奥に唾液が絡んだ。

「ロク？」

「だぃ、じょ……ぶ……っ、げほっ」

何度か咳《せき》込《こ》む。胸元を押さえて、喉の奥からせり上がる唾液を飲み込んだ。

「お医者さん呼ぼうか？　それとも、メリュジーヌに来てもらう？」

「いや、いいよ、大丈夫……噎《む》せただけだ」

笑った。

＊

変な癖ができた。

夜、眠る前、アルキヨが無事でありますようにと祈り、東の空を見上げる。

気づけば朝で、アルキヨは無事だろうかと、寝起きばなに考える。

「おはようございます、ロク様」

「ぅはよぉござりまふ」

昼前にメリュジーヌに起こされて、ごしごしと目を擦る。最近は、朝まともに起きれないので、昼頃に起こしてもらっていた。昨晩は、特に空咳を繰り返して、よく眠れなかった。気怠い体をゆっくりと起こす。アーキは先に起きているようだ。

「……あら、ロク様、どこかお怪我でも？」

「へ？」

「枕元《まくらもと》に血が」

「あー……多分、これだろ？」

鱗を剥いだ腕の一部は、まだ完全に皮膚が張っていない。寝相が悪いと傷口が開く。

血を流すことはアルキヨにも禁止されているし、ロクも自分の面倒がみれないので控えていた。それでも、怪我の治りはまだ今ひとつだ。

「お手当てをいたしましょう。……それから、お客様がおみえです。本日もお加減が優れないようでしたら、お引き取り願いますが……」

「俺に客？」

「はい」

「なら取り次いで。俺にお客さんなんて初めてだし。今日はなんか元気だしさ、大丈夫」

「お召し物は如何いたしましょう？　お加減がよろしいようでしたら、ドレスに着替えていただくのが最良なのですが」

「は……はぁ……また、ドレス？」

「はい、またドレスでございます」

真剣な表情のメリュジーヌになされるまま、ロクは服を着替えた。

チャイナ服のようなデザインだが、完璧《かんぺき》に女物だ。上半身はぴったりしていて、下半身は深いスリットが入っている。

「また、足、見えてる……」

「おみ足が細いから大丈夫ですわ。それに、あの方々と張り合うなら、これくらいでちょうどです」

「俺、誰かと張り合わなくちゃいけないのか？」

真珠色の生地に、極彩色の極楽鳥と極楽鳥花の刺繍がある。青白い肌に真珠色が反射して、艶が増す。靴はベタ靴だが、これも真珠色の絹張りで、縫いとりが細かい。手袋も絹で、ロクの細い二の腕までを隠す。短い髪を結い上げ、真珠と孔雀《くじゃく》の羽で飾り終えると、今度は手際よく化粧をされた。

「皮膚呼吸、皮膚呼吸大事。俺、人間だから、皮膚呼吸したい」

「肺呼吸で我慢してくださいな」

メリュジーヌと双子の衣装係が、妙にやる気を出している。

「ロク、綺麗だよ」

ロクがおめかしすると聞きつけてやってきたアーキが、サラリと本気の口調で褒める。

「アーキ、お前、成長したら絶対に女たらしだわ……今の口調、兄ちゃんそっくり」

「さぁ、準備は整いました、ロク様！　いざ女の戦場へ出陣でございます！」

メリュジーヌに案内されたのは、客人が待つ庭だ。

突然の来客の為に、即席とはいえ、茶会のような一席が用意されていた。メリュジーヌが気を配ってくれたらしい。部屋に籠りがちなロクが日光浴できるし、気分転換にもなり、食欲も増すのでは……と考えてくれたのだろう。その気遣いが申し訳なくもあり、ありがたくもあった。

「ロク様、お覚悟を」

「人と会うのって、覚悟必要だっけ？」

メリュジーヌに右手を引かれ、アーキに連れ添ってもらう。

ロクが庭先に現れると、そこにいた女性たちが、一斉にロクを見た。総勢十名だ。

その女性たちの中心に、お姫様がいた。誰よりも綺麗なドレスを着て、三つ編みにした髪をくるくると巻き、小さな宝石飾りで纏めている。頭のてっぺんから爪先《つまさき》まで、ツッコミどころなく、気合が入っていた。

「な、んか……眩《まぶ》しいな……」

煌《きら》びやかな女子の気迫に、圧倒される。

逆に女子たちも呆気《あっけ》にとられた表情で、ロクを凝視していた。誰かが「負けた……」と敗北宣言をした。すかさず、「勝った」とメリュジーヌも勝利宣言をする。

「……マジで戦争なんですか？」

「ごきげんよう。本日は突然お邪魔して申し訳ありません」

ロクのもとに、中心人物であろうお姫様が近寄ってきた。

「こ、こんにちは」

「わたくしのことは、ご存知でいらっしゃいます？」

「…………えっと」

「クリムヒルトでございます」

「クレームブリュレさん！」

「クリムヒルトですわ!!」

「あ、すみません、初めまして。すみません、クレームブリュレさんという方には、お会いした気がするんですが……」

「初めましてではありませんわ。側室を選定する夜会で、ご一緒しております」

クリムヒルトのこめかみが、ひくりと震える。

「あ、ごめん。覚えてない」

ぺこりと頭を下げる。

「まぁ、今度の竜様は随分と卑屈ですのね」

クリムヒルトは引き攣った笑顔で、ころころと笑った。

取り巻きの女の子たちも同じように笑う。

「……？」

その感覚についていけず、ロクは首を傾げた。

「ロク様、お席にどうぞ」

メリュジーヌが気を利かせて、着席を勧める。

「ありがと、メリュジーヌ。……えっと、皆さんもどうぞ？」

この雰囲気、なんだか既視感がある。

ロクは、女性陣が腰を落ち着けるのを待って、自分も席についた。女が先に座り、男が後に座るものだと、祖父母にマナーを教えられている。

「まぁ、一応……男、性、の、礼儀は弁《わきま》えてらっしゃるのね」

クリムヒルトはロクの対面に腰かけ、含み笑いだ。

「はぁ、男ですから。……で、なんの用ですか？」

「わたくしたち、陛下の後宮に入っておりますの」

タメ口で口をきかれたクリムヒルトは、眉間に皺を寄せる。

「こうきゅう……高級？　あぁ、後宮か」

長い時間を要して、ロクはようやくその意味を理解する。

アルキヨの後宮だ。

「アルキヨの？」

「はい、陛下の後宮ですわ」

将来、アルキヨの奥さんになる人がたくさん住んでいる場所。第二夫人とか、第三夫人とか、妾《めかけ》とか、たくさん。王様なんだから後宮があって当然で、奥さんを選ぶのは当然で、結婚するのも当然だ。ここは、そういう世界だ。一夫一妻制じゃない。

でも、アルキヨは誰を選ぶと言っていた？

その問いかけに答えてくれる男は、今ここにいない。

あの男は今、戦争をしている。

なぜか、思いきり腹を殴られたような衝撃が、胃のあたりを襲った。

もやもやして、黒く、重たいものが体中を占拠する。

「アルキヨが結婚したら、俺の居場所はどこだ？　あの浮気野郎。……ん？　浮気？　いや、俺が本命じゃないんだから浮気でもなんでもないのか？」

「なにを一人でごちゃごちゃ言ってらっしゃるの？」

「いやいやなにも言ってらっしゃいませんのことよ？」

「馬鹿にしていらっしゃるの？」

「いや全然、ほんとそんなつもりは……」

なんかやりづらいな。

背中にいやな汗が伝う。気分が悪い。敵愾心《てきがいしん》がビシビシと伝わってくる。

針の筵《むしろ》に立たされている気分だ。

「男のあなたが出しゃばるんじゃなくってよ」

彼女たちはそう言いたいのだろう。クリムヒルトを筆頭に、全員がアルキヨの側室候補だ。そして、アルキヨが不在なので、ここぞとばかりにロクに釘《くぎ》を刺しにきたのだ。

ロクは今、品定めをされている。

ロクも着飾らないと、負けるのだ。

後宮に住む女性は皆、アルキヨの寵愛《ちょうあい》を欲している。

ロクがなんとも思っていなくても、彼女たちは、ロクを敵視する。

その時、適当な服を着て惨めな思いをするのはロクだ。それを考えてくれたメリュジーヌは聡明だ。ロクが恥をかかずに済む。

でも、それは女の心理だ。

男のロクには分からない感覚だ。

メリュジーヌたちが、自分の仕事をこなしていないと思われるのは心外だから、こうしてドレスも着るが、それがなければ、着ていない。ロクは、男なのだから。

「当代の竜様は、教養と嗜《たしな》みが皆無のご様子。これでは、英邁《えいまい》な陛下はご満足なさらないでしょうね」

「あー……でもとりあえず、俺の体にはそこそこ満足してるみたいだし、いいんじゃね？　腹、苦しくて、毎回ゲロるけど」

ぽろ、っといつもの調子で言ってしまった。

「まっ」

下ネタを聞かされて、クリムヒルトは赤くなる。

「あ、ごめん」

「なんて破廉恥な！　思い上がりも大概になさいませ！　あなたのような存在はすぐに飽きられてしまうのが落ちですわ！」

「いや、それはないだろ。とりあえずアイツ、五回くらい中出しするし」

「な、なかっ……な、な、なんなんですの、それはっ⁉」

卒倒しそうだ。

くるくると素直に表情が変わって、ちょっと面白い。

「君、すごい可愛いね」

「ま、ま、まぁああ！　そんな言葉では誤魔化《ごまか》されませんわ！」

「本気なのに。……ていうかさ、俺と張り合っても意味ないと思うよ。せっかくだしさ、仲良くしようよ」

　争ったり、大声を出したり、怒ったり、そういうことは、したくない。

　できるだけ皆と仲良くしたいし、アルキヨが帰ってきた時に安心させてあげたいし、余計なことで、アルキヨの心を煩わせたくない。

「陛下は渡しませんわ！」

「俺も渡さない」

　笑顔を取り繕うのにも疲れて、真顔で返す。

　アルキヨと結婚して、アルキヨの子供を産む為だけに生きてきた女たち。

　ロクを守る為に、ロクのことだけを考えて生きてきたアルキヨ。

　アルキヨのことをこれっぽっちも知らずに生きていたロク。

　全部、一方通行だ。

　でも、ロクにはロクの意地がある。

「男のくせに着飾って……恥ずかしくありませんのっ⁉」

「お言葉ですが、陛下は、ロクマリア様の身の回りに妥協を許しません。ロクマリア様のお召し物は全て、陛下ご自身が選ばれました」

　耐えかねて、メリュジーヌが口を挟んだ。

「それマジで？」

アルキヨが、ロクの為に服を選んでいたなんて初めて知った。

「マジでございますわ」

ロクに影響されて、メリュジーヌも最近、マジで、という言葉を使う。

「ついでとばかりに申し上げますと、指輪も、耳飾りも、首飾りも、腕輪も、髪飾りも、全てロクマリア様にぴったりになるよう陛下が作らせました。全て、陛下のお見立てです。この神殿もロクマリア様の為に新しく造られました。お部屋で六枚羽を広げても窮屈のない部屋も、ロクマリア様の為に陛下が設計されました」

「そ、そうなんだ……」

やばい。経済力と実行力のあるアルキヨ。

惚《ほ》れてしまいそうだ。

ロクのものは、人も物も食事も、全てアルキヨがくれたもの。

それだけロクのことを目にかけ、気にかけているということだ。

「ほ、ほほほほほ……今度の竜様は随分と呑気だこと。それほどご寵愛を受けていらっしゃるなら、あなた、どうして陛下とご一緒に戦場に赴かないのかしら⁉」

「え？」

聞き返したロクに、クリムヒルトが勝ち誇った顔になる。

「竜国が戦の際、金色の竜は、陛下とともに戦場に赴く生き物ですわ。それに、本来、陛下は、今、乗っていらっしゃる竜の背に乗るのではなく、あなたの背に乗るものですのよ？　ご存知ないの？」

「………知らない」

「じゃああなた、陛下のなにをご存知なの？」

「………」

何も知らない。

表情も取り繕えず、固まった。

「まぁ、お可哀想。本当になにもご存知ないのね。なら、ひとつ教えて差し上げるわ。この戦争、あなたのせいで泥沼化しているのよ？　あなたのせいで、陛下が戦場に出なくてはいけなくなったのよ？　……あら、言葉が過ぎたみたい。あなたの世話係が睨んでいますわ……それでは失礼」

茫然《ぼうぜん》とするロクを愉悦の眼差《まなざ》しで見下して、クリムヒルトは取り巻きとともに辞去した。

くすくすと含み笑いをする女たちの声が、ロクの耳に残る。

「ろ、ロク様……」

「ロク……あの、その……」

それまで黙っていたアーキも、おろおろし始める。

「戦争、やっぱり、厳しいのか……？」

ようやく、それだけを声にした。

口止めされている二人は、黙り込む。

「教えろよ。頼むから……」

「その……実は、暗国が近隣諸国と手を結びました。竜国にロク様がいると知って、ロク様を勾引《かどわ》かすか、殺害を試みているらしく……」

世界を支配する金色の竜がいなくなれば、また、竜が存在しなかった頃の世界へ逆戻りする。暗国には、それしか勝機がない。暗国以外の国も同じだ。

だからこそ、複数の国家対竜国という図式へと、戦況は悪化した。

「だから、アルキヨが戦争に行った。だから、急に側室を選んだり、世継ぎ問題になったり……」

それはつまり、アルキヨが戦争に行って死んでしまった時、跡取りがいないと困るから、急遽《きゅうきょ》、女に種を仕込んで子供を残させようと考えた、ということだ。

竜の力を戦争に使えないから。

アルキヨが戦争に出向くしかなかったから。

ロクが、竜として役に立たないから。

「竜の力があれば、戦争は楽になるのか？　……なら、なんであいつは、俺を戦場に連れていかないんだ？」

「それは陛下が……」

「アルキヨが？」

「命の保証がございません。それに、ロク様は、この世界に来てまだ間もなく、戦争にお連れするのは可哀想だと……」

「ロクには絶対に力を使わせない。自分が守って、ロクには、平和に、無事に、ただ息をするだけでいいようなそんな生活を送らせるって……」

力を使い、弱ってしまわないように。

暴走しないように。

心から、笑っていられるように。

この世界に来て、幸せだったと思えるように。

「俺が、自分で自分を制御できない役立たずだから？」

「違うよ！」

「どう、違うんだよ……やっぱり俺が邪魔ってことだろ？　大事なことなにも教えないで、それって、やっぱり……俺が必要ないからだろっ⁉」

「違うってば！」

アーキが必死になって否定した。

「どう違うんだよ！」

「兄上はロクが心配なんだ！」

「でも、あいつ、俺がいなきゃ戦えないんだろっ⁉　竜は王様の傍にいて、一緒に戦うんだろっ⁉」

なのに。

なのになんで。

「なんでだよっ⁉」

「血腥いところ見せたくないんだよ！　戦場は人がいっぱい死ぬから！」

「……っ」

「自分の血を流しちゃうようなロクに、そんな場所には連れていけない。連れていったら、きっとロクは血を流すから……」

「そん、なの……」

「ロクが無理に笑おうとするのを見ていられないから……せめて、笑っていられる場所で、このままでいさせてやりたいって……兄上は、っ……兄上……あに、ぅ、えぇ……」

アーキがぼろぼろと大粒の涙を零す。

「……ご、めん」

何をにか、謝った。

アルキヨ、アンタ何考えてんだよ。俺のこと嫌いじゃなかったのかよ。なんでそんな優しいことするんだよ。それも、俺の目の前でじゃなくて、間接的に。

俺の知らないうちに優しくしても、俺はこんなにも鈍感で、馬鹿で、自分のことしか考えてないから、ちっともそれに気づかないのに。

何も、返してあげられないのに。

胸が痛い。今のこの気持ちは、切なくて、苦しくて、ずきんと痛い。

でもそれが苦痛じゃない。

……なのに、悲しい。

「あ、れ……？」

ぱた、ぱた、と、大粒の涙が零れ落ちた。

ぱちぱちと何度、瞬《まばた》きしても、次から次へと溢《あふ》れ出る。

「なんだ、これ……っ、……なに？　なん、で……？」

なんでこんなに、息ができないんだろう。

なんでこんなに、気持ちが氾濫《はんらん》するんだろう。

「あにぅええぇ」

ぴと、と足元にアーキが抱きつく。

「大丈夫、さみしくないから、泣くなアーキ……大丈夫、アルキヨはすぐに帰って、っ……

……か、ぇ、ぅ、ぅ……ぅ、っ、ぁ……」

慰めながら、自分が泣いていた。

堰《せき》を切ったように溢れて、溢れて、溢れて、止め処《ど》ない。

次から次へと、気持ちが溢れてくる。

アルキヨ。

アルキヨ、アルキヨ、アルキヨ。

恋しい。切ない。さみしい。会いたい。

会いたい、会いたい、会いたい、会いたい。

薄ら笑う口元、見下した空色の瞳、緑青色の髪、人を馬鹿にした態度、刺々《とげとげ》しい命令口調、腹黒くて暴君。

アルキヨの笑う顔が見たい。空色の瞳孔を「綺麗だね」とちゃんと声にして伝えたい。

ケンカ腰にならずに話をしたい。声が聞けるなら、たまには命令に従ってやってもいい。

アルキヨ。

アルキヨ。

無事？　生きてる？　怪我はしてないか？　俺は、アンタのことを考えただけで心が潰れそうで、切なくて、悲しくて、今にも死んでしまいそうだ。

悲しくて、死んでしまいそうだ。

「アル、き、ょ……ァる、キヨぉ……っ」

嗚咽《おえつ》交じりに、何度もアルキヨの名前を呼ぶ。

ぐしゅぐしゅと鼻を啜《すす》り、手の甲で涙を拭《ぬぐ》う。拭っても拭っても、止まらない。

あんなに泣けと言ってくれたアンタの前で泣けないで、こんなとこで泣いてごめん。

「っ……ひぅ、ぇ、ごめっ、あ……っ、ぃ、……ア……キヨ、ご、っめ……な……っ」

「兄上ぇぇえええ」

二人分の泣き声が合唱する。

「あらあらまぁまぁ赤ん坊が二人ですわ」

「ひっく、ぅう、ひぅ、ぅう」

「ぁ……っき、ぉ、ひぅ、ぅ」

「ま、赤ん坊は泣くことがお仕事ですから、めいっぱい泣いてくださいまし」

よしよしとメリュジーヌがロクとアーキの頭を撫でた。

「あ、ぅきよ、が、いぃ、っ……ひ、ぃぅ……ぇ、げへっ、ぇ、う、げへっ」

しゃくりあげて、噎せ込んでも、頭を撫でてもらうならアルキヨがいいと主張する。

「まぁ我儘っ子ですわ」

やれやれと肩を竦めるメリュジーヌは、それでも優しく頭を撫でてくれる。

「失礼いたします！」

ぷぎゃんうぎゃんと竜と子供が泣き叫ぶ庭に、近衛が駆け込んできた。

「場を弁えなさい。ここはロクマリア様のお庭ですよ？」

メリュジーヌが、そっとロクとアーキを背中に庇《かば》う。

「は、申し訳ございません。しかし、直接ロクマリア様にお伝えしなければならないことが……！」

「何事です？」

「陛下が負傷なされました」

「……っ！」

あれだけ流れていた涙が、途端に引っ込んだ。

「交戦中に竜の背から落ち、生死不明と……」

「せい、し……ふめい……」

生きているか、死んでいるか、分からない。

分からない。また、分からない。アルキヨのことなのに、ロクが傍にいないから、傍にいて欲しいと願うばかりで、自分から傍にいようとしなかったから、歩み寄ろうとしなかったから………分からない。

「ロク！　駄目だ！」

アーキが叫んだ。

聞いていなかった。頭に血が昇っていた。激高というのは、こういう感情を言うのだと、ロクは初めて知った。

「ロク！　やめて！」

「おやめください！　今、竜体になられては!!」

今のロクは、自分で自分を制御できない。

アルキヨがいなければ、竜から人間に戻ることさえできない。竜化すれば体に負担をかけ、弱り、それを繰り返せば、暴走する。そのまま放置すれば、発熱、全身の倦怠感に始まり、血を吐き、昏倒《こんとう》し、衰弱に至り、自我崩壊、理性消失の後に、二度と人間体には戻れず、本物の化け物に墜《お》ちる。

ロクには、二人の声が聞こえていなかった。

白金色の鱗が、全身に浮かぶ。

ロクはこれまで、自分が竜になる姿を誰にも見せていなかった。

醜悪で、気味が悪く、不細工で、化け物だからだ。

今は、そんなこと、思い出しもしなかった。

白金色に輝く竜になる。

六枚の羽が庭を覆い隠すまで、大きく広げる。

竜のいるべき場所は、王の傍。

王のいる戦場へ。

アルキヨのいる場所へ。

＊

見境がなかった。

全てが終わった後、ファスやアルキヨから聞いた話なので、ロクはまったく覚えていないが、とにかく、見境がなかったらしい。

「陛下」

「……なんだ？」

「絶対に夫婦ゲンカだけはしないでください」

「……？」

「あなたの竜は、キレたら手がつけられません」

ファスをしてそう言わせしめるほど、ロクはキレていた。

その日、戦場に現れた金色の竜は、自我を失っていた。

刹那《せつな》で、戦場を血の海に変え、人や動物を肉片に変えた。その時のロクには、人を殺すとか、そういうのはどうでもよかった。後悔なんて思いつきもしなかった。

ただ、アルキヨを求めた。ぎゃあぎゃあ啼《な》いた。鼓膜が破れるほど喚《わめ》いた。地形が変わるほど暴れた。

血煙で夕暮れ色に染まった真昼の空に、九つ重ねの虹と金の極光《きょっこう》をまとい、竜は現れた。敵味方双方が、吉兆なのか凶兆なのか判断しかねるほどの異様な光景を作り出した。

その中で、アルキヨを捜し求める竜の咆哮《ほうこう》は、いつまでも止まずに轟《とどろ》き続けた。

その啼き声は、アルキヨの耳にも届いていた。

「ロ、ク……」

「陛下！」

アルキヨの体を抱えるようにして、ファスは岩陰に潜んでいた。

近くに、アルキヨの竜と、ファスの朱竜も翼を畳んでいる。

二匹と二人は満身創痍《まんしんそうい》だが、アルキヨが最も重篤だった。

交戦中、空高く舞う竜とともに、アルキヨは落下した。肋骨《ろっこつ》が折れ、肺に刺さっている。腕と足の骨は体外に露出し、剝き出しの状態だ。頭からは血が流れ、片目は潰れている。

「ファ、スか？　戦況は……ロクが、なんで、ここ、に……」

「陛下、動かないでください」

「……ど、いぅ……こと、説明……」

「分かりません。私は落ちた陛下を追ってしまったので……ですが、追撃が止みました。敵は一時退却したかと」

「……くそっ」

悪態を吐《つ》く。これは一体どういうことだ。

自分の考えとはまったくの正反対に事が進んでいるではないか。

俺のロクマリアには、こんな場所は似合わない。

「陛下、なにを……」

「あれを、ロクを、ここまで呼びつける……」

アルキヨは空に向けて手を伸ばした。

俺のいないところで、竜になるなとあれだけ言ったのに、なぜここまで来た。

ここは人が死ぬ場所なんだ、お前が来る場所じゃないんだ。

「ロクマリア！　来い！」

力の限り叫んだ。

　王の声は、しっかりと竜の耳に届いた。

「……ぁあ、……ア、ギィ、ォ……!!」

　アルキヨの声が聞こえた。嬉しくて嬉しくて、ぎょおぎょお啼いた。啼いて、ほぼ三百六十度視界の琥珀《こはく》の目を凝らしてアルキヨを見つけると、一直線に主《あるじ》のもとへ飛んだ。

「人間に戻れ！」

　ロクが地上へ下り立った瞬間、アルキヨはまず怒鳴った。

　顔を上げることさえ自力でできないアルキヨに怒鳴られて、ロクは大きな竜の図体を縮こまらせる。

「戻れ！」

「ぅ、ぎ、ぃゅうう……」

　びくびくしながら、六枚の羽を折り畳む。

「さっさとしろ！」

「………ぅ、キぃゥううう」

　アルキヨの命令であっても、今のロクにはそれができない。上半身は人間だが、下半身は竜のままだ。身につけている衣服は、直前まで着ていた真珠色のドレス。人間の上半身と、竜の下半身。禍々《まがまが》しいほどに、美しい。

　アルキヨが怒鳴ったのもそこまでで、ファスの腕の中へ倒れ込む。

「陛下！」

「……あぁ」

途切れがちな意識の中、血泡を吐く。

「陛下、お気を確かに……」

「見ろ……ファス、……あい、つは、……そこに、いるか？」

「はい、あなたの見立てた服を着ておられます。よくお似合いです」

「そうか……」

アルキヨには、白いものがある以外はもうよく見えない。

最期の景色には、悪くない。

「アルキヨ……ぁ、るキよぉお……」

長いドレスを引き摺り、アルキヨのもとまで這《は》った。

歩けなかった。後ろ脚で這いずる。

体を上手に動かせず、尻尾が邪魔をして、転びそうになる。

「この、馬鹿がっ！」

怒鳴った瞬間、腹から血が噴き出す。

「陛下、落ち着いてください！」

「アルキヨ、アルキヨ、あるきよぉおお……」

我慢していたものが全部、溢れ出した。

ぎゅうと抱きつき、何度も名前を呼ぶ。

血まみれのアルキヨの頬を撫でる。冷たい。剝き出しの白い骨が、服を突き破っている。足が、通常と真逆の方向に曲がっている。空色の眼が、片方しかない。

「この、馬鹿が……」

同じ言葉を繰り返し、アルキヨは口から血を流した。

「ア、キヨ……」

「ロク……はや、く……城、……ぐっ……」

ごぼ、と血の塊が吐き出される。

霞《かす》んだ眼を覆い隠すように、目蓋《まぶた》が落ちた。

「………ひっ」

死ぬ。

アルキヨが。

死ぬ。

ファスが、朱色の目を瞠《みは》る。

「ロクマリア様、なにを……っ⁉」

「う、ううう……っ」

両手を竜に変え、鱗で覆われた左手に右手の爪を立てた。手首から肘《ひじ》まで、鱗を剝ぎ取る。筋繊維と皮膚をべりべりと毟《むし》り、血管を引きちぎり、柔らかい肉を露出させた。

痛い。

痛い痛い痛い痛い痛い痛い。

痛い。

でも、大切な人が自分を置いていく痛みよりは、痛くない。

自分の傍からいなくなっていく痛みよりは、痛くない。

ついこの間、祖母が亡くなった。

祖父も後を追った。

「アンタまで、逝かせない……っ」

剝ぎ取った皮膚を地面に投げ捨て、太い血管を食い破った。

アルキヨの傷は、多少の血では足りない。

「飲めっ……!」

腕から滴る血を、アルキヨの口元に押しつける。

アルキヨは目を瞑ったまま、反応しない。

ロクは、自分の血を啜り、口に含むと、アルキヨに口づけた。

飲み込め。頼むから。飲んで。

アルキヨの舌を舌で押さえ込み、奥に流し込む。

真っ赤に汚れた口を拭って、アルキヨの傷口を確かめる。腕の傷は治っている。足と腹はまだ治っていない。頭からの出血も止まっていない。眼球も一つ足りない。

「足りない……ぐ、げほっ、げ……」

血が、足りない。

自分の血に噎せ込みながら、肉を剝ぐ。

「ロクマリア様、おやめください！　それ以上は……！」

「……いい、から！　黙ってろ……！」

止めに入るファスを、振り切る。

これは、誰かに認めてもらいたいからする偽善的な自傷行為なんかじゃない。

自分の為にする行為だ。

アルキヨの為にしてあげたいことだ。

左の腕で足りないなら、右の腕。それでも足りないなら、両足だ。

ひゅー、ひゅー、と肺が鳴る。緊張して口が渇くのか、大量に唾液が溢れる。それを飲み込む動作さえ億劫《おっくう》だ。焦燥に駆られるように咳をして、地面に唾棄《だき》する。

大丈夫、この体はいずれ治る。

アルキヨさえいれば、治る。

「ロクマリア様！」

「ひっ、ぎ……」

左腕を摑《つか》んで、もぎ取った。ぶちぶちと千切れる音がして、片腕がなくなる。

その腕から滴る血を、アルキヨの口に注ぐ。

「もうやめてくださいっ！」

「ぎ、ぅ、ぅぅううう」

竜の尻尾は大きいから皮膚の面積も多い。血液なら、溢れるほどある。それでもまだ足りないなら、胴体、背中、顔、両足、どれでも、どこでもいい。全部、アルキヨの為に使ってやる。

大丈夫、俺は竜だから、こんなのはすぐに治るんだ。

俺は、俺よりも、アンタがいてくれることのほうが大事なんだ。

だから、なぁ、目ぇ醒ましてよ。綺麗な空色の目で、俺のこと見てよ。俺も、アンタのこと、ちゃんと見たいんだ。

分かりたいんだ。

知りたいんだ。

「ロクマリア様、もう大丈夫です！　傷は治りました、もう必要ありませんっ！」

「ぐ、ぎゅ、ぎ、ぃぃい……っ」

足元に縋るファスに、本当に治ったのかと尋ねた。

人間の言葉が喋れなかった。

あぁ、俺は今、竜なのか？　いや、体の一部と尻尾だけのはずだ。でも、顔は人間のまま……あれ、顔に鱗がある？　これ、戻さないと……ええと、どうやって戻るんだっけ？　戻れるのか？　うん？　なんだ？　……戻れない？　……あれ？　なんか頭が回らない、喋れない？　竜？　尻尾だけ？　顔も竜？　人間？　戻す、戻れない、頭が回らない、喋れない……ファス？　誰だ？　戻れない？　さっきから同じことばっかり考えてる？　いや、もういっか、なんか満足したし、アルキヨの頬に血の気が戻って、腕も足も内臓も元通りだし……。

「ロクマリア様っ！」

ファス、なんでそんなに悲痛な声で叫ぶんだよ。寡黙で冷静なキャラが台無しだ。

あぁ、お前も怪我してる。

この血を飲めばいいよ。

俺、それぐらいしかできないから。

「もう、やめてくださいっ！　お願いします、元に、戻って……」

ごめん、自力で戻れないんだ。

なんでそんな顔になってるんだ？

なんで？　どうして？　あれ？

俺は、どれが元の形だ？

「ぐっ……ぅ、ぅぅう……っ」

腹の底から、大量の吐瀉物がせり上がった。

「ロクマリア様っ！」

「……ぐ、っ、は……ぎ、っ、ぐ……」

霞む視界に、吐き出した物が映る。

あぁ、だからさっきからファスは叫んでいたんだ。

これは、胃液や唾液じゃない。血だ。

アルキヨに血を与えながら、どうやら自分は、ずっと血を吐いていたらしい。

「はっ、ぐ、えぁっ……」

びちゃ、ばしゃ、とバケツの水を零したように、鮮血が地面を濡らす。

口からも、鼻からも、耳からも、繋がってる場所全てから溢れた。

やだな、アルキヨのくれた服が真っ赤だ。

「ロクマリア様……お気を確かに！」

「は、ぁ、えぐ、ぁ、はっ……」

大丈夫だと笑ったつもりだったのに、ファスの表情を余計に青褪《あおざ》めさせるだけだった。

「すぐに陛下がもとに……」

「いたぞ！　ここだ！」

誰かが叫んだ。

「……っ、ぁ」

ロクたちを取り囲むように、軍隊が押し寄せていた。金色の竜を追ってきたのだ。

揃いの軍服を着用し、耳の尖《とが》った男たちが、翼のある馬に乗っている。

「暗国……っ」

ファスが歯軋りする。

「……ァ、ス……ぅ、いよ……れ、に、げ……」

ファス、アルキヨを連れて逃げろ。

「ロクマリア様？」

「ア、キヨ……伝、え……」

アルキヨに伝えといて。

アンタの傍にいなくても、アンタの傍にいるよ、って。

それから、ごめんな、って。

「ロクマリア様っ！」

「が、ぐ……ぎ、ぁぁああっ！」

不細工な声。

不細工な竜。

体中が鉛になったみたいに重たくて、痛くて、口からも鼻からも血が垂れて……。

でも、これで最後かもしれない。

なら、この不細工な姿も悪くないかもしれない。

最後に、大事な物を守れるから。

竜は、その身を敵に下げ渡した。

それが、愛する人の為に、最期にできることだと信じて。

【5】


こいつで何人目だっけ……？

自分の体に圧《の》しかかる濃い影を、眼球だけで追う。

その視界は混濁し、もうしっかりと世界を把握できない。

「……っ、ぁ……」

ぐちゅ、と下腹で水音がする。

男が、遠慮会釈なしにロクを責め立てる。肉を割るその感触に、声を我慢する力はなく、腹の底から嗚咽が漏れた。

数え切れないくらいの人数に犯され、内側は赤く爛れ、血を流している。これだけ立て続けに犯されると、賦活《ふかつ》能力も間に合わない。ゆるんだまま、肉がまくれ上がり、原型を留《とど》めていない。精液と小便が混じった物を、ぽっかりと開いた穴から垂れ流す。それを埋めるように、次の男が押し入る。

揺れる視界の端に、別の男の影が映った。

「んぅ、ぐ……っ！」

口中に陰茎を突っ込まれる。舌を絡めろ、喉を使えと頭を揺さぶられる。生臭さに、眉を顰める気力もない。

無意識のうちに、喉を動かした。水さえ与えられず、精液と小便が、ロクの唯一の水分補給源だ。渇きには代えられない。

最初は抵抗した。口に突っ込まれれば嚙みつき、犯されそうになれば、両手足を振り乱した。無駄な抵抗だ。羽交い絞めにされ、力ずくで陵辱される。

「竜一匹で、よくもまぁあれだけの軍隊を潰したものだ」

ロクを見下ろす男がいた。

ひと際、見た目と体格と装いの豪華な男。

この男を、ロクは一度だけ見たことがあった。和平会談の席にいた男だ。狂気を孕んだ瞳でロクを見た男。竜の本能が、危険だと警告した男。

暗国王。

「ぁ、ぐ……」

ロクの中に、二人目の男が入ってくる。一度に、男を二人も咥え込まされる。それでも締まりのない排泄器官は、まだ大口を開けている。男たちはそれを笑った。

「まだ余裕があるか？」

「ひっ、んンっ……っ」

「失礼。金色の竜は、まだ満足が足らぬか？」

「……っ、ァ、あッ」

「あの竜王に調教されていたなら、さぞ物足りぬことだろう」

「ぎっ、ぃあっ……ぁ、っ……」

「だが、幸いにも数だけは取り揃えている。好きなだけ楽しむがいい、不老不死」

死ぬこともなく、永遠に性処理の為だけに使われろ。

その血の全てを、暗国の為に流せ。

「…………」

ロクにはもう、竜体になるだけの力はない。

目が醒めた時には、この石の牢《ろう》に鎖で繋がれていた。アルキヨが逃げ果たせたかさえ分からない。何がどうなったのか、何時間経ったのか、何日経ったのかも、分からない。

自分の居場所さえ分からない。物音ひとつ立たない、一筋の光も射さない真っ暗な場所で、毎日ぎりぎりまで血を抜かれ、全身の鱗を剝がされ、犯される。

顔も見えない男たちに、次々にマワされて、中に吐き出される。彼らは、男が好きでロクを抱くのではない。ただ単に、竜を慰みものにしてみたいだけだ。大勢の味方を殺した竜を苦しめて、敵国の王の所有物を辱めて、高貴な存在を穢《けが》して、戦争の鬱憤《うっぷん》を晴らす。

暗黒王は、ぞっとするほど恐ろしい方法で、ロクを扱った。

「死なぬ体というのは、このような責め苦を味わう為にこそ生まれてきたようなものだな」

固い軍靴の底で、心臓を踏みつける。

「かっ、は……っ……ひゅっ……はっ」

搏動《はくどう》が、一瞬止まる。

すぐに正常動作するが、その負荷に、脳も体も耐えられない。

「さぁ、次はなにに犯されたい？　魔族の男は飽きたか？　なにも出していないではないか」

ロクの萎《な》えた陰茎を踏み潰し血まみれにする。

「ぁ、ぎ、ぁあぁっ……」

「人の形はもう飽きたか？　……ならば次は、犬か、狼《おおかみ》か、竜もいるぞ。獣は獣らしく、獣と交われ」

「……死ね」

暗国王に向けて、恨み言を吐いた。

「両手足の指の爪を剝ぎ、耳を削《そ》ぎ、鱗を剝ぎ、血を抜き、眼球を抉り出せ」

「うぅ、ゥううゥッ……っ!?」

激痛が、指先を襲った。

耳元で誰かが、一枚、二枚、と数え始める。べき、べり、と爪が剝がされていく。

痛い。早く終われ。怖い。痛い。死にたい。

帰りたい。

アルキヨのところへ。

アルキヨ。

「ぁ、ぅぃぅう……」

アルキヨの名前を呼んだ瞬間だけ、心が楽になる。

心があったかくなる。

「手足の骨を砕き、這いずり回らせろ」

「……っ‼」

べきょん。嫌な音がした。足の上に鉄球のような塊が落とされていた。

爪を全て剝がれた足が、向こう脛《ずね》の真ん中あたりで潰れて、へしゃげている。

「……ひっ……ぁ……は、っは」

笑ってしまった。

死にたい。

アルキヨ、助けて。

「四肢を切り落とせ。竜を家畜に変えろ」

「……ぅー‼　ぅ、ぅうぅっ‼」

「交渉道具だ、会談が終わるまでは理性を残しておけ。それ以外は好きにしろ」

「ぃ、あっ、あ……っ」

関節とは真逆に垂れ下がった自分の足を眺めながら、ロクは、また誰かに犯された。

＊

ごっ、ごっ、ごっ。

仰臥《ぎょうが》したまま、石牢の床に頭をぶつける。

服も着せてもらえず、後ろは壊れてしまい、垂れ流し。こびりついた精液と自分の吐いた吐瀉物、流れた血液で、体中が汚い。

人間としての尊厳なんて、あっという間になくなる。

アルキヨが、どれだけロクの為に気を揉《も》んでくれていたかが、よく分かった。

いつも綺麗な服を着せてもらい、風呂に入らせてくれて、食事を用意してくれて、生活に不自由はないか、見守ってくれていた。

ただ、息をするだけでいいような幸せな日々を護ってくれていた。

「きたなぃ……やだ、なぁ……」

久しぶりに喋った。

食事はおろか、飲み水さえ与えられていない。声はがらがらに涸《か》れていた。

お腹が空いた。

寒い。痛い。怖い。

いつ、死ぬんだろう。死ねるんだろうか。竜は不老不死だから、ずっとこの苦しみが続くんだろうか。熱っぽいのか、元気なのか、それとも死ぬ寸前なのか、まだ生きているのか。全ての感覚が鈍磨して、指先ひとつ動かせない。

今日、ヤられたら死ねるだろうか。また殴られ、腹を裂かれるのだろうか。腸が破れるまで馬や犬とさせられるのだろうか。餓えた狼に食われながら、犯されるのだろうか。

今日はまだ誰も来ていない。誰も来ないのも怖い。酷いことをされると分かっているのに、誰かが姿を見せれば震え上がるのに、誰か来てはくれまいかと考えている。

独りはこわい。

時間感覚が奪われ、昼夜の区別がつかない。

「……死んじゃう」

珍しく、ロクが目醒めた時に、誰もいない状態だった。静かで、真っ暗で、人の気配がひとつもない。このまま、一生、死ぬこともなく、独りでここに居続けるのだろうか。

死んだら、こんな感じだろうか。

「……ぁ、ル、っ……よ、っ……ァル、キ、よぉお……」

やだよ、怖いよ、助けろよ。

アンタ、ちゃんと怪我治ったのか？　生きてるのか？　あれからどうなったんだよ。俺には分からないんだ。教えろよ。だから、死ぬ最後の瞬間くらい、顔を見せろよ。

傍にいたいよ。

「アル、キ、ヨ……」

もう、やだよ。

助けて。

頬に、熱いものが伝った。

まだ流れる涙があったことに驚く。

誰かのことを思って、泣くことのできる心があったことに驚く。

でも、こうして涙を流し、誰かのことを思いながら死ねるなら、それはそれで幸せなのかもしれない。

「あぁ、そっか……」

祖父もこうやって亡くなったのか。

竜は不老不死だけれども、悲しみで死ぬ生き物だ。

祖父は、祖母を失った悲しみで亡くなった。

ずっと分からなかった。

誰かを愛するというのは、どういうことだろう？

祖父のように、祖母を愛して幸せに死ぬことだろうか？

ロクは、世界の為に生きるとか、人々の為に存在し続けるとか、そんなことはできないけれど、アルキヨの為になら死ねる。

あぁ、だから、きっとこんな感じだな。

自分の為ではなく、誰かの為に。

それってすごいこと。

とても大切で、尊いこと。

愛する人を失ってしまったら、きっと、悲しくて死んでしまう。

ロクもそうやって死ぬ。

アルキヨがいないことの悲しみで、アルキヨのことを思いながら幸せな心持ちで死ぬ。

もう少しだけ傍にいたい、あの男と生きていたい。そんな気もするが、もういい。ひとつ、大切なことが分かったから、それだけで幸せで、悲しくて、死にそうだ。

あぁ、でも、俺が死んだらアルキヨも死んでしまうから、死ねないなぁ……。

なら、まだもうちょっと、この苦しみに耐えないといけないなぁ……。

つらいけど、我慢だなぁ。

ただひたすらに息をして、あの人を生かし続けてあげよう。

「……ぁ……ぅ、キ、っ……」

琥珀の瞳は片方がなく、もう片方は視力が衰えてしまった。

耳は削ぎ落とされ、内耳が剝き出しになり、聞こえが悪い。

その耳に、雑音が入り込んだ。足音だ。それもたくさん。いつもより歩調が速い。腰に吊《つ》るした剣の音が、牢中に響く。怒鳴り声のような、ケンカ腰の声が無数に聞こえる。

鉄牢の鍵《かぎ》が開けられた。

はいはい、足を開けばいいんだろ、好きにしてくれ。

いっそ、耳も目も喉も潰して、何も感じなくしてくれ。

そうしたら、悲しいのも消えるだろうから。

「ロク！　ロクマリア！　おい馬鹿！」

「…………」

「目を開けろ！　命令だ！」

「…………」

うるさい。アルキヨみたいな声で命令するな。

さっさと突っ込むだけ突っ込んで、どっか行け。

俺は、アルキヨのことだけ考えていたい。

「ロクマリア！　旦那が迎えに来てやってんのに、死にそうになってんじゃない！　さっさと目を開けて、俺を見ろ!!　ロクマリア!!」

「…………」

「ロクマリア！」

「…………」

あぁもううるさい。

重たい目蓋を抉《こ》じ開けた。

真っ暗闇に、空色が広がる。

「よし、次は声だ！　なんか喋れ！」

「ァ……ぃ、ヨ？」

「そう！　アルキヨだ！」

「…………ぶ、じ……？」

アルキヨだ。

空色の目をした男だ。

俺の王様だ。

「はぁっ⁉　お前、なに言ってんのっ⁉」

「……生き、てる……」

アルキヨが生きてる。

神様、ありがとうございます。

この世界の神様はロクだけれども、そう思わずにはいられなかった。

＊

アルキヨは、ロクの血で一命を取り留めた。

本陣まで退却した竜国軍は、アルキヨの生存と、その軍配を以《もっ》てして、ひとまず全滅を免れ、立て直しに成功した。

代わりに、ロクを失った。

単独でもロクを助けに行くと言って聞かないアルキヨのもとに、暗国から密書が届けられた。暗国に降《くだ》れという文書だ。金色の瞳孔が光る琥珀の眼球、金色の鱗が浮いた左腕、削ぎ落とされた両耳、この三つとともに最後通牒《つうちょう》を渡された。

アルキヨは、その降伏条件を呑んだ。

即座に、暗国の領地で、会談の席が用意された。

ロクが捕らえられていた場所だ。

その場で、ロクが刺された和平交渉の時と真逆のことが起こった。

アルキヨは、会談の席に現れた暗国王を刺した。

混乱に乗じて、ロクは助け出された。

その後、ロクは一ヶ月近く眠り続けた。

その間に、暗国と竜国の戦争は一時停戦状態に陥った。

「おいロク！　待てこら！」

「ぃいいいいやだっ！　どっか行け馬鹿！」

「馬鹿はお前でしょ！　一国一城の主に向かって馬鹿とか言う普通⁉」

「ば、馬鹿だから、馬鹿って言ったんだ！」

目を醒ましたロクは、まずアルキヨを避けた。

潰された両足が治っていないのに、寝室中をずりずりと這いずり回って逃げた。

蛇のように、のたうってまでして、逃げた。

抉り出された右目も完治しておらず、包帯を巻いたままだ。

幸いにも両腕は治りが早く、麻痺《まひ》はあるが人の形を保っている。

「なんで避けるの！」

「追いかけてくんな！」

「お前が逃げるからでしょ！　おとなしくベッドで寝てろって俺は命令したはずだ！」

「アンタがだっこしてくるから逃げてんだろ！」

「……んだと俺にだっこされて文句あんのか犯すぞごらぁ！」

「だ、だから……その犯されんのが嫌だから避けてんだよ！　なんで分かんねーんだ！」

「だからっ！　なんで犯されんのが嫌なんだよ！　俺に抱かれたくないの⁉」

「……アンタ、それ、本気で言ってんのか？」

ベッドの反対側に陣取り、ロクは静かに尋ねた。

さっきまでの威勢の良さを引っ込め、静かにアルキヨを諭す。

「本気だ」

「やめとけよ、ほんと、そういうの……」

「ロクマリア？」

「……知ってるくせに」

「あぁ、そうだね、知ってるね」

「全部、知らないくせに」

吐き捨てるように、呟く。

捕虜になっている時、ロクが何をされたかアルキヨも知っている。

なのに、竜国に戻ってきてからのアルキヨは、ロクを竜の棲に帰さず、王宮にある自室で監禁状態にした。手は出さずとも、ずっとロクをだっこして仕事中も離さない。

ロクはそれが耐えられなかった。

アルキヨは気持ち悪くないのだろうか？

ロクは気持ち悪い。

それに、アルキヨが知っているのはごく一部分だけだ。本当に軽蔑《けいべつ》されるだろう内容は伝えていない。それを知られれば、ロクは生きていけない。アレを他人に知られてしまえば、終わる。あの時、何があったかを皆が知ったら……ロクは、それを想像しただけで発狂してしまう。頭がおかしくなる。

だからこれは、死ぬまで、一生、誰にも話さない。

この体では、もうアルキヨの傍にいられない。

こんなにも汚いのに、いまさら、好きだと自覚した男に抱かれる勇気はない。

自分で、自分の体を見るのもいやなのだ。

本音を言うと、生きていることさえいやなのだ。

でも、アルキヨがいるから、自分が生きていないとアルキヨが死んでしまうから、生きているのだ。

「俺が……なにやられたか分かってんのかよ……俺、俺は……」

言えない。

絶対に。

「俺が全部知らないって言うなら、教えてよ。全部、聞くから」

「死んでもいやだ」

「……っんでだよ!!」

「分かれよ!!　誰にだって言いたくないことくらいあるし、誰にも触られたくない時もあるんだよ!!」

「じゃあ待つから!!　千年以上も待ったんだ!!　幾らでも待てる！　ずっと待つから……だから、頼むから……!!」

「待っても無理。諦めて、他に行けよ」

「お前、それ本気で言ってんならぶち殺すぞ!!」

「アンタに触られるだけで、吐きそうなんだよ!!」

「……っ」

「…………汚いんだよっ！」

「はぁっ!?」

「汚いんだよ！　俺……っ！」

そう、汚い。

だから、アルキヨを汚してしまいそうで、吐きそうになる。

「ふざけんな‼」

「っ……」

大きな声を出されて、身を竦める。

「俺を見くびるな！」

「で、でかい声、出すなよ……こ、こぁいだろっ……！」

「……………」

「でかい声、こわいんだよ……おっきい男も、ヤなんだよ……」

「……悪い」

「こっち、来るなよ……俺、汚いんだよ」

「あのなぁ……」

がしがしと頭を掻いて、溜息をつく。

「お、怒るのか？」

「違う、怒らない。……いいか、よく聞け？　俺はな、千年以上お前のことだけ考えて生きてきたんだよ。いまさら、お前が十人や二十人にマワされようが気にしないんだよ」

「…………」

そんな問題じゃないんだ。

もっと、本当に、とても、人には言えないことなんだ。

「なぁ、だから、好い加減、俺の傍にいてよ、俺のこと避けるなよ……俺、ずっとお前のこと待ってたんだ……」

床に胡坐《あぐら》をかいて座り込み、項垂れる。

やっとこの世界にやってきて、やっと手に入れて、やっとこの手に抱けたのに……心だけ手に入らなくて、ジレンマで苛々して……。

やっと、傍にいて、守ってやれると思ったのに。

生きる意味を手に入れたのに。

絶対に、この手から離さないのに。

「アルキヨ？」

「……俺のこと、避けんなよ」

「…………」

「俺からお前を奪わないで」

他に、生きる意味がないんだ。

「…………」

「頼むから、俺の傍にいて」

「…………」

のたのたとアルキヨの傍まで這い寄る。

可哀想なくらいしょんぼりしている。

大きな図体をした男が、思い詰めた表情で俯《うつむ》いている。

「アルキヨ……」

項垂れるアルキヨの頭を、撫でた。

落ち込まないで。

アルキヨが悲しくなるとロクも悲しくなる。

「俺は、お前が傍にいてくれれば、それでいいんだよ」

「俺も、あのな、俺も……アンタの傍にいたいよ？」

「なら、傍にいろよ」

「でもな、アンタは俺のこと好きじゃないだろ？　俺じゃなくて、金色の竜に固執してるだけだろ？」

「……は？」

「でも、俺、多分、えっと……アンタのこと好きなんだ……」

好きな人に、こんな体は抱かせられない。

「…………お前、もしかして気づいてないの？」

「なにが？」

「俺、こんなにお前のこと好きって言ってるのに」

「…………言った？」

「なんで気づかないの、うちの嫁……」

「なんではっきり言わないの、うちの旦那……」

どっちもどっちだ。

言わなくてはならない言葉を言わずに、相手にしてあげたいことだけをしてしまった。

自分勝手に、あぁしてあげたほうがよいだろう、こうしてあげたほうがよいだろう……と、
そればかりを考えて行動した。された側は、してくれた側の優しさを感じながらも、ただ、
優しさを向けられることに不安を覚える。

その意味が、伝わらないから。

「俺は、お前のこと好きなんだよ」

「……うん」

「俺のこと避けないで」

アルキヨは首を斜めに傾げて、おねだりするようにロクを覗《のぞ》き込む。

「…………」

ちくしょう、この男、格好いいのに可愛い。

「お願いだから、お前に触らせて」

「…………」

返事が、できない。

触らせてあげたい。触れて欲しい。

でも……。

はできない。
　一度でも、自分の腕の中にロクがいることの心地良さを知ってしまったら……もう我慢
「抱きしめさせて」

　その素晴らしさを知ってしまったのだから。

　目の前に喜びが存在するのだから。

　知らなければ耐えられたことも、知ってしまえばもうおしまい。

　後はずぶずぶとその幸せに嵌《は》まっていくしかない。

「俺のこと甘やかしてよ。それで、俺の為だけに生きて。お前の意志なんか知らない。俺のことだけ考えて、息をして」

「……うん」

　それならできるよ。

　自分のことより、大切な人のことを優先するのは、俺、得意なんだ。

「俺の傍にいてくれる？」

「うん」

「俺が傍にいてもいい？」

「うん」

「俺の為に笑ってくれる？」

「うん」

「俺の為に泣いてくれる？」

「うん」

「俺の為にしてくれるのと同じこと、それ以上のことをお前にしてあげていい？」

「うん」

「俺と結婚してくれる？」

「うん」

「毎日中出ししてもいい？」

「うん。……う、んン？　なんか違うの混じってないか？」

「摑まえた」

ロクを引き寄せ、ぎゅう、と抱きしめた。

「……ア、アルキヨさん…？」

「摑まえた。あぁもうほんと永かった……やっと手に入った」

「ちょ、ちょっと待って、ケツ揉むな！」

「ほぉら種付けの時間だ嫁兼性奴隷！　いいことするぞ！」

「せ、性奴隷はやだ！」

「なら嫁だ！　正妃だ！　安心しろ！　お前だけだ！」

第二夫人も第三夫人も娶らない。

お前だけの為に生きていくよ。

「アンタ、俺のことあんなに嫌ってたのに、よくもまぁそれだけ人間変わるな！」

「ずっと好きだった」

「嫌いだって言った！」

「最初はね。でも、千年も嫌い続けるなんて、難しいんだよ」

最初は嫌いだった。長い年月が経ち、気づけば、まだ見たことのない竜を好きになっていた。この世界に現れた竜を見た瞬間、そんな自分に気づいた。最初は嫌っていたことを思い出した。当然、素直にその感情を認められるものではない。

でも、この竜を嫌いにはなれなかった。

だって、こんなにも強くて、こんなにも優しくて、こんなにも愛してくれている。

命をかけて、守り、傍にいてくれる。

アルキヨがそうするのと同じように、それ以上に、与えてくれる。

「アルキヨ、ちょっと、待て……」

包帯がずり落ちる。落ち窪《くぼ》んだ眼窩《がんか》は、真っ黒の空洞だ。

ロクは、それを両手で覆う。

「隠すな」

「どこ、舐めて……」

「お前の目玉が入ってたとこ」

「……んっ」

「あ、ちょっと目玉できてるね」

眼球を舐め、頬に口づけ、鼻を甘噛みし、唇に唇を寄せる。

「ぁ、るきよ……」

顎《あご》から鎖骨に舌が滑り、胸で止まる。

「ここでも感じる？」

上歯と下歯を逆に動かし、乳首を責め立てる。

「……んっ、く」

ぬめった舌が、小さなそこを何度も上下に弄ぶ。

感じないと思っていた場所が、赤く色づく。唾液に濡れるだけで敏感になる。

「両方、もっと大きくしてあげる」

「恥ず、か……しぃ」

右を唇で、左を指の腹で、女みたいに愛撫される。舌と指の腹で、陥没するくらい押し潰され、勃起《ぼっき》するように、歯と爪で引き戻される。

「そのうち、ここだけでイけるようになって」

「ぁ、あ、ぁ」

ちゅう、と吸い上げられる。もどかしくて切ない。

唇が臍《へそ》に下りて、下腹に辿り着く。鎌首《かまくび》をもたげた陰茎の皮を引っ張り、口に含まれる。

「ぁ、ぁぅきよ、や、め、それ……！」

「出してるとこ、見たい」

「ぅぁあ、あぁ、っ、ぁ、ん」

熱い粘膜に刺激される。強く吸われたり、薄い皮膚を甘噛みされたり、陰嚢《いんのう》を口に含まれたり……。追い上げるように摩擦されて、一気に血が集まる。

「ロク、射精する時は、ちゃんと旦那様の目を見て、射精します、って言ってね？」

「ぁ、ぁ、あぁぁっ」

咥えたまま喋られて、空気の振動が直《じか》に伝わる。

「言うまで、射精禁止」

「……ぃ、きたいっ……も、がまん、できな、ぁあっ」

腰が揺れる。両足を突っ張って、アルキヨの髪に指を絡める。

「言え」

「出る……しゃせぇ、する……も、いかせぇっ……」

「旦那様、は？」

「…らんな、さま……ぁ、イぁせて、も、だしたい」

「いいよ、はしたなく旦那様の前で出してみな？」

せり上がった陰嚢を手の平で揉み、強く吸い上げた。

「んぁ、ぁあぁぁっ！」

体を強張らせ、アルキヨの口に吐精する。びくびくと痙攣して、大量に漏らす。

「おいしい。……ほら見て、いっぱい出たよ？」

どろりとしたものを舌の上に載せて、ロクに見せつける。

「や、だよ……それ、吐き出せよ」

「なに言ってんの？　これで、お前を濡らすんだから」

陰茎を伝った白濁が、ロクの後肛まで濡らしている。

そこへ舌を這わせた。

「も、やめろよ……そこ、汚い」

「汚いところも、全部好き。愛してる」

舌先を中に潜り込ませる。排泄器官でも気にならない。

不特定多数がこの場所を犯したことも、気にならない。

他人がロクを使ったことは、暗国を滅ぼしたいくらいに腹立たしいが、それくらいで、ロクを汚いとは思わない。

ロクが頑《かたく》なに口を噤《つぐ》む何かがあったとしても、気にはしない。知りたいとは思うが、それは、ロクのことで自分が与り知らぬ事実があることが赦《ゆる》せないだけだ。

ロクマリアのことは、全て把握したい。

それが王だ。

「だめ、だって……そんなん、したら……っ」

「なんで？　したいからしてるんだよ？」

「……アンタ、王様、だろ……」

「じゃあお前は女王様だ」

湿った場所に、指を滑り込ませる。内側は蕩《とろ》けるほどに熱く、アルキヨの指に絡みつく。指を動かして拡げてやると、ロクは静かになった。声を我慢して、真っ白の体を羞恥《しゅうち》に染めている。

「まるで新婚初夜だ」

処女じゃないのに初夜だ。

初物を頂戴《ちょうだい》されるかのように身悶《みもだ》えるロクが愛らしい。

声が聞きたくて、アルキヨはロクのペニスに手を伸ばす。

射精したところなのに、もう勃起していた。

「ぁ、ふ」

「うちの嫁は、ほんと……やらしい体してる」

「……はっ、ひ、ぃ……」

ロクは快感に負けたのか、半開きの口から涎を垂らした。前を嬲《なぶ》られながら、一本、二本、と腹の中の指を増やされ、抜き差しされる。痩せた体を撓《しな》らせて、よがり声を上げる。

「中、うねってるよ？　もっと欲しいの？」

「ほし、ぃ……奥っ」

「奥？　このあたり？」

三本に増やした指で粘膜を引っ掻く。

「ぁっンぁあ……っあ」

「これで満足？」

気が遠くなるくらい緩慢な動作で、犯す。

それが物足りないロクは自分で動いて、アルキヨの指を誘う。

「奥、挿《い》れろ……」

「なにを？」

「……ア、ルキヨのっ……」

「俺の、何？」

「おっきぃの、ほし……ぃ」

「なんで？」

「あ、きよの、こと……好き、だぁら……っ」

「うん、じゃくれてやる」

ペニスをあてがう。久しぶりのロクを味わえることで、いつも以上に膨張している。

「ひぃ、ぁ、ぁあ……あ、ぁああ」

「すごいね……ちゃんと入ってる」

「ぃく、も、しゃせぇ、する……」

「……え？　もう？」

ず、と奥まで穿《うが》って、引き抜く。

「ぁ、ぁー……っ、ぁあ」

一度目よりも薄い精液が、二人の腹を濡らした。

挿れられただけで絶頂を迎えたロクは、声もなく下腹をひくつかせる。

「やらしい顔、皆に自慢したくなる」

「あ、ぅきよ」

ぎゅうとアルキヨにしがみつく。肩口に額を埋めて、その鎖骨に歯を立てる。

気持ち良くて、前後不覚だ。アルキヨに縋っていないと、頭がおかしくなる。

「ロク、どうしたの？」

「嬉し、ぃ……気持ちいい……アルキヨ、中に入ってる……」

「………」

「ぁ、ぅ、きよは？　俺の中、いい？　使い心地、悪く、ない？」

壊れてない？　汚くない？　いやじゃない？

無理してない？　憐憫《れんびん》なら、いらないよ。

「馬鹿、お前、ほんっと馬鹿……」

「アルキヨ？」

「大好き、愛してる、傍にいて。俺はお前がいれば幸せなんだ、生きていけるんだ」

だからどうか、俺の為に生きて。

他の誰かの為に生きる必要はない。世界の為になんて、生きなくていい。ただ、俺の為だけに、息をしていて。

「……ん、俺も……アルキヨがいたら、しあわせ」

無邪気な子供みたいに屈託ない笑顔で、アルキヨにすり寄る。

見つけた、俺の居場所。

「……ロク、動いていい？」

甘えたロクを見て、我慢できる男はいない。

「……ぁっ⁉　ん、ぁ、あっ！」

性急な動きに、上擦った悲鳴が上がる。

じゅぶ、ぐぶ、と腸液と空気が交じり、卑猥な音を立てる。

「へぁ、ぁうっ……ぅ、ぁぁあ」

「お前のここ、ほんと名器」

「なに……、そ、れっ……」

「俺専用ってこと」

「じゃあ、せぇ、えき……出して……いっぱい、はやくっ……なか、白いの、ほしい……」

「蛇に丸飲みされてるみたい」

「……飲む、欲しぃ……ぁつ、い……の、いっぱい……」

「全部ごっくんできる？」

「できるっ……」

「こんなに拡がってるのに？」

規格外を受け入れて、ロクの場所は慎しみを忘れるほど拡がっている。それでも精一杯、自分の主人である男を受け入れて、貪欲《どんよく》に頬張っていた。

「もっと、拡げていいから、出せっ……あぅきよのれ、孕ませろっ……！」

「この好きモノ」

「ぁ、ぅ、ぁあぁあぁっ」

限界まで何度も激しく犯された後に、腸の突き当たりで精液が吐き出された。孕んでしまいそうな量に、吐き気さえ催す。

「ロク……吐きながら射精するな」

「ぇあ……ぐっ、うげ……えぇ、ぁ……また、い、く」

三度目の射精は、勢いがない。

その代わりとばかりに、こぽ、と口端から吐瀉物を吐き戻す。

「ロク、もっと出していい？」

「な、に……っ⁉　……ひ、ぁっ⁉」

じょ、と熱いものが腹の中で大量に溢れた。

精液とは比べものにならない量のそれに、目を白黒させる。

「あー……やばい、これ癖になりそう」

「ゃ、ぁ、中……出てる、これ、熱いぃ……」

びちゃ、びちゃ。繋がった隙間から、水分が漏れる。

「ひっ、ぅ」

「いや？」

「……やじゃない」

アルキヨのものならなんでもいい。

全部好き。

「アルキヨ、漏れないように塞《ふさ》いで」

「ほんと、よくできた嫁だ」

唇を重ねると、ロクが目を細めて笑った。

＊

誰かのことを想って泣けるのは幸せだろうか？

誰かのことを想いながら死ねるなら、それは幸せだろうか？

誰かを愛するというのは、どういうことだろうか？

祖父のように、祖母のことを愛して幸せに生き、その死を悲しみ死ぬことは、最上であるのだろうか？

竜は、存在するだけで世界の均衡を保つ。だから、存在し続けなければならない。世界と、世界に存在する人々の世界を守る為に生きなければならない。それも、自分で自分の管理ができないから、王様に面倒をみてもらって、だ。

ロクには、世界の為に生きるとか、世界の人々の為に存在し続けるとか、そんなことはできない。

でも、アルキヨの為になら生きていける。

自分の為ではなく、誰かの為に。

それってすごいこと。

とても大切で、尊いこと。

竜は不老不死だけれども、悲しみで死ぬ生き物だ。

愛する人を失ってしまったら、きっと、悲しくて死んでしまう。

でも、ロクは死なない。

これからもずっと生きていくし、生きている。

なら、アルキヨの為に、アルキヨのことを想って、いっぱいいっぱい生きていよう。

いっぱい、いっぱい、いっぱい愛してあげよう。

いっぱい触れて。

いっぱい傍にいて。

いっぱい愛して。

いっぱい、守ってあげる。

ロクは、誰かの中に、アルキヨの中に、自分の存在を見出さないと、生きていけない。

「重荷になったら、ごめんな？」

それくらい、あなたのことを愛しているんです。

アルキヨの膝に座り、先《ま》ず以てそう言っておく。

「なにが？」

アルキヨは、ロクの腰に腕を回した。

「俺の感情とか、そういうの」

「あのさぁ、ロク……」

「なに？」

「お前なんて、たかだかこの世界に来て二ヶ月くらいだよ？　しかも、俺のことを好きになって、まだほんのちょっとだ。……俺なんてね、お前のこと一千年も前から考えてるんだ。経験値が違うでしょ」

「時間は関係ないだろ」

「なら、余計に大丈夫だ」

「なんで？」

「だって俺、お前の為にならら世界を裏切る覚悟だってある」

「……アルキヨ？」

「悔しいことに、先代の竜が世界を裏切ったその心情を、最近になってようやく理解できた」

　だって、こんなにも愛しい。

「アンタ、ほんとにやりそうだよ」

　アルキヨに唇を重ねる。

　自分からするのは、多分、初めてだ。

「任せろ、お前の王様は世界一だ」

「知ってる」

　くすくす。額をくっつけて、鼻先をすり合わせて、笑い合う。

　触れ合う大切な人の体温が、何よりも心地良い。

　幸せを与えてくれる。

「あの、陛下、皇后陛下……今は、その、一応……暗国との停戦条約締結祝賀会なのですが……」

　居たたまれない表情で、ファスがそっと水を差す。

　見ているこっちが恥ずかしいです、と赤面している。

「あぁ、これぞマジで比翼連理ですわぁ」

　マジでの使い方を間違えているメリュジーヌは、仲睦まじい二人に感涙していた。

「やっと丸く収まった」

心配性のアーキは、ほっとしている。

「アルキヨ、嫁を甘やかしすぎてはならんぞ。その嫁はわらわの嫁じゃ」

ヒヨは、ロクがお気に入りだ。

「これは俺のロクマリアですから」

ぎゅうと抱きしめる。

抱きしめて、抱きしめて、これ以上ないほど愛しいと、その体と声、全てで語る。

嘘のない真っ直ぐな想いを、伝える。

「アンタさぁ、子供じみた独占欲出すなよ、鬱陶しい」

「ロク、お前……やってる時はしおらしくて可愛いのに、なんで普段はそうまで強気なの？」

「お前が好きだからだよ」

空色の瞳を覗き込んで、もう一度キスをした。

甘えるのはアルキヨにだけ。

だから、ちょっとだけ大目に見て。

あなたの為だけに生きるから。


これから先、問題は山積みだ。

未《いま》だ、ロクは内外に認められていない。アルキヨの傍らに立ち、支えていくだけの力がない。それに、ロクは子供を産めない。近い将来、アルキヨの跡取り問題も起きるだろう。暗国とも、また戦争になるかもしれない。それ以外の国家とも、友好関係を築けているわけでもない。

竜を手に入れようとする国は多い。

竜を手に入れようとする個も多い。

でも、乗り越えられる気がした。

だって、こんなに愛してる。

悲しみで死んでいる暇なんてないくらい、愛してる。

了

しあわせのあるばしょ

この世界でも、朝には鳥が囀《さえず》り、やわらかい陽光が降りそそげば、夜明けを想う。

竜は、愛《いと》しい人の眠る顔を、寝ぼけ眼でじっと見つめていた。

二人で一枚のシーツにくるまり、生身の膚で抱き合い、体温を分け合って、お互いの息遣いさえ手にとるように分かる距離で、愛しい人の寝顔を見つめる。

緑青色の髪がひと房、額にかかる。目元へ流れるそれを、琥珀《こはく》の瞳《ひとみ》で追いかける。

邪魔かな？　よけてあげようかな？　そう思うけれど、触れてしまった途端、気持ち良さそうに眠るこの人が目を醒《さ》ましてしまうのではないかと思い、触れられない。

もったいなくて、触れられない。

もうすこし眠らせてあげたくて。

もうすこし寝顔を見ていたくて。

このまま死んでしまうのでは……と不安に駆られながら、愛しい人の息遣いが、一分、一秒でも永く続くことを祈らずとも、生きていてくれる。必ず目を醒ましてくれると分かっているから、こうして、心穏やかに、眠り顔を見つめ続けることができる。

だから、この穏やかな時間が、愛しい。

「……？」

あぁ、残念、起きちゃった。

アルキヨが、ゆっくりと目蓋《まぶた》を開く。空色の瞳孔《どうこう》と、瑠璃《るり》色の虹彩《こうさい》。焦点の定まらぬ眼が、きょろ……と、右へ……左へと動き、ロクを探す。そうして、ようやく目の前にいるロクを視界に留め、薄く微笑《ほほえ》み、それから、また眼を閉じる。

二度寝しちゃったかな？

アルキヨの顔を覗《のぞ》き込むと、また、薄く目蓋が開いた。とろんとした眼差《まなざ》しでロクを見つめ、ぱたぱたと腕を動かしてロクの腰に回し、ぎゅうとひっついてくる。

落ち着く場所を探してか、ロクの胸元に顔を埋《うず》め、すぅ、と息を吸い、猫みたいに頬《ほお》をすり寄せながら欠伸《あくび》をする。そうして、すっかり居心地の良い場所を得たら、目を細める。

「…………」

ロクは、アルキヨの髪に顔を埋め、その腕で掻《か》き抱く。

愛しい、可愛《かわい》い……無性に、そんな切ない感情が溢《あふ》れ、胸をしめつける。

「……ロク」

「ん……？　起きた？」

「……起きた」

そう言いながら、ぐずぐず。

「アルキヨ、おはよ？　……寝ぼけてる？」

「寝ぼけてない……もう、起きる時間……？」

「まだ大丈夫。もうちょっとこのまま」

「うん。……あのね、ロク……今日はいいことしよ？」

アルキヨは、手慰みにロクの髪を撫《な》でながら、耳元でそう囁《ささや》く。

「いいことって？」

「俺、今日の午前中はファスと剣の稽古《けいこ》するから、お前も一緒にしよう」

「……そっちか」

アルキヨが寝起きばなの低い声で、「いいことしよ？」なんて言うものだから、その意味をはき違えてしまったが、それもまた楽しそうだ。

「そっち……って？」

「あとで教える。まずはお前と一緒に稽古してから、それから、教えてやる。……あー、でも、その前にさ、お前に朝ご飯作ってやるよ」

「え、いらないよ？」

「…………」

この野郎……と思ったが、ロクは口に出さない。でも、顔には出ていたと思う。

「別に、お前が料理する必要なんてないじゃん」

「…………」

「そんなことしなくても、お前が作るよりも美味《おい》しいご飯が出てくるよ？」

「俺が作りたいんだよ」

「そんなことして、なにになるの？」

「…………」

よし、落ち着こう、俺。

今の、アルキヨの言葉の意味は、つまり、こういうことだ。

お前は家事炊事をしなくていいよ。ここには、その仕事を専門にする人がいて、その人が美味しくて栄養のある食事を作ってくれるから、その人に任せておけば大丈夫だよ。

お前の仕事は、作ることじゃなくて、食べること。ちゃんと食事を摂《と》って、その細っこい体に栄養を行き渡らせて、いつも、毎日、ずっと、健やかに生きていくこと。

それに、もし包丁を使って怪我《けが》したり、火を使って火傷《やけど》したりしたらどうするの？　危ないでしょ？　その可能性があるのに、なんでそんなことするの？

という意味だ。

だから、悪い意味じゃないし、こいつ自身も悪い奴じゃないし、悪気もない。

本気で、ロクのことを心配しているのだ。

「ロク、お前……もしかして、まだ……」

「いや、別に……食べるのがこわいとかそういうんじゃなくて……」

ほら、その証拠に、ロクが食事を怖がっているんじゃないかと、気を揉《も》んでいる。

でも、そうじゃないんだ。そんな心配をかけたいんじゃないんだ。

「じゃあなに？　料理してどうするの？」

アルキヨは、とっても不思議そうに小首を傾《かし》げる。男前のくせして、可愛い仕草。素肌に絹のシーツを滑らせ、気だるげにクッションへ凭《もた》れかかり、物憂げにロクへ微笑みかける。自分を熟知しているのか、していないのか、そうして、無意識にロクを魅了する。

「だから……もー……」

「もう？」

「ぁー……もう……だから、その……っ、そういうのが……」

そのなにげない全てが、可愛くて、愛しくて、好きなのだ。

毎朝、こうして寝起きのアルキヨを見るのが幸せで、だから、その幸せのお返しをしたいと思うだけなのだ。

かつての祖父が、祖母にそうしてあげていたように。

朝、祖父がコーヒーを淹《い》れる。焼いたパンにバターをたっぷり塗ったら半熟の目玉焼きとベーコンを添えて、皮を剝《む》いた果物はひと口に切りそろえ、ヨーグルトに蜂蜜《はちみつ》を垂らす。

まだ祖父の腰あたりまでしか身長のなかったロクは、そんな祖父にぴったりくっついて、祖父が料理する姿を眺める。時々、果物をつまみ食いさせてもらって、それから、二人で、まだ夢の世界にいる祖母を起こしに行く。

そうすると、祖母は「あぁ、いいにおい」と、それはそれは幸せそうな表情で、お姫様みたいに目を醒ますのだ。祖父は、そんな祖母の頰に唇を寄せ、愛を囁く。祖母も、「もう！　ロクが見てますよ！」と恥ずかしがりながらも、祖父に唇を寄せる。

それは、それは……幸せそうに。

「だから、俺も、そうしたいと思っただけなんだよ」

「お前、いま、幸せなの？」

「……えっ、あ……はい……まぁ、幸せだと、思います……」

改まって尋ねられて、改めて、そう答える。

なにもかも全てが満たされているか？　と問われれば返答に詰まるが、すくなくとも、自分の隣に愛しい人がいて、その人の隣で目を醒ますことができて、その人の為《ため》に生きることができて、ただ息をしているだけでその人を助けることができるのは、幸せだと思う。

「それで、俺にご飯作ってあげたいの？」

「……うん」

「じゃあ、今日にでも部屋を改装しようか」

「……うん………うん？」

「だって、台所か調理場がいるでしょ？　寝室のすぐ近くじゃないと、せっかく作ったロクの料理が冷めちゃうし、運んでくるのも便利だし」

「そこまでしなくても……ほら、居間の隣に、お茶の準備する部屋あるじゃん。あそこで充分だって。……ここからもそんなに遠くないし、……な？」

「やだ。作ってる時のいいにおいで目を醒ましたい」

ロクの腰に腕を巻きつけ、薄い腹にぐりぐりと額をなすりつける。

でかい図体して甘えてこられてもちっとも可愛くないと思いきや、やっぱり可愛い。

「血税は大事にしような。……それにさ？　お前を起こさないように、そっと静かに部屋まで持ってきて、それで、ご飯のにおいで目を醒ます……っていうのがいいんだよ」

「夢見がち」

「だって俺、じいちゃんとばあちゃんみたいな夫婦になることが夢だったんだもん」

そして、アルキヨとなら、そうなれると思ってる。

だから、俺の夢を叶《かな》えて。

「……分かった、好きにしていいよ。必要なものがあったらメリュジーヌに頼みな」

「ありがと」

アルキヨのつむじに、唇を落とす。

「……ね、ロク」

「うん？　……こら、くすぐったい」

ロクの腹をもぐもぐ嚙《か》むアルキヨの頰を、やわくつねった。

そうしたら、アルキヨが子供のいたずらみたいにはにかむ。

「俺も、ロクにご飯作ってあげたい」

「……お前、料理できるの？」

「できるよ？」

ロクの懐から顔を上げて、得意げに口角を持ち上げた。

「へぇ……なにが得意料理？」

「蛇」

「…………」

「今度、ロクにも蛇の丸焼き食べさせてあげるね。兎《うさぎ》と蛙《かえる》もおすすめ。あと、こう見えて、俺、猟で獲れる生き物と魚はなんでも捌《さば》けるんだよ？　……あ、そうだ、虫もけっこういけるよ？　食べてる時に口に残るから、こう、脚と羽を毟《むし》ってから乾煎《からい》りして、えぇっと、ほら、ロクが嫌いだって言ってたゴキなんとかに似た形状の虫なんかは香ばしくて、ゴ……」

「アルキヨさん」

「はい？」

「それ、俺の食卓に出したら、幸せな家庭が崩壊すると思え」

「…………」

「家庭不和を招きたくなかったら絶対やめろ」

「…………」

「返事」

「はい」

「それで、この国には食虫文化はないのに、なんで王様は虫とか食べてるんですか？」

「……ず、ずっと前に……その、戦争中に補給線が断たれて……その補給線を確保し直すまでの間に食糧難になって……その、ずっと、そういうの食べてました」

「たいへんだったんだな……って思うけど……お前、その口で、俺にちゅーしたの」

「……しました」

「俺になにか言うことは？」

「次の戦争は一緒に行こうね？」

ロクを置いていったら、また、ぎゃあすか泣き喚《わめ》いて、見境なく、ありとあらゆるものを惨状に変えるから、次は、一緒に行こうね？

「……お前、ほんと……王様でよかったな……」

一般社会でやってけねぇぞ、そのぶっ飛んだ感性。

なんで、穏やかで幸せな早朝の会話が、虫と蛇と戦争なんだよ。雰囲気ぶち壊しだ。

「こういうのはやだ？」

「……やだじゃないから、不思議なんだよなぁ」

アルキヨと一緒だったら、どんなことも幸せ。

だから、ロクは、こういう日にこそ、こう思う。

アルキヨとともにある日々が、この場所が、ロクの生きる場所だと。

ロクは、こうして、そういう幸せを得たのだと、こういう日にこそ、思う。

あとがき

こんにちは、鳥舟です。

まずはラルーナ文庫創刊第二弾、おめでとうございます。

そして、この長い話を読んでくださり、ありがとうございました。

本作は、感情や思考の伝達がちょっとズレてる攻めと、伝達事項をそのまま受け止める受けによる、すれ違いハッピー両片想いな話です。そして、そこに加味される、気づいたらジェットコースターに乗ってて絶叫している内にゴールインしたような謎の疾走感。ゴールインして三日目くらいに、「あれ？　俺はなんで幸せなんだ？」と我に返るけれども、「前向きに頑張ろう！」と思えるロクの強さ。それを支えるのが、気遣いの方向がズレたアルキヨなりの優しさ。さらにそこへ付与されるエログロゲロスカという名の私の大好物。それらを盛り込んだ結果の産物を、すこしでもお楽しみいただけたなら幸いです。

末尾ではありますが、なにからなにまでお世話してくださった担当様、素敵なイラストを描いてくださった逆月酒乱先生、日々、仲良くしてくれる友人たち、この本を手に取り、読んでくださった方、ありがとうございます。この場を借りて御礼申し上げます。

鳥舟あや

旦那もかまえ。
今回、兎に角沢山の初挑戦をさせていただいた作品でした
大変な面もありましたが、人外、ドラゴン、楽しく描かせて頂きました！
先生の考えた世界観を、近く表現出来ていたならば幸いです…
素敵な作品を担当させて頂き感謝です
鳥舟先生、担当様ありがとうございました！

ラルーナ文庫

この本を読んでのご意見・ご感想・ファンレターなどお待ちしております。〒110-0015 東京都台東区東上野5-13-1 株式会社シーラボ「ラルーナ文庫編集部」気付でお送りください。

※竜を娶らば：同人誌『死者の場所』(2011年3月発行) に加筆修正
※しあわせのあるばしょ：書き下ろし

竜《りゅう》を娶《めと》らば

2015年10月7日　第1刷発行

著　　者｜鳥舟《とりふね》あや
装丁・DTP｜萩原 七唱
発 行 人｜曺 仁警
発 行 所｜株式会社 シーラボ
〒110-0015　東京都台東区東上野 5-13-1
電話　03-5830-3474／FAX　03-5830-3574

発　　売｜株式会社 三交社
〒110-0016　東京都台東区台東4-20-9　大仙柴田ビル2階
電話　03-5826-4424／FAX　03-5826-4425

印刷・製本｜シナノ書籍印刷株式会社

ISBN978-4-87919-878-5